Les rivages de l'amour

Nora Roberts

Les rivages de l'amour

Traduit de l'américain
par Sophie Dalle

Titre original :

CHESAPEAKE BLUE
G. P. Putnam's Sons Publishers,
a member of Penguin Putnam Inc., New York

Pour la traduction française :
© Éditions J'ai lu, 2003

À tous les lecteurs qui m'ont posé la question :
quand raconterez-vous l'histoire de Seth ?

*Il arrive que le destin fasse de nous des frères ;
Personne ne va sa route seul :
Tout ce que nous instillons dans la vie d'autrui
se répercute dans notre propre vie.*

Edwin MARKAM

L'art est le complice de l'amour.

Remy DE GOURMONT

1

Il rentrait à la maison.

La côte du Maryland est une étendue de marécages et de lais, de vastes champs cultivés alignés tels des soldats. Un univers de cours d'eau aux bords escarpés et de criques secrètes, refuge des hérons.

La baie de Chesapeake, ses crabes bleus, ses pêcheurs…

Que ce soit enfant, ou ces dernières années, à l'approche de la trentaine, il ne se sentait vraiment chez lui qu'ici.

Dès qu'il songeait à cet endroit, mille et un souvenirs envahissaient sa mémoire, tous aussi lumineux que le soleil scintillant sur les eaux.

Tandis qu'il franchissait le pont, son œil d'artiste s'efforça de capturer l'instant – le bleu intense de l'eau, les bateaux qui dansaient à sa surface, les petites crêtes blanches des vagues et le vol des mouettes avides, la découpe dentelée de la côte, le riche mélange de vert et de brun, le contraste entre les fleurs aux couleurs vives et les feuilles des caoutchoucs et des chênes baignant dans la douceur printanière.

Il voulait se rappeler ce moment, comme il se rappelait sa toute première traversée, petit garçon terrifié, aux côtés d'un inconnu qui lui avait promis une nouvelle vie.

Il était assis à la place du passager, près d'un homme qu'il connaissait à peine. Il ne possédait que les vêtements qu'il portait et quelques maigres trésors rassemblés dans un sac en papier.

Son estomac était noué par la peur, mais il s'efforçait d'afficher un air ennuyé et regardait fixement par la vitre.

Tant qu'il se trouverait avec le vieux, il ne serait pas avec *elle*. C'était déjà ça.

D'ailleurs, le vieux avait l'air plutôt cool.

Il ne puait ni l'alcool ni les bonbons à la menthe pour masquer son haleine, comme les salauds que Gloria ramenait dans le trou à rats où ils vivaient. Et puis, les deux ou trois fois où ils s'étaient rencontrés, le vieux – Ray – lui avait apporté un hamburger ou un bout de pizza.

Et il avait aussi parlé avec lui.

Par expérience, il savait que les adultes ne parlaient pas avec les mômes. Ils parlaient au-dessus d'eux, autour d'eux, mais jamais avec eux.

Ray était différent. En plus, il savait écouter. Et quand, à brûle-pourpoint, il lui avait proposé de venir habiter chez lui – à lui, un gosse quelconque, il n'avait ressenti ni frayeur ni panique. Il avait même pensé que c'était peut-être bien la chance de sa vie.

Loin d'elle. Ça, c'était le plus important. Plus ils roulaient, plus ils s'éloignaient d'elle.

Si les choses se gâtaient, il pourrait toujours fuguer. Ce type était vraiment vieux. Grand – gigantesque – mais vieux; avec ces cheveux blancs et toutes ces rides !

Il l'observa à la dérobée, et commença à le dessiner mentalement.

L'homme avait les yeux très bleus ; comme les siens, ce qui lui faisait un drôle d'effet.

Il avait une voix forte, mais il ne criait pas. Il s'exprimait d'un ton calme, un peu fatigué.

En tout cas, là, il avait l'air épuisé.

— Nous y sommes presque, annonça Ray, à l'approche du pont. Tu as faim ?

— J'sais pas. Oui, j'pense.

— D'après mon expérience, les garçons ont toujours faim. J'ai élevé trois estomacs affamés.

Son ton enjoué sonnait faux. L'enfant n'avait beau avoir que dix ans, les mensonges, il connaissait.

Ils étaient assez loin, à présent. Au cas où il devrait s'enfuir. Autant mettre cartes sur table tout de suite, pour voir dans quelle merde il était.

— Pourquoi vous m'emmenez chez vous ?

— Tu as besoin d'un endroit où vivre.

— Vous rigolez ! Personne ne fait ce genre de conneries.

— Si, certains. Stella – ma femme – et moi, par exemple.

— Elle sait que je serai avec vous ?

Ray eut un sourire teinté de tristesse.

— Si on veut, oui. En réalité, il y a plusieurs années qu'elle est morte. Elle t'aurait plu. En te voyant, elle se serait aussitôt retroussé les manches.

Il ne savait pas quoi répondre.

— Et une fois qu'on y sera, qu'est-ce qu'il faudra que je fasse ?

— Te contenter de vivre. Être un petit garçon. Aller à l'école, faire des bêtises. Je t'apprendrai à naviguer.

— Sur un bateau ?

Cette fois, Ray éclata d'un rire tonitruant qui résonna dans l'habitacle et soudain, sans savoir pourquoi, le gosse se sentit mieux.

— Oui, sur un bateau. J'ai aussi un chiot très étourdi, que j'essaie d'élever. Tu pourras m'aider. On se répartira les corvées : moitié, moitié. On va établir des règles, et tu les suivras. Ne crois pas que, parce que je suis vieux, je vais me laisser faire.

— Vous lui avez donné de l'argent.

Le regard de Ray quitta brièvement la route.

— En effet. Apparemment, c'est comme ça qu'elle fonctionne. Elle ne t'a jamais compris, hein, fiston ?

Un sentiment étrange le submergea, une lueur d'espoir.

— Si je vous casse les pieds, si vous en avez assez de moi, ou si vous changez d'avis, vous allez me renvoyer là-bas. J'y retournerai pas.

Ils étaient sur le pont, à présent. Ray se gara sur le côté et se tourna vers lui.

— Tu me casseras forcément les pieds et, à mon âge, ça me fatiguera forcément de temps en temps. Mais je te fais une promesse, ici et maintenant. Tu ne retourneras jamais là-bas, je t'en donne ma parole.

— Si elle...

— Je ne la laisserai pas te récupérer, coupa Ray. Quoi qu'il arrive. Désormais, tu fais partie de ma famille. Et tu resteras avec moi aussi longtemps que tu le souhaiteras. Quand un Quinn fait une promesse, ajouta-t-il, il la tient.

Seth fixa la main qu'il lui tendait et eut soudain les paumes moites.

— J'aime pas qu'on me touche.

Ray opina.

— Très bien. Mais tu as ma parole. Allons-y ! déclara-t-il en démarrant. Nous y sommes presque.

Ray Quinn était mort quelques mois plus tard, mais il avait tenu sa promesse, par l'intermédiaire de ses fils adoptifs. À eux trois, ils avaient réussi à amadouer le maigre garçonnet méfiant et meurtri.

Ils lui avaient offert un foyer, ils en avaient fait un homme.

Cameron, le bohème au caractère emporté, Ethan, le doux pêcheur, et Philip, le brillant homme d'affaires.

Ils s'étaient battus pour lui, ils l'avaient soutenu. Ils l'avaient sauvé.

Ses frères.

En cette fin d'après-midi, une lumière dorée baignait les champs et les marécages. Tandis qu'il traversait la petite ville de St. Christopher, il huma le parfum de l'océan par la vitre baissée.

Au départ, il s'était dit qu'il foncerait droit au chantier. En dix-huit années d'existence – à force de rêves, de travail et de sueur –, l'entreprise de construction de bateaux Quinn avait acquis une solide réputation.

Malgré l'heure, ils s'y trouvaient sans doute encore : Cam, fignolant un détail dans la cabine tout en jurant entre ses dents ; Ethan, passant patiemment la coque en revue, et Phil, dans le bureau, en train d'élaborer une nouvelle campagne de publicité.

Il pourrait s'arrêter chez Crawford, pour acheter un pack de bières. Ils boiraient un pot, à moins – et c'était plus probable – que Cam ne lui tende un marteau en lui demandant ce qu'il attendait pour se mettre au boulot.

Il le ferait avec plaisir, mais ce n'était pas le plus urgent, songea-t-il en empruntant l'étroite route de campagne bordée d'arbres aux branches noueuses et au feuillage vert tendre.

Il avait parcouru le monde, admiré les dômes et les flèches de Florence, arpenté les rues de Paris, exploré les collines verdoyantes d'Irlande. Pourtant, aucune de ces merveilles ne l'avait autant ému que cette vieille maison blanche, posée sur une pelouse bosselée qui dévalait en pente douce jusqu'au bord de l'eau.

Il bifurqua dans l'allée, se gara derrière la Corvette blanche qui avait appartenu à Ray et à Stella. Aussi impeccable et luisante de propreté qu'au premier jour. L'œuvre de Cam, sans doute, qui ne manquerait pas d'affirmer que c'était une question de respect envers une mécanique exceptionnelle. Alors que c'était surtout par égard pour Ray et Stella, pour la famille. Pour l'amour qu'ils avaient reçu.

Le lilas mauve était en pleine éclosion. Là encore, une preuve d'amour, songea-t-il. Il avait offert le petit buisson à Anna pour la fête des Mères, quand il avait douze ans.

Elle avait pleuré, se rappela-t-il. Les larmes avaient inondé ses superbes yeux noisette. Elle les avait essuyées en riant, pendant que Cam plantait l'arbrisseau.

Anna était la femme de Cam, donc sa belle-sœur. Mais au fond de son cœur, il la considérait comme sa mère.

Question cœur, les Quinn étaient des champions.

Il descendit du véhicule, savourant l'atmosphère paisible. Il avait grandi ; il n'était plus l'enfant maigrichon aux pieds trop grands et au regard suspicieux.

Il mesurait un mètre quatre-vingts. Il était très mince, presque dégingandé. Sa tignasse blonde avait foncé. Il se passa la main dans les cheveux et grimaça : il s'était pourtant promis de se les faire couper avant de quitter Rome.

Ils allaient tous se moquer de son petit catogan. Ce qui signifiait qu'il serait obligé de le garder quelque temps, rien que pour le principe.

Il haussa les épaules, enfonça les mains dans les poches de son vieux jean et avança, balayant de son regard perçant les plates-bandes d'Anna, les fauteuils à bascule dans la véranda, les bois qu'il avait parcourus en tous sens dans sa jeunesse.

Il détailla le vieux ponton et le petit sloop blanc qui y était amarré.

Ses lèvres fermes et gourmandes s'étirèrent en un sourire. Tout à coup, il se sentit plus léger.

Percevant un frémissement dans les arbres, il se retourna, sur le qui-vive. Un boulet noir jaillit du bosquet.

— Dingo! s'écria-t-il, d'un ton à la fois autoritaire et amusé.

L'animal freina des quatre pattes et l'examina, langue et oreilles pendantes.

— Allons! Ça ne fait pas si longtemps que ça! murmura-t-il en s'accroupissant pour le caresser. Tu te souviens de moi?

Dingo eut cette expression qui lui avait valu son nom et roula sur le dos.

— Là. C'est ça…

Il y avait toujours eu un chien dans cette maison. Toujours un bateau au bout du ponton, un rocking-chair sur le perron et un chien dans la cour.

— Mais non, tu ne m'as pas oublié, dit-il en jetant un coup d'œil vers l'extrémité du jardin, là où se dressait l'hortensia planté par Anna sur la tombe de Pataud. C'est moi, Seth… Je suis parti trop longtemps.

Il entendit un bruit de moteur, suivi d'un crissement de pneus dans le virage emprunté un poil trop vite. Tandis qu'il se redressait, Dingo se leva d'un bond et fila vers l'avant de la maison.

Seth lui emboîta le pas tranquillement, pour mieux savourer le moment qui allait suivre. Une portière claqua, et elle s'adressa au chien de sa voix chantante.

Il la contempla de loin. Anna Spinelli Quinn, avec ses cheveux noirs emmêlés, les bras chargés de sacs à provisions.

Son sourire s'élargit quand il la vit tenter désespérément d'échapper aux manifestations d'affection de Dingo.

— Combien de fois faudra-t-il te le répéter ? C'est pourtant simple : interdiction de sauter sur les gens, surtout moi. Et surtout quand je porte un tailleur.

— Superbe, le tailleur ! lança Seth. Et les jambes ! Encore plus belles.

Elle pivota sur elle-même, et ses yeux s'arrondirent de surprise et de plaisir.

— Ô mon Dieu !

Elle jeta ses paquets dans la voiture et se précipita vers lui.

Il l'attrapa au vol, la souleva de terre, la fit tournoyer, la posa enfin. Sans la lâcher, il enfouit le visage dans sa chevelure.

— Salut !

— Seth ! Seth ! répéta-t-elle en s'accrochant à lui, au grand dam du chien qui voulait participer à la fête. Je n'arrive pas à le croire ! Tu es là !

— Ne pleure pas.

— Juste un peu. Laisse-moi te regarder.

Les mains sur les joues, elle recula légèrement. Comme il était beau ! Comme il avait mûri !

— Qu'est-ce que c'est que ça ? s'enquit-elle en lui ébouriffant les cheveux.

— J'avais l'intention de les couper.

— J'aime bien comme ça, assura-t-elle, les yeux brillants. Ça fait artiste. Tu es magnifique, vraiment magnifique !

— Et toi, tu es toujours la plus belle femme du monde.

— Aïe ! répliqua-t-elle en reniflant. Je vais me remettre à pleurer. Depuis quand es-tu là ? Je te croyais à Rome.

— Je l'étais. J'ai eu envie de rentrer.

— Si tu nous avais prévenus, nous serions allés te chercher.

— Je voulais vous faire la surprise.

Il s'approcha de la voiture et attrapa ses sacs.

— Cam est au chantier ?

— Probablement. Laisse, je m'en occupe. Va plutôt chercher tes affaires.

— Ça peut attendre. Où sont Kevin et Jake ?

Elle jeta un coup d'œil à sa montre.

— Quel jour sommes-nous ? Je ne sais plus où j'en suis.

— Jeudi.

— Ah ! Kevin a une répétition, pour le spectacle théâtral de l'école, et Jake est à son entraînement de base-ball. Kevin a son permis de conduire – Dieu nous protège ! Il doit passer prendre son frère sur le chemin du retour.

Elle ouvrit la porte d'entrée.

— D'ici une heure, ce sera l'enfer.

Rien n'avait changé, songea Seth. Peu importait que les murs aient été repeints, le canapé remplacé, ou qu'une lampe neuve trône dans un coin du salon. Tout était pareil parce qu'il le *ressentait* ainsi.

Le chien se faufila entre ses jambes et fonça vers la cuisine.

— Assieds-toi, ordonna Anna en lui indiquant la table sous laquelle Dingo s'était jeté pour mordiller un bout de corde. Raconte-moi tout. Tu veux un verre de vin ?

— Volontiers, mais avant, je vais t'aider à ranger tout ça.

Elle haussa les sourcils alors qu'il lui tendait une bouteille de lait.

— Qu'est-ce qu'il y a ?

— Je pensais à cette manie que vous aviez, tous, de disparaître au moment où il fallait déballer les courses.

— Tu nous reprochais de ne pas mettre les choses à leur place.

— Vous le faisiez exprès, pour que je vous vire de la cuisine.

— Tu te faisais avoir chaque fois.

— Quand il s'agit de mes hommes, je me fais avoir à tous les coups… Tu as eu un problème, à Rome ?

— Non, répondit-il en s'activant. Tout va bien, Anna.

Mais elle le sentait préoccupé.

— Je vais ouvrir une bonne bouteille de blanc italien, et tu vas me parler de toi. J'ai l'impression que nous ne nous sommes pas vus depuis des années !

Il ferma la porte du réfrigérateur et se tourna vers elle.

— Je regrette de ne pas être venu à Noël.

— Personne ne t'en a voulu, mon chéri. Nous savions que tu préparais ton exposition pour janvier. Nous sommes si fiers de toi, Seth ! Cam a dû acheter au moins une centaine d'exemplaires du *Smithsonian Magazine*, quand ils ont sorti cet article sur toi. « Le jeune artiste peintre américain qui a séduit l'Europe. »

Il souleva une épaule – un geste typique des Quinn, et elle ébaucha un sourire.

— Assieds-toi !

— D'accord, mais je préfère que tu parles la première. Comment allez-vous, tous ? À commencer par toi.

— Très bien, répondit-elle en apportant la bouteille et deux verres. En ce moment, je croule sous la paperasse. L'aspect administratif du métier d'assistante sociale n'est pas le plus intéressant. Entre ça et deux adolescents à la maison, je n'ai pas le temps de souffler. L'entreprise marche du tonnerre.

18

Elle s'installa, poussa un verre vers Seth.

— Audrey y travaille, maintenant.

— Pas possible ! s'exclama-t-il, impressionné. Elle se débrouille comment ?

— Très bien ! Elle est belle, intelligente, têtue comme une mule et, d'après Cam, c'est un génie de la menuiserie. Je pense que Grace a été un peu déçue qu'elle n'ait pas poursuivi sa carrière de danseuse, mais elle semble tellement heureuse... Et puis, Emily, elle, a repris le flambeau.

— Elle compte toujours s'installer à New York fin août ?

— Ce n'est pas tous les jours qu'on a la chance d'être engagée par l'*American Ballet*. Elle l'a saisie au vol, et s'est promis d'être danseuse étoile avant ses vingt ans. Quant à Deke, il est bien le fils de son père – calme, astucieux et marin dans l'âme. Tu veux manger quelque chose ?

— Non, répondit Seth en plaçant la main sur la sienne. Continue.

— Bon... Philip est toujours le gourou du marketing de l'entreprise. Nous avons tous été surpris, lui le premier, qu'il abandonne son poste dans cette agence de publicité de Baltimore pour s'enterrer à St. Christopher. Mais ça fait, quoi, quatorze ans, je suppose donc qu'il ne s'agit pas d'un coup de tête. Naturellement, Sybill et lui ont gardé leur appartement de New York. Elle travaille sur un nouveau bouquin.

— Elle m'en a parlé, murmura Seth en caressant le chien du bout du pied. Un essai sur l'évolution de la communauté dans le cyberespace. C'est quelqu'un ! Et les enfants ?

— Insupportables, comme tous les adolescents dignes de ce nom. La semaine dernière, Bram était follement amoureux d'une certaine Chloé – mais c'est sûrement déjà terminé. Fiona a deux centres d'intérêt : les garçons et le shopping. Remarque, elle a quatorze ans, c'est normal.

— Quatorze ans ! répéta-t-il. Mon Dieu ! Quand je suis parti pour l'Europe, elle n'en avait pas encore dix. J'ai eu beau les voir de temps en temps, j'ai du mal à croire que Kevin conduit, qu'Audrey construit des bateaux, que Bram drague les filles. Je me rappelle…

Il se tut et secoua la tête.

— Quoi ?

— Je me rappelle quand Grace était enceinte d'Emily. C'était la première fois que je voyais une femme si heureuse d'attendre un bébé. J'ai l'impression que c'était hier, et voilà qu'Emily part pour New York. Dix-huit années ont passé, Anna, pourtant, tu n'as pas vieilli d'un jour !

— Qu'est-ce que tu m'as manqué ! s'exclama-t-elle en lui pressant la main.

— Toi aussi. Vous tous.

— On va arranger ça. Je propose de rassembler toute la famille dimanche, pour un grand repas. Qu'en dis-tu ?

— Parfait !

Dingo jappa, puis se précipita vers la porte.

— C'est Cameron. Va à sa rencontre.

Seth traversa la maison, comme il l'avait si souvent fait, ouvrit la porte moustiquaire, et contempla l'homme au milieu de la pelouse en train de lutter avec le chien.

Il était toujours aussi grand, bâti en athlète. Quelques fils argentés brillaient dans ses cheveux. Il avait roulé jusqu'aux coudes les manches de sa chemise, et son jean était usé aux genoux. Il portait des lunettes de soleil et une paire de baskets défraîchies.

À cinquante ans, Cameron Quinn avait toujours l'air d'un voyou.

En guise de salut, Seth claqua la porte derrière lui. Cameron leva les yeux et, surpris, lâcha la corde.

Entre eux passèrent en silence des millions de mots, d'émotions et de souvenirs. Seth descendit les marches, tandis que Cameron venait vers lui. Puis ils demeurèrent immobiles, face à face.

— J'espère que cette merde dans l'allée est une voiture de location, attaqua Cameron.

— Je n'ai pas trouvé mieux. J'ai pensé que je pourrais la rendre demain et utiliser la Corvette.

Cameron eut un sourire narquois.

— Tu rêves, mon vieux ! Tu délires complètement !

— C'est dommage de ne pas s'en servir.

— Ce serait encore plus dommage de la laisser entre les pattes d'un abruti d'artiste rempli d'idées de grandeur.

— Eh, dis donc ! C'est toi qui m'as appris à conduire !

— J'ai essayé. Une mémé de quatre-vingt-dix ans avec un bras dans le plâtre serait moins dangereuse que toi. Et ce... tas de tôle, ajouta-t-il en désignant le véhicule de Seth, ne me rassure guère quant à tes progrès en la matière.

Seth se balança sur ses talons, l'air suffisant.

— Il y a deux mois, j'ai testé une Maserati.

Cam haussa les sourcils.

— Dégage !

— Je l'ai montée à deux cent cinquante, précisa Seth avec un large sourire. J'ai eu la trouille de ma vie.

Cam s'esclaffa et gratifia son frère d'un coup de poing affectueux dans le bras. Puis il soupira.

— Petit crétin, murmura-t-il avant de le serrer contre lui. Bon sang, pourquoi ne pas nous avoir prévenus que tu rentrais ?

— Je me suis décidé à la dernière minute, avoua Seth. J'avais envie d'être ici. J'en avais besoin.

— Je suppose qu'Anna est pendue au téléphone pour rameuter la population ?

— Probablement. Tout le monde devrait se réunir dimanche.

— Parfait ! Tu t'es installé ?

— Non. Mes affaires sont encore dans la voiture.

— N'appelle pas cette horreur ambulante une voiture. Allez, on y va.

— Cam ! fit Seth en l'attrapant par le bras. Je veux revenir à la maison. Pas seulement pour quelques jours ou quelques semaines. Je veux rester. Je peux ?

Cam ôta ses lunettes noires et son regard gris rencontra celui de Seth.

— Tu es devenu dingue ou quoi, pour poser une question pareille ? Tu cherches à me fiche en rogne ?

— Avec toi, c'est inutile. Je ferai ma part de boulot, tu sais.

— Tu l'as toujours fait. Et ta face de macaque nous a manqué.

Il n'en fallut pas davantage pour rassurer Seth.

Ils avaient conservé sa chambre. Au fil des années, elle avait changé : on avait repeint les murs, remplacé la moquette. Mais le lit était celui dans lequel il avait toujours dormi et rêvé.

Ce lit où, enfant, il avait emmené Pataud en catimini.

Et Alice Albert, à l'époque où il se croyait devenu un homme.

Cameron était sûrement au courant, pour Pataud, et Seth s'était souvent demandé s'il n'avait pas deviné, pour Alice.

Il jeta négligemment sa valise sur le lit et posa la mallette contenant son matériel de peinture – celle que Sybill lui avait offerte pour ses onze ans – sur le bureau fabriqué par Ethan.

Il lui faudrait trouver un atelier. Il verrait ça plus tard. Tant que le temps le permettrait, il travaillerait dehors. C'était ce qu'il préférait. Mais il aurait besoin d'un endroit où entreposer ses toiles et son matériel. Il pourrait peut-être louer un coin dans une grange, mais ce serait une solution provisoire.

Or, il avait l'intention de rester.

Il en avait assez de voyager, assez de vivre parmi des étrangers.

Il avait ressenti le besoin de partir, de prendre son envol, d'apprendre à se débrouiller par lui-même, et de peindre.

Il avait étudié à Florence, avant de se rendre à Paris. Il avait parcouru les collines d'Irlande et d'Écosse, foulé les falaises de Cornouailles.

Il avait vécu une existence frugale. Quand il lui avait fallu choisir entre un repas et un tube de peinture, il avait toujours opté pour le second.

Il savait ce que c'était que d'avoir faim. Dans les moments de désespoir, il se souvenait qu'il n'avait pas toujours eu quelqu'un pour le dorloter.

Un Quinn digne de ce nom se devait de se battre, contre vents et marées.

Il sortit un carnet de croquis, rangea ses fusains et ses crayons. Il voulait se consacrer un certain temps au dessin pur, avant de reprendre son pinceau.

Quelques-uns de ses premiers croquis ornaient encore les murs de la chambre. Cam lui avait appris à confectionner des cadres sur un vieil établi. Seth décrocha l'un des tableaux pour l'examiner. Le trait était grossier, mais l'ensemble prometteur.

Et surtout, surtout, porteur d'espoir.

Il les avait plutôt bien cernés, pensa-t-il. Cam, les pouces crochetés dans les poches, l'air autoritaire. Philip, mince et élégant. Ethan, patient et solide comme un roc, en vêtements de travail.

Il s'était représenté avec eux. Seth à dix ans : maigre, les épaules étroites, les pieds trop grands, le menton relevé pour masquer un sentiment plus douloureux que la peur.

L'espoir.

Il avait capté un instant de vie du bout de son crayon. En se dessinant parmi eux, il avait commencé à croire – du fond du cœur – qu'il était l'un des leurs.

Un Quinn.

— Se frotter à un Quinn, murmura-t-il en raccrochant son dessin, c'est se frotter à tous les Quinn.

Il se retourna, jeta un coup d'œil sur ses bagages. Saurait-il convaincre Anna de les lui défaire ?

Sûrement pas.

— Salut !

Il se retourna vers la porte, et son regard s'éclaira en découvrant Kevin sur le seuil. Tant qu'à s'attaquer à la corvée du rangement, autant le faire en bonne compagnie.

— Salut, Kev !

— Alors, cette fois, tu es rentré pour de bon ?

— On dirait que oui.

— Cool !

Kevin s'avança, se laissa choir sur le lit, posa les pieds sur la valise.

— Maman est folle de joie. Et quand elle est heureuse, tout le monde l'est. Je réussirai peut-être à la convaincre de me prêter sa voiture ce week-end.

— Je suis content de pouvoir t'être utile.

Il poussa les jambes de l'adolescent et tira sur la fermeture Éclair de sa valise.

Kevin ressemblait à sa mère. Boucles brunes, grands yeux de velours. Il devait faire tourner la tête de toutes les filles.

— Alors, cette pièce de théâtre ?

— Géniale ! On joue *West Side Story*. Je fais Tony. Quand t'es un Jet…

— … t'es un Jet pour la vie, termina Seth en fourrant une pile de chemises dans un tiroir de la commode. Tu te fais descendre, non ?

— Oui !

Kevin porta les mains à son cœur et frémit en grimaçant de douleur. Puis il s'affaissa.

— C'est super, et juste avant que je meure, on a une scène de bagarre terrible. Le spectacle a lieu la semaine prochaine. Tu viendras, hein ?

— Premier rang, fauteuil du milieu.

— Tu verras Lisa Maxdon – c'est elle qui joue Maria. On a deux ou trois scènes d'amour ensemble. On répète beaucoup, ajouta-t-il avec un clin d'œil.

— L'art passe avant tout.

— Ouais… Bon, parle-moi de toutes ces nanas européennes. Plutôt chaudes, non ?

— Tu l'as dit ! J'ai eu une copine, à Rome. Anna Teresa.

— Un double prénom, murmura Kevin C'est hypersexy.

— Elle était serveuse dans une petite trattoria. Et sa façon de présenter les pâtes *pomodoro*… exceptionnelle !

— Alors ? Tu as fait une touche ?

Seth gratifia l'adolescent d'un regard apitoyé.

— Je t'en prie, à qui crois-tu parler ? Elle avait les cheveux jusqu'en bas des fesses… très jolies, soit dit en passant. Les fesses, précisa-t-il en jetant ses jeans dans un autre tiroir. Des yeux de biche et une bouche gourmande.

— Tu l'as dessinée toute nue ?

— J'ai fait une dizaine de croquis. Elle était très naturelle, sans complexes.

— Arrête ! J'en peux plus !

— Et elle avait une de ces…

Seth leva les mains à la hauteur de sa poitrine pour illustrer son propos.

— … personnalités, acheva-t-il en laissant retomber ses mains. Coucou, Anna !

— Vous discutez art, je suppose ? C'est gentil de partager ton expérience culturelle avec Kevin.

— Euh… c'est-à-dire que…

Le sourire moqueur d'Anna le fit taire. Il se contenta de lui sourire innocemment.

— Malheureusement, la séance « art et culture » est terminée. Kevin, je crois que tu as des devoirs ?

— J'y vais, marmonna-t-il avant de s'enfuir.

— Crois-tu que la jeune femme en question apprécierait d'être réduite à une paire de seins ? enchaîna Anna d'un ton aimable en pénétrant dans la chambre.

— Euh… j'ai parlé de ses yeux, aussi. Presque aussi beaux que les tiens.

Anna sortit une chemise du tiroir ouvert et la replia.

— Et tu penses que ça va marcher avec moi ?

— Non. Mais je peux toujours te supplier : s'il te plaît, ne m'agresse pas. Je viens juste d'arriver.

Elle s'empara d'une deuxième chemise, la plia.

— Kevin a seize ans, et je sais qu'en ce moment, ce qui l'intéresse le plus, ce sont les seins nus et un désir urgent d'en palper le plus possible.

— Anna ! protesta Seth.

— Je suis consciente aussi que cette prédilection – en voie, j'espère, d'être mieux maîtrisée – reste profondément ancrée dans l'esprit de l'espèce mâle tout au long de son existence.

— Tu veux que je te montre mes esquisses de Toscane ?

— Je suis cernée, soupira-t-elle en replaçant une troisième chemise sur la pile. Dès mon arrivée dans cette maison, j'ai été dépassée par le nombre ! Ça ne m'empêche pas de vous mettre au pas, les uns et les autres, quand c'est nécessaire. Compris ?

— Oui, madame.

— Parfait. Montre-moi tes paysages.

Plus tard, quand le silence eut enveloppé la maison, elle retrouva Cam au clair de lune, sur la véranda. Elle se blottit dans ses bras.

Il la serra contre lui et lui frotta les épaules pour la réchauffer.

— Tu les as tous bordés ?

— Oui, c'est mon boulot... Il fait frais, constatat-elle en contemplant le ciel constellé d'étoiles. J'espère que le temps restera beau jusqu'à dimanche. Oh, Cam !

— Je sais, murmura-t-il en passant la main dans ses cheveux.

— L'avoir là, à la table. Le regarder jouer avec Jake et cet imbécile de chien. Et même, l'entendre parler de femmes nues avec Kevin...

— Quelles femmes nues ?

Elle éclata de rire et secoua la tête.

— Tu ne les connais pas. C'est si bon de l'avoir de nouveau parmi nous.

— Je t'avais dit qu'il reviendrait. Les Quinn retrouvent toujours leurs racines.

— Tu avais raison.

Elle l'embrassa passionnément.

— Si nous montions ? chuchota-t-elle. Je pourrais te border dans ton lit.

2

— Allez! Debout là-dedans! On n'est pas dans un asile de nuit, ici!

En entendant cette voix enjouée, et légèrement sadique, Seth laissa échapper un grognement. Il se retourna sur le ventre et tira l'oreiller sur sa tête.

— Va-t'en. Loin, loin, loin!

— Si tu crois que tu vas pouvoir dormir tous les jours jusqu'à midi, tu te fourres le doigt dans l'œil, rétorqua Cam en arrachant l'oreiller. Debout!

Seth ouvrit un œil, consulta le réveil. Il n'était pas 7 heures. Il colla le visage contre le matelas et grommela une injure en italien.

— Et si tu crois qu'après toutes ces années avec Spinelli, je n'ai pas compris ce que tu venais de dire, tu es aussi stupide que fainéant!

Décidé à résoudre le problème une fois pour toutes, Cam tira les draps d'un coup sec, saisit Seth par les chevilles et le traîna jusqu'au sol.

— Merde!

Nu comme un ver, le coude douloureux, Seth décocha à son persécuteur un regard noir.

— Tu es malade? Je suis dans ma chambre, dans mon lit, et j'essaie de dormir.

— Habille-toi. J'ai du boulot pour toi.

— Bon sang, tu pourrais au moins m'accorder vingt-quatre heures de répit !

— J'ai commencé à te dresser quand tu avais dix ans, et je ne suis pas près de finir. J'ai du travail, on se secoue !

— Cam ! s'exclama Anna en s'encadrant sur le seuil, les poings sur les hanches. Je t'ai demandé de le réveiller, pas de le flanquer par terre.

— Oh, non !

Mortifié, Seth arracha le drap des mains de Cam et l'enroula autour de sa taille.

— Je suis tout nu, Anna ! protesta-t-il.

— Alors, habille-toi ! suggéra-t-elle avant de disparaître.

— Je t'attends dehors. Tu as cinq minutes, annonça Cam en sortant.

— Oui, oui, d'accord.

Décidément, songea Seth en enfilant son jean, certaines choses ne changeaient jamais. Même à soixante ans, Cam continuerait de le virer de son lit aux aurores, comme s'il n'en avait que douze.

Il enfila un vieux sweat-shirt et quitta la pièce.

Si le café n'était pas prêt, ils allaient l'entendre.

— Maman ! Je ne trouve pas mes chaussures !

En passant, Seth jeta un coup d'œil du côté de chez Jake.

— Elles sont en bas ! répondit Anna. Au milieu de ma cuisine, là où elles n'ont rien à faire.

— Pas celles-là, maman ! Les autres !

— Cherche sous tes fesses, conseilla Kevin. Ta cervelle s'y trouve déjà.

— Pour toi, évidemment, pas de problème pour trouver tes fesses, tu les portes en bandoulière !

La familiarité de cette scène aurait pu faire sourire Seth… s'il n'avait été 7 heures du matin, si son coude, qui avait heurté la table de chevet, ne lui fai-

29

sait pas si mal, et s'il avait absorbé sa dose de caféine.

— Quelle mouche a piqué Cam? aboya-t-il en pénétrant dans la cuisine. Il y a du café? Pourquoi est-ce que vous poussez tous des hurlements à peine réveillés?

— Cam a besoin de toi dehors. Il reste du café, et tout le monde se réveille en hurlant parce que c'est notre façon à nous de saluer le jour.

Elle lui remplit une épaisse tasse en faïence.

— Je te laisse te débrouiller, j'ai une réunion ce matin. Inutile de bouder, Seth. Je rapporterai de la glace.

Cette perspective lui redonna du baume au cœur.

— Aux pépites de chocolat?

— Aux pépites de chocolat. Jake! Sors-moi ces chaussures d'ici avant que je les donne à dévorer au chien. Dépêche-toi, Seth, sans quoi tu risques de gâcher la bonne humeur de Cam.

— C'est cela, ouiiii… Il avait l'air en pleine forme, quand il m'a viré de mon pieu!

Il sortit. Ils étaient tous là, comme le jour où Seth les avait croqués, tant d'années auparavant. Cam, les pouces dans les poches, Philip, en costume impeccable, Ethan, une casquette délavée sur ses cheveux ébouriffés.

Seth avala une gorgée de café et une bouffée de bonheur le submergea.

— C'est pour ça que tu m'as tiré du lit?

— Toujours aussi aimable, répliqua Philip en le serrant contre lui.

Son regard, du même or que ses cheveux, s'attarda sur la tenue débraillée de Seth.

— Décidément, tu as oublié tout ce que je t'ai appris, marmonna-t-il en tâtant l'étoffe grisâtre de son sweat. À l'évidence, ton séjour en Italie ne t'a servi à rien.

— Ce ne sont que des vêtements, Phil. On les met pour se protéger du froid et pour ne pas aller en taule.

Philip grimaça et recula d'un pas.

— Qu'est-ce que j'ai raté, mon Dieu, qu'est-ce que j'ai bien pu rater ?

— Tu as l'air en forme. Encore un peu maigre, c'est tout… Qu'est-ce que c'est que ça ? s'enquit Ethan en tirant sur ses cheveux. On dirait une fille !

— Hier, il portait un joli catogan, intervint Cam. C'était très mignon.

— Va te faire voir ! riposta Seth en souriant.

— On va t'offrir un beau ruban rose ! déclara Ethan en riant, avant de l'étreindre affectueusement.

Philip lui prit sa tasse des mains et en but une gorgée.

— On n'a pas pu attendre dimanche.

— C'est bon de vous voir. Vraiment… Cam, tu aurais pu me prévenir qu'on avait de la visite, au lieu de me bousculer.

— C'était plus drôle comme ça. Bon ! souffla-t-il en se balançant d'un pied sur l'autre.

— Bon ! renchérit Phil en posant la tasse sur la balustrade de la véranda.

— Bon ! dit Ethan à son tour en agrippant le bras de Seth.

— Quoi ?

Cam sourit et l'attrapa par l'autre bras, une lueur espiègle dans le regard.

— Ah, non ! Pas ça !

— Il le faut.

Sans laisser à Seth le temps de réagir, Philip lui attrapa les jambes.

— De toute façon, vu les fringues que tu portes, tu n'as rien à craindre.

— Arrêtez ! s'écria Seth en se cabrant. Sans rire ! la flotte doit être glaciale !

— Tu vas sûrement couler comme une pierre, observa Ethan d'un ton calme, tandis que le petit groupe se dirigeait vers le ponton. On dirait que ton séjour en Europe t'a transformé en serpillière.

— Serpillière, mon œil ! hurla Seth en luttant pour ne pas éclater de rire. Et vous, vous avez besoin de vous y mettre à trois pour m'avoir ! Bande de barbons ramollis !

« Avec une poigne de fer », songea-t-il. Philip haussa les sourcils.

— À votre avis, on le jette à quelle distance ?

— On ne va pas tarder à le savoir, répondit Cam. Un !

— J'aurai votre peau ! promit Seth en riant et en se tortillant comme un poisson asphyxié.

— Deux ! ajouta Phil avec un grand sourire. Tu ferais mieux d'épargner ton souffle, le môme !

— Trois ! Bienvenue à la maison, Seth ! conclut Ethan.

Il avait raison. L'eau était glacée. Il but la tasse, remonta à la surface, cracha, repoussa ses cheveux. Sur le ponton baigné de soleil, ses frères se tordaient de rire.

Je m'appelle Seth Quinn. Et je suis de retour chez moi.

Cette baignade forcée avait achevé de le réveiller. Puisqu'il était levé, autant s'occuper. Il retourna à Baltimore rendre sa voiture de location. Après d'âpres et longues négociations dans une succursale automobile, il reprit la route, fier propriétaire d'une Jaguar décapotable gris métallisé.

Il savait que cette acquisition lui vaudrait une petite fortune en contredanses pour excès de vitesse, mais il avait été incapable de résister.

La vente de ses tableaux était une arme à double tranchant. D'un côté, chaque fois qu'il devait se séparer d'une de ses œuvres, il en avait le cœur brisé. De l'autre, il commençait à très bien gagner sa vie.

Quand ils verraient son nouveau tas de ferraille, ses frères seraient verts de jalousie. Il s'en réjouissait d'avance.

À l'approche de St. Christopher, il ralentit. La petite ville portuaire, avec ses quais animés et ses rues tranquilles, l'inspirait toujours autant. Il l'avait dessinée sous tous les angles.

Market Street, bordée de boutiques et de restaurants, était parallèle au quai, où les pêcheurs de crabes installaient leurs tables, le week-end, pour faire leur numéro devant les touristes. C'était là que les collègues d'Ethan déposeraient leur prise du jour.

À l'ombre des arbres se côtoyaient demeures victoriennes, cabanes de sauniers et maisonnettes en bois. Les pelouses étaient parfaitement entretenues. La propreté, le charme et l'histoire de la ville attiraient les touristes en nombre.

Les habitants avaient appris à vivre avec eux, comme ils avaient appris à supporter les tempêtes venues de l'Atlantique, les longues périodes de sécheresse qui racornissaient les champs de soja, et le dépérissement économique de la Baie.

Il passa devant chez Crawford en se remémorant ses sandwichs trop gras, ses cornets de glace dégoulinants et ses commérages.

Il avait parcouru toutes ces rues à bicyclette, dans des courses folles avec Danny et Will McLean. Il les avait sillonnées à bord d'une Chevrolet d'occasion, qu'il avait rafistolée avec l'aide de Cam, l'été de ses seize ans.

Il s'était assis – enfant, puis jeune homme – sous les parasols ombrageant les terrasses de cafés en s'émerveillant de ce lieu unique au monde, où il était heureux.

Après s'être garé, il déambula le long du quai. Il voulait étudier la lumière, les ombres, les couleurs et les formes. Déjà, il regrettait de ne pas avoir emporté son carnet de croquis.

Il ne se lassait pas de la beauté mouvante de la planète, de la façon dont le soleil se reflétait sur l'eau à tel instant, pour disparaître derrière un nuage l'instant d'après.

Et là, pensa-t-il, le galbe de la joue de cette fillette qui levait la tête pour observer une mouette. Le contour de sa bouche quand elle riait, la manière dont ses doigts s'entrelaçaient à ceux de sa mère, avec une totale confiance.

Tous ces détails l'émouvaient.

Les mains dans les poches, il suivit des yeux un bateau blanc fonçant vers le large, esquissa un sourire en voyant ses voiles claquer au vent.

Il avait très envie de naviguer. Peut-être réussirait-il à débaucher Audrey durant quelques heures. Il avait des courses à faire. Ensuite, il passerait la chercher au chantier.

Scrutant la rue, il regagna sa voiture. Une enseigne attira son attention. BOUTONS ET PÉTALES – FLEURISTE, lut-il. C'était nouveau. Il s'approcha, admira les fleurs qui ornaient chaque côté de l'entrée.

La vitrine était remplie de végétaux et de ce qu'il aurait qualifié de gadgets. Il remarqua avec amusement un vase en forme de vache, rempli de pensées.

Sur la porte était inscrit en lettres fines : *Drusilla Whitcomb Banks, propriétaire.*

Ce nom lui était inconnu. D'emblée, il imagina une femme âgée. Une veuve aux cheveux blancs, en robe imprimée et chaussures plates, les lunettes suspendues au bout d'une chaîne dorée.

Elle avait dû venir passer les week-ends à St. Christopher avec son mari. À la disparition de celui-ci, elle s'était retrouvée avec du temps et de l'argent à dépenser. Elle avait donc décidé de s'installer là et d'ouvrir une boutique de fleurs en souvenir de ce passé heureux.

D'avance, Mme Whitcomb Banks lui était sympathique. Elle, et son chat – elle avait forcément un chat qui répondait au nom d'Ernest.

Sur un coup de tête, il décida de lui faire plaisir, ainsi qu'à toutes les femmes de sa vie. Il poussa la porte, qui tinta.

La propriétaire était douée d'un véritable sens artistique. Cascades de couleurs éclatantes, mélanges habiles, contrastes savants… La boutique était impeccable, et l'atmosphère y était agréable, décontractée.

Pots, vases, rubans et dentelles, coupelles d'herbes fraîches et plantes luxuriantes emplissaient l'espace, réduit mais parfaitement agencé.

Touche finale, en guise de musique de fond, les notes aérienne de *L'après-midi d'un faune*.

« Bravo, madame Whitcomb Banks ! » la félicitat-il silencieusement en s'apprêtant à dépenser sans compter.

La femme qui surgit derrière le comptoir ne correspondait pas du tout à l'image qu'il se faisait d'une veuve éplorée, mais elle ne jurait pas dans le décor. Bien au contraire.

Seth attribua mentalement un point de plus à la propriétaire, pour avoir engagé une vendeuse aussi ravissante.

— Puis-je vous aider ?

— Euh… oui.

Il s'approcha du comptoir et la dévisagea.

Grande, mince, les cheveux noirs coupés court, elle paraissait sûre d'elle.

Sa coiffure mettait en valeur l'ovale de son visage au teint d'albâtre. Les dieux, qui devaient être de bonne humeur le jour où ils l'avaient créée, l'avaient dotée de magnifiques yeux verts en amande, frangés de cils interminables.

Elle avait un nez court et droit, des lèvres pleines, et une adorable fossette au menton.

Il eut une envie folle de la peindre. Il la voyait déjà, couchée sur un lit de pétales de roses.

Elle se laissa examiner avec le sourire, puis finit par hausser les sourcils.

— En quoi puis-je vous être utile ?

Elle avait une jolie voix. À la fois douce et grave. Teintée d'un accent qui n'était pas de la région.

— Pour commencer, vous pourriez peut-être me vendre quelques fleurs, déclara-t-il. Ce magasin est superbe.

— Merci. À quel genre de fleurs pensiez-vous ?

— Ça peut attendre, murmura-t-il en se penchant vers elle.

À St. Christopher, on prenait toujours le temps de bavarder avec les commerçants.

— Vous travaillez ici depuis longtemps ?

— Depuis le premier jour. Si c'est pour la fête des Mères, j'ai de magnifiques...

— Non, merci, pour la fête des Mères, j'ai déjà tout prévu. Vous n'êtes pas d'ici, vous avez un accent. Du Nord, peut-être ?

— En effet. Washington, D.C.

— Et le nom de la boutique ? *Boutons et pétales*, c'est de Whistler ?

Elle parut décontenancée.

— C'est exact. Mais vous êtes le premier à y faire allusion.

— Un de mes frères est très branché question citations. Je ne me la rappelle pas précisément, mais je

sais qu'elle a un rapport avec l'œuvre du peintre…
Je suis moi-même peintre.

— Vraiment ?

Elle s'efforça de demeurer patiente, de ne pas le bousculer. Dans une petite ville comme celle-ci, on prenait son temps, on n'hésitait pas à discuter avec des inconnus. Elle avait déjà jugé celui-ci. Son visage lui semblait vaguement familier, son regard, d'un bleu intense, lui paraissait franc et sincère. Sans s'abaisser à flirter avec lui dans le seul but de lui vendre un bouquet, elle pouvait au moins se montrer amicale.

Persuadé qu'il était peintre en bâtiment, elle chercha ce qui pourrait convenir à son budget.

— Vous travaillez dans les environs ?

— Depuis peu. J'ai été longtemps absent. Vous êtes seule dans le magasin ? ajouta-t-il, évaluant d'un regard circulaire la quantité de travail que requérait un magasin comme celui-ci. La propriétaire vous donne un coup de main de temps en temps ?

— Je suis seule pour le moment. Et c'est moi, la propriétaire.

Il ne put s'empêcher de rire.

— Ça alors ! Je n'en reviens pas ! Très heureux de vous connaître, Drusilla Whitcomb Banks. Je m'appelle Seth Quinn, ajouta-t-il en lui tendant la main.

Seth Quinn. Elle prit sa main machinalement. Elle savait maintenant où elle l'avait vu : dans une revue. Il n'était pas peintre en bâtiment, mais artiste peintre. L'enfant du pays devenu célèbre en Europe.

— J'admire beaucoup ce que vous faites.

— Merci, fit-il. C'est réciproque. Je vous retarde, mais vous n'allez pas le regretter. J'ai plusieurs femmes à gâter. J'ai besoin de vos conseils.

— Plusieurs ?

— Oui. Trois. Non, quatre, rectifia-t-il en pensant à Audrey.

— Je me demande quand vous trouvez le temps de peindre, monsieur Quinn.

— Seth. Je me débrouille.

— Je n'en doute pas.

Certains hommes se débrouillaient toujours.

— Que voulez-vous ? Des fleurs coupées ? Des plantes ?

— Euh… des fleurs coupées, joliment emballées. C'est plus romantique, non ? Voyons…

Il réfléchit, décida de passer d'abord voir Sybill.

— La première est sophistiquée, élégante, c'est une intellectuelle pragmatique au cœur d'artichaut. Il me semble que des roses…

— Pas très original.

Il la fixa et sourit.

— Vous avez raison.

— Attendez-moi une minute, je crois que j'ai ce qu'il vous faut.

Elle disparut dans l'arrière-boutique. Philip aurait approuvé la coupe nette de son tailleur abricot. Ethan se serait demandé comment lui donner un coup de main. Quant à Cam… Cam l'aurait détaillée de haut en bas avant de sourire.

Elle revint les bras chargés de fleurs exotiques.

— Ce sont des hémérocalles, expliqua-t-elle. Élégantes, chics… et cette couleur aubergine est spectaculaire.

— Vous avez visé juste.

Elle les plaça dans un vase conique.

— Ensuite ?

— La deuxième est chaleureuse, merveilleusement démodée, dit-il avec une tendre pensée pour Grace. Simple, douce sans être mièvre, et solide comme un roc.

— Des tulipes, décida Drusilla en ouvrant la chambre froide. Rose pâle. Regardez…

— Dans le mille ! Vous êtes douée.

— En effet, répliqua-t-elle.

Elle commençait à s'amuser franchement.

— La troisième ?

Audrey. Comment décrire Audrey ?

— Jeune, fraîche, rigolote. Fonceuse et loyale.

— J'ai trouvé !

La jeune femme s'échappa de nouveau, puis reparut avec une poignée de tournesols.

— Génial ! Vous avez bien choisi votre métier, Drusilla.

Ce compliment la remplit d'une joie inexplicable.

— Il vaut mieux ne pas se tromper. Et puisque vous êtes sur le point de battre le record des achats en une fois, appelez-moi Dru.

— Entendu.

— Et la quatrième ?

— Fougueuse, belle, intelligente et sexy. D'une générosité… sans bornes. C'est la femme la plus extraordinaire que j'aie jamais connue.

— Et vous en connaissez beaucoup. Je reviens.

Cette fois, elle lui présenta une gerbe de lys asiatiques écarlates.

— Anna tout craché ! s'exclama-t-il en effleurant l'un des pétales. Grâce à vous, je vais être un héros.

— À votre service. Je vous les emballe tout de suite. Choisissez les cartes qui vous plaisent.

— Je m'en passerai.

Il la regarda s'affairer. Elle ne portait pas d'alliance. Le fait qu'elle soit mariée n'aurait rien changé à son envie de la peindre, mais aurait mis un terme à ses autres projets.

— Et vous ? Quelle fleur êtes-vous ?

Elle lui jeta un coup d'œil, sans cesser de travailler.

— Toutes. J'aime la variété… Comme vous, apparemment.

— Ça m'ennuie de vous enlever vos illusions, mais ce n'est pas un harem que j'entretiens. C'est pour mes sœurs. Sauf les tournesols, qui sont pour ma nièce… cousine… sœur… c'est un peu confus.

— Mmm…

— Les épouses de mes frères, enchaîna-t-il. Et la fille aînée de l'un d'eux. Autant éclaircir la situation, car j'ai l'intention de vous peindre.

— Vraiment ?

Il sortit sa carte de crédit et la posa sur le comptoir, tandis qu'elle s'attaquait aux tournesols.

— Vous vous dites que je cherche simplement à vous déshabiller. Remarquez, je n'y vois pas d'objection.

Elle déroula un long ruban doré.

— On pourrait commencer par le visage. J'adore la forme de votre crâne.

Pour la première fois, ses doigts tâtonnèrent. Elle lâcha un petit rire et le regarda droit dans les yeux.

— La forme de mon crâne ?

— Oui. Vous aussi vous l'aimez, sans quoi vous ne vous coifferiez pas comme ça.

— Vous savez parler aux femmes.

— J'aime les femmes.

— C'est ce que j'avais cru comprendre.

Comme elle achevait le dernier bouquet, un couple entra dans la boutique.

Tant mieux, songea Dru. Il était temps que le talentueux M. Quinn circule.

— Je suis flattée que vous appréciiez la forme de mon crâne, reprit-elle en insérant sa carte dans la machine. Et qu'un homme de votre talent et de votre réputation ait envie de me peindre. Mais mon magasin m'occupe énormément, et je ne suis guère disponible. Quand j'ai un moment de libre, j'en profite égoïstement.

Elle glissa le ticket vers lui pour qu'il le signe.

— Vous fermez tous les jours à 18 heures, et le dimanche.

40

Curieusement, son insistance l'intrigua plus qu'elle ne l'irrita.

— Vous avez l'œil.

— Chaque détail compte.

Il lui rendit son ticket signé et saisit au hasard une carte sur le présentoir. Au dos, il entreprit une rapide esquisse de son visage, avant d'inscrire son numéro de téléphone.

— Au cas où vous changeriez d'avis...

Elle ne put s'empêcher de sourire.

— Je pourrais vendre ce minuscule tableau pour une coquette somme.

— Vous avez trop de classe pour ça, rétorqua-t-il en rassemblant ses paquets. Merci pour les fleurs !

Elle passa devant lui pour lui ouvrir la porte.

— De rien. J'espère que vos... sœurs seront contentes.

— J'en suis sûr. Je reviendrai !

— Je serai là.

Elle rangea la carte dans sa poche et ferma la porte.

Seth passa une heure délicieuse à discuter avec Sybill. Et à la regarder arranger – avec quel bonheur ! – son bouquet dans un haut vase en cristal.

Il s'accordait parfaitement à Sybill, comme la maison qu'elle avait achetée et décorée avec Philip, une vieille demeure victorienne soigneusement rénovée.

Au fil des années, elle avait souvent changé de coiffure, mais elle était revenue à celle qu'il préférait : les cheveux lisses frôlant les épaules.

Elle ne s'était pas donné la peine de se maquiller pour cette journée consacrée aux tâches domestiques et portait une tenue simple – sans doute décontractée, pour elle : chemisier blanc et pantalon noir.

Mère de deux enfants turbulents, elle poursuivait ses activités de sociologue et d'auteur, et paraissait totalement sereine.

Mais Seth savait combien elle avait lutté pour atteindre cet état de grâce.

Elle avait grandi dans le même foyer que sa mère biologique. Deux demi-sœurs, à l'opposé l'une de l'autre.

Le seul fait de penser à Gloria DeLauter suffisait à lui nouer l'estomac, aussi se concentra-t-il sur Sybill.

— Quand vous êtes venus à Rome avec les enfants, il y a quelques mois, j'étais loin d'imaginer que la prochaine fois que je vous verrais, ce serait ici.

— J'avais très envie que tu reviennes, confia-t-elle en remplissant deux verres de thé glacé. C'est très égoïste de ma part, mais c'est ainsi. Parfois, tout à coup, je m'arrêtais et je me disais : il manque quelque chose. Mais quoi ? Ah, oui… Seth.

— Merci, c'est gentil, murmura-t-il en lui pressant brièvement la main.

— Raconte-moi tout !

Ils parlèrent de leurs métiers respectifs. Des enfants. De ce qui avait changé, de ce qui demeurait immuable.

Lorsqu'il se leva pour partir, elle l'étreignit avec tendresse.

— Merci pour les fleurs, elles sont superbes.

— Cette nouvelle boutique, dans Market Street, est formidable. La propriétaire connaît son boulot… Tu y es déjà allée ?

— Une ou deux fois. Elle est ravissante, n'est-ce pas ?

— Qui ça ?

Sybill inclina la tête avec un sourire entendu.

— Pris la main dans le sac ! plaisanta-t-il. Oui, c'est vrai, elle a un visage intéressant. Que sais-tu d'elle ?

— Pas grand-chose. Elle s'est installée en ville l'été dernier et a ouvert son magasin à l'automne. Je crois qu'elle vient de Washington. Il me semble que mes parents connaissent des Whitcomb et des Banks dans la région, ajouta-t-elle avant de hausser les épaules. Je n'en suis pas sûre. Nous ne communiquons guère, ces temps-ci.

— J'en suis navré.

— C'est inutile. Ils ont deux petits-enfants merveilleux qu'ils ignorent complètement...

«Comme ils t'ont ignoré, toi», songea-t-elle.

— Tant pis pour eux, conclut-elle.

— Ta mère ne t'a jamais pardonné d'avoir pris ma défense.

— C'est son problème. Et puis, je n'étais pas seule. Dans cette famille, on se serre les coudes.

Elle avait raison. Chez les Quinn, c'était «tous pour un».

Mais il ne voulait pas les impliquer dans les problèmes auxquels il craignait de devoir faire face très bientôt.

3

Dès que ses clients furent partis, Dru sortit le croquis de sa poche.

Seth Quinn voulait la peindre. Fascinant. Intrigant, aussi, comme l'artiste lui-même. Mais être intriguée ne signifiait pas forcément être intéressée.

Car elle ne l'était pas.

Elle n'avait aucune envie de poser, d'être disséquée, immortalisée. Cependant, l'idée excitait sa curiosité, de même que Seth.

L'article qu'elle avait lu donnait quelques détails sur sa vie privée. Ainsi, il était venu dans la région vers l'âge de dix ans, et Ray Quinn l'avait accueilli chez lui, quelques mois seulement avant de périr dans un accident de voiture. Certaines parties de son histoire restaient nébuleuses. Questionné sur ses parents, Seth avait refusé de répondre au journaliste. Il s'était contenté de déclarer que Ray Quinn était son grand-père, et qu'après sa mort il avait été élevé par ses trois fils adoptifs. Et par les épouses de ceux-ci, au fur et à mesure de leur arrivée.

Il lui avait dit qu'il voulait offrir les bouquets à ses sœurs. Peut-être faisait-il allusion à ces femmes qu'il considérait comme ses sœurs.

Après tout, quelle importance ?

C'étaient surtout les commentaires sur ses œuvres qui l'avaient passionnée, et le fait que sa famille ait su encourager son talent.

Quelle chance il avait eue d'être entouré de proches qui l'aimaient au point de le laisser partir pour l'Europe – voler de ses propres ailes, découvrir la vie, échouer ou réussir par lui-même ! Des proches qui, de toute évidence, avaient accueilli avec joie son retour.

Pourtant, elle avait du mal à imaginer cet homme, que les Italiens avaient surnommé *il maestro giovano* – le jeune maître –, s'installant à St. Christopher pour y peindre des paysages marins.

De la même manière, la plupart de ses propres relations devaient s'interroger sur les raisons qui avaient poussé Drusilla Whitcomb Banks, riche héritière, à s'établir comme fleuriste dans le Maryland.

Elle se fichait éperdument de ce que l'on pensait ou disait d'elle. Comme Seth Quinn, probablement. Elle était venue là pour échapper aux exigences et aux attentes des uns et des autres, à l'emprise familiale et à la pression incessante que ses parents, qui ne s'entendaient pas, exerçaient sur elle.

Elle avait jeté son dévolu sur St. Christopher pour trouver la paix, une paix dont elle rêvait depuis l'enfance.

Elle avait presque atteint son but.

Nul doute que sa mère serait ravie d'apprendre qu'elle avait retenu l'attention du célèbre Seth Quinn. Raison de plus pour l'éviter.

D'autant qu'elle l'avait trouvé très attirant.

D'après ce qu'elle avait entendu dire, les Quinn formaient un clan soudé. Or, la famille, elle en avait soupé.

« Dommage ! » s'avoua-t-elle en rangeant la carte dans un tiroir. Le « jeune maître » était beau, amusant et séduisant. Et un homme qui prenait le temps d'acheter des fleurs pour ses sœurs – et s'efforçait d'offrir un bouquet personnalisé à chacune – méritait des points supplémentaires.

— Dommage pour nous deux! murmura-t-elle.

Au même instant, Seth était en train de penser à elle. Il imaginait les angles, les tons qui conviendraient le mieux à son portrait. Il lui demanderait de se placer de trois quarts, la tête légèrement tournée vers la gauche, les yeux vers lui.

Cette pose mettrait en valeur à la fois son élégance et sa sensualité.

Car elle accepterait. Sur ce point, il n'avait aucun doute. Il disposait de tout un arsenal d'armes diverses pour combattre la réticence d'un modèle. Il ne lui restait plus qu'à décider laquelle marcherait avec Drusilla.

Il pianota sur son volant au rythme du morceau d'Aerosmith que crachait la chaîne.

Elle était sûrement issue d'un milieu aisé. Si Seth n'était pas esclave de la mode, il n'en était pas moins connaisseur en matière de coupe et de tissus de qualité. Son accent aussi la trahissait : il sentait l'école privée à plein nez.

Elle s'était inspirée de James McNeill Whistler pour baptiser sa boutique. Elle était donc cultivée. Elle paraissait bien dans sa peau et ne se troublait pas lorsqu'un homme lui faisait clairement sentir qu'elle l'attirait. Elle n'était pas mariée, et son instinct lui soufflait qu'elle était seule. Une femme comme elle ne déménageait pas pour suivre un ami ou un amant. Si elle avait quitté Washington et monté une affaire, c'était par choix.

Seth se gara dans le parking derrière la vieille grange que les Quinn avaient rachetée à Nancy Claremont après la mort de son époux.

Ils avaient commencé par louer l'énorme bâtiment, qui avait servi de hangar à tabac au XVIIIe siècle, d'usine d'emballage au XIXe, d'entrepôt de luxe une grande partie du XXe.

Les frères Quinn l'avaient transformé en chantier naval et en étaient devenus propriétaires huit années auparavant.

En descendant de voiture, Seth jeta un coup d'œil au toit. Il les avait aidés à le remettre à neuf, et avait failli se briser le cou par la même occasion.

Il s'était brûlé les doigts en étalant du mastic ; sous l'œil attentif d'Ethan, il avait appris à calfater. Avec Cam, il avait transpiré à grosses gouttes pour réparer le ponton, et inventé les prétextes les plus insensés pour se défiler chaque fois que Phil avait émis l'idée de lui enseigner la comptabilité.

Les mains sur les hanches, il se planta devant l'entrée surmontée d'un panneau patiné par les ans et les intempéries. LES BATEAUX QUINN. On avait ajouté un quatrième nom aux trois premiers.

Audrey Quinn.

Il ébaucha un sourire à l'instant précis où elle émergeait de la bâtisse.

Elle portait une ceinture à outils autour de la taille et une casquette sur ses cheveux couleur de miel attachés sur la nuque.

Ses bottes éraflées et tachées ressemblaient à celles d'une poupée.

Elle avait des pieds minuscules.

« Et une sacrée voix », se dit-il, tandis qu'elle poussait un rugissement de joie en se précipitant vers lui.

Elle bondit, s'accrocha à ses épaules et enroula les jambes autour de sa taille. La visière de sa casquette heurta le front de Seth, alors qu'elle le gratifiait d'un baiser sonore sur la bouche.

— Mon Seth ! s'exclama-t-elle. Ne repars plus jamais, tu m'entends ? Promets-le-moi.

— D'accord. Il se passe trop de choses ici en mon absence. Recule un peu, ordonna-t-il en la repoussant juste assez pour la dévisager.

Une lueur espiègle dansait dans les grands yeux verts de la jeune fille, et il lui sourit. À deux ans, elle avait été sa petite princesse. Aujourd'hui, à vingt ans, elle s'était transformée en une superbe créature athlétique.

— Dis donc, tu es devenue drôlement jolie.

— Ah, oui ? Toi non plus, tu n'es pas mal.

— Pourquoi n'es-tu pas à l'université ?

— Ne commence pas ! gémit-elle. J'ai tenu le coup pendant deux ans – et j'aurais été plus heureuse à travailler en usine sur une chaîne. Ce que je fais maintenant me plaît. La preuve ! ajouta-t-elle en montrant l'enseigne du doigt. Mon nom est là.

— Tu as toujours mené Ethan par le bout du nez.

— C'est possible, mais je n'y suis pour rien. Papa a compris, et maman aussi, après s'être fait un souci d'enfer. Je n'ai jamais été brillante comme toi, Seth. Quant à toi, tu ne sauras jamais construire un bateau comme moi.

— Bravo ! Je te laisse seule quelques années, et te voilà avec la folie des grandeurs. Si tu continues à m'insulter, je ne te donnerai pas ton cadeau.

— Un cadeau ? Où ça ? Qu'est-ce que c'est ? Donne-le-moi, vite !

— Du calme ! D'accord, d'accord... Décidément, tu n'as pas changé.

— Pourquoi chercher la perfection ? File-moi le butin, et personne ne sera blessé.

— C'est dans la voiture.

D'une main, il indiqua le parking et eut la satisfaction de l'entendre pousser un cri de surprise.

— Une Jag ? Waouh !

Elle fondit sur le véhicule et caressa respectueusement le capot scintillant.

— Cam va fondre en larmes quand il verra ça. Il va tout simplement s'effondrer. Passe-moi les clés, que je l'essaie.

— C'est ça. Quand les poules auront des dents.

— Allez, sois cool ! Tu peux m'accompagner. On ira chez Crawford chercher…

Les mots moururent sur ses lèvres, tandis qu'il sortait l'énorme bouquet du coffre. Son regard se voila d'émotion.

— Tu m'as acheté des fleurs ! Un cadeau de fille ! Fais voir ! Des tournesols ! Regarde comme ils sont gais !

— Ils m'ont fait penser à toi.

— Qu'est-ce que je t'aime ! murmura-t-elle en fixant le bouquet. Je t'en ai tellement voulu de partir.

Sa voix se brisa, et Seth la réconforta d'une tape maladroite sur l'épaule.

— Je ne vais pas pleurer, marmonna-t-elle en ravalant un sanglot. Je ne suis pas une mauviette !

— Jamais de la vie !

— Bon, eh bien, tu es rentré, reprit-elle en l'étreignant avec fougue. J'adore les fleurs.

— Tant mieux.

Il attrapa la main qui cherchait à se faufiler dans sa poche.

— Tu n'auras pas les clés. De toute façon, il faut que j'y aille. J'ai des fleurs pour Grace. Je veux passer la voir avant de rentrer.

— Elle n'est pas à la maison. C'est son après-midi au supermarché. Ensuite, elle ira chercher Deke à l'école pour le déposer à son cours de piano et patati et patata. Je ne sais pas comment elle fait ! Je les lui porterai. Ça la consolera de ne pas t'avoir vu aujourd'hui.

— Dis-lui que j'essaierai de passer demain – sinon, je la verrai dimanche.

Il transporta le bouquet jusqu'à la petite fourgonnette bleu électrique. Audrey posa le sien auprès de celui de sa mère.

— Du coup, tu as un peu de temps. Allons trouver Cam, tu lui montreras ta voiture. Je te le dis, il va pleurer comme un bébé. J'ai hâte de voir ça.

Seth posa le bras sur ses épaules.

— Tu es une sale bête, Audrey. Ça me plaît. À présent, parle-moi de la fleuriste. Drusilla.

— Ah, ah! C'est donc ça!

— Peut-être.

— Écoute, rejoins-moi au *Shiney* après dîner. Vers 20 heures. Tu me paies un verre, et je te dirai tout ce que je sais.

— Tu es mineure.

— Si tu t'imagines que ça m'empêche de boire une bière de temps en temps! Tu m'offriras un soda, papa. D'ailleurs, je te rappelle que je serai majeure dans moins de six mois.

— D'ici là, si c'est moi qui casque, tu n'auras droit qu'à du Coca.

Il rabattit la visière de sa casquette sur ses yeux avant de pénétrer dans l'atelier.

Cam ne s'était pas complètement écroulé, songea Seth en se garant devant le pub, mais il avait bavé d'envie. Il s'était pratiquement mis à genoux! Juste avant de lui arracher les clés et de démarrer en trombe pour un petit galop d'essai.

Ensuite, bien entendu, ils avaient passé une bonne heure à admirer le moteur.

Seth jeta un coup d'œil sur l'estafette voisine de la Jag. L'avantage, avec Audrey, c'est qu'elle était toujours à l'heure.

En poussant la porte du bar, un flot de bonheur l'envahit. Encore une constante de St. Christopher. Le *Shiney* était et resterait toujours aussi moche, les serveuses aussi sexy, et les musiciens... aussi nazes.

Tandis que le chanteur massacrait une chanson des Barenaked Ladies, Seth scruta la pièce en quête d'une jolie blonde coiffée d'une casquette de base-ball.

Son regard la dépassa, puis revint en arrière.

Elle était au comptoir, moulée dans une robe noire, ses cheveux cascadant sur ses épaules, en grande conversation avec un garçon.

Les yeux plissés, les lèvres pincées, Seth fonça vers l'inconnu avec la ferme intention de lui montrer ce qui attendait un type qui draguait sa sœur.

— N'importe quoi ! glapissait Audrey. Les lanceurs sont solides, l'avant-champ rattrape bien la balle. Les batteurs sont en progrès. D'ici le match All Star, les Birds seront les meilleurs !

— Tu parles ! La saison prochaine, ils descendront d'une division, oui !

— On parie ?

Audrey sortit un billet de vingt dollars de sa poche et le plaqua sur le comptoir.

Seth poussa un soupir. Elle était peut-être séduisante, mais personne n'avait le droit de se faire les dents sur son Audrey.

— Seth !

L'apercevant, elle le saisit par le bras et l'attira vers elle.

— Sam Jacoby, fit-elle en désignant son compagnon d'un signe de tête. Sous prétexte qu'il tâte de la balle, il prétend tout savoir sur les grands.

— J'ai beaucoup entendu parler de vous ! déclara Sam en serrant la main de Seth. Par cette gourde sentimentale qui pense que les Oriole ont une chance d'atteindre un niveau pitoyable au cours de la saison.

— Si vous avez envie de vous suicider, Sam, ache-tez-vous un pistolet. Ce sera sûrement moins dou-loureux que d'inciter cette jeune fille à vous dépecer avec un couteau à beurre.

— J'aime vivre dangereusement, répliqua Sam avec un sourire en descendant de son tabouret. Asseyez-vous, je gardais la place pour vous. Faut que j'y aille. À plus, Audrey !

— Tu me devras vingt dollars en juillet ! lança-t-elle, avant de reporter son attention sur Seth. Sam est gentil, mais il a un défaut insupportable : il s'obs-tine à prendre parti pour les Mariner.

— J'ai cru qu'il te draguait.

— Sam ? s'exclama-t-elle avec un sourire mali-cieux. Évidemment qu'il me draguait. Je le garde en réserve. En ce moment, je fréquente plus ou moins Will McLean.

— Will ? Will McLean ? s'étrangla Seth.

L'idée qu'Audrey et son ami d'enfance se voient – de cette façon-là – le fit frémir.

— J'ai vraiment besoin d'une bière. Une Rolling Rock, commanda-t-il au barman.

— Remarque, on ne se voit pas souvent, enchaîna-t-elle en sachant pertinemment qu'elle remuait le couteau dans la plaie. Il est interne à l'hôpital géné-ral de St. Christopher. Il a des horaires impossibles. Mais quand on arrive à se rencontrer, ça vaut le coup.

— Tais-toi. Il est trop vieux pour toi.

— J'ai toujours eu un faible pour les vieux.

Elle lui pinça la joue, l'œil taquin.

— Et puis, cinq ans de différence, ce n'est pas la fin du monde. Enfin ! Si tu veux qu'on parle de ma vie amoureuse…

— Non ! trancha Seth en s'emparant de la bou-teille que le barman venait de poser devant lui. Fran-chement, non.

— Très bien, assez parlé de moi, venons-en à toi. Combien de langues as-tu apprises en Europe ?

— J'ai l'impression d'entendre Kevin. Je ne participais pas à un marathon sexuel. Je bossais.

— Je connais des nanas qui raffolent des artistes. Ta fleuriste en fait peut-être partie ? Avec un peu de chance…

— Tu traînes trop avec mes frères. Il ne te reste qu'un petit pois à la place du cerveau. Dis-moi seulement ce que tu sais d'elle.

Elle attrapa une poignée de bretzels.

— D'accord. Alors, elle a débarqué il y a environ un an. Elle a passé une semaine à visiter des locaux. C'est Doug Motts qui me l'a dit. Tu te souviens de Dougie, le gros ?

— Vaguement.

— Bref. Il a perdu sa graisse de bébé. Et il travaille à l'agence immobilière Shore. D'après lui, elle savait exactement ce qu'elle cherchait. Elle lui a demandé de prendre contact avec elle à Washington, D.C., s'il avait quelque chose à lui proposer.

Elle pointa le doigt sur son verre vide et fit signe au barman de le lui remplir.

— À l'époque, il démarrait dans le métier, poursuivit-elle. Il avait vraiment envie d'accrocher la cliente. Donc, il s'est renseigné sur elle. Elle lui avait raconté qu'elle était venue à St. Christopher dans son enfance. C'était un point de départ.

— Ma Crawford ! s'écria Seth en riant.

— Dans le mille ! Ma Crawford est une mine d'informations, et elle a une mémoire d'éléphant. Elle se rappelait les Whitcomb Banks. Un nom pareil, c'est normal. Mais surtout, elle avait connu Mme WB dans le temps où elle rendait visite à sa famille, dans sa jeunesse. Une famille très riche. Propriétaire de Whitcomb Technologies. Citée dans *Fortune*. Le sénateur

James P. Whitcomb, seigneur du Maryland, ça te dit quelque chose ?

— Pas possible !

— Si, justement. Le sénateur, qui est donc le grand-père de ta fleuriste, avait une affection particulière pour la côte Est. Et sa fille, l'actuelle Mme WB, a épousé Proctor Banks – tu parles d'un nom ! –, de Banks & Shelby Communication. Tu imagines le tableau. Du fric à ne plus savoir qu'en faire !

— Et la jeune et richissime Drusilla, bonne à marier, loue une boutique à St. Christopher pour y vendre des fleurs.

— Elle achète un immeuble à St. Christopher, rectifia Audrey. Environ six mois plus tard, alors que Doug venait d'être promu gérant de l'agence, elle reparaît. Le bâtiment était à vendre. Les propriétaires vivaient en Floride et le louaient depuis plusieurs années à divers commerçants. Tu te rappelles la boutique *new age* – les pierres, les cristaux, les bougies parfumées et les cassettes de méditation ?

— Oui. Le type avait un dragon tatoué sur la main droite.

— L'affaire a marché, contrairement à toutes les prédictions, mais quand il a fallu renouveler le bail l'an dernier… adieu ! Doug, qui flaire une sacrée commission, passe un coup de fil à la jeune WB pour lui annoncer qu'il a un local à louer. Elle lui arrache des larmes de joie quand elle lui demande si les propriétaires seraient prêts à vendre. Au passage, elle lui demande de lui dégoter une maison. Elle revient, il lui en montre trois, elle s'entiche de cette demeure victorienne délabrée d'Oyster Inlet.

— La vieille maison bleue ? Elle a acheté *ça* ?

— En bloc ! confirma Audrey avant d'avaler un bretzel.

— C'est un coin désert, en plein marais et au milieu des fourrés.

54

Mais la bâtisse dominait l'un des méandres de la rivière, dont les eaux brunâtres prenaient la couleur de l'ambre quand le soleil transperçait le feuillage des chênes et des caoutchoucs.

— Elle est très solitaire, expliqua Audrey. Courtoise avec les clients, polie, voire amicale, mais elle garde ses distances.

— C'est normal, elle n'est pas de la région.

— C'est une étrangère. Et dans vingt ans, elle le sera encore.

— Elle serait peut-être contente d'avoir un ami.

Audrey l'examina, l'œil rieur.

— Tu cherches à nouer de nouvelles amitiés, Seth ? Quelqu'un à peloter de temps en temps ?

Il commanda une seconde bière et se pencha vers elle, nez à nez.

— C'est possible. C'est ce que vous faites, Will et toi, quand vous vous retrouvez ?

— Absolument ! Si tu veux, je t'emmène faire un tour en bateau. Je serai ton skipper. Tu n'as pas navigué depuis des lustres, tu risquerais de chavirer.

— N'importe quoi ! Entendu, on ira samedi.

— C'est noté. Tiens ! Ta nouvelle amie vient d'arriver.

— Qui ça ?

Avant même de pivoter sur son tabouret, il connaissait la réponse.

Elle paraissait totalement incongrue au milieu de ces pêcheurs aux visages burinés et aux mains calleuses, et de ces étudiants en tee-shirts trop larges et baskets à la mode.

Son tailleur était impeccable et, dans la pénombre, son visage se détachait tel un ovale d'albâtre.

Elle ne pouvait ignorer que tout le monde se retournait sur son passage. Les femmes en ont toujours conscience. Pourtant, elle se faufila avec grâce et détermination entre les tables tachées et les chaises branlantes.

— La classe ! résuma Audrey.

— Oh, oui !

Seth jeta l'argent de leurs boissons sur le bar.

— Je t'abandonne, fillette !

Audrey écarquilla les yeux en faisant mine d'être choquée.

— Tu m'épates !

— À samedi !

Il déposa un baiser sur sa joue avant de s'éloigner pour intercepter Dru, qui venait de s'arrêter pour discuter avec l'une des serveuses. Toute l'attention de Seth était concentrée sur Dru, et il lui fallut un moment pour reconnaître son interlocutrice.

Terri Hardgrove. Blonde, la moue pulpeuse, bien roulée. Ils étaient sortis ensemble pendant environ deux mois, au lycée. L'aventure s'était mal terminée. Seth faillit faire un détour pour éviter la confrontation.

Il se ravisa, afficha un sourire décontracté et s'approcha discrètement.

— Finalement, je ne prendrai pas la location, disait Terri, son plateau calé sur la hanche. J.J. et moi, on a réglé le problème.

— J.J., répéta Dru en inclinant la tête de côté, ce sale type que vous ne vouliez plus jamais voir de votre vie ?

— Ben…

Terri se balança d'un pied sur l'autre et battit des cils.

— Quand je vous en ai parlé, on n'avait pas réglé le problème. Et je me disais, qu'il aille au diable, je prends un logement pour moi et je le lâche. En fait, quand j'ai vu votre panneau *À louer*, j'étais très en colère contre lui. Mais ça s'est arrangé.

— Tant mieux. Félicitations. Mais vous auriez pu passer me voir à la boutique cet après-midi pour me prévenir.

— Je suis vraiment désolée, mais c'est justement cet après-midi qu'on a...

— ... réglé le problème, acheva Dru à sa place.

— Terri! Salut!

Elle poussa un cri strident. Seth se rappela tout à coup qu'elle avait toujours été du genre à couiner. Apparemment, elle n'avait pas changé.

— Seth! Seth Quinn! Je rêve!

— Comment ça va?

— Super! J'avais entendu dire que tu étais de retour, mais te voilà, en chair et en os! Beau comme un dieu, et célèbre, en plus. L'eau a coulé sous les ponts depuis le lycée.

— En effet, murmura Seth en regardant Dru.

— Vous vous connaissez? s'enquit Terri.

— Nous nous sommes rencontrés, répondit Dru. Je vous laisse rattraper le temps perdu. J'espère que vous serez très heureuse avec J.J.

— Toi? Tu sors avec J.J. Wyatt?

Terri eut un sourire triomphant.

— Oui! Nous sommes quasiment fiancés.

— Nous parlerons de tout ça un autre jour. Tu me raconteras tout.

Sur ce, il tourna les talons et courut après Dru.

— J.J. Wyatt, commença Seth en emboîtant le pas à la jeune femme, attaquant des Sharks du lycée de St. Christopher. Il a continué à aplatir ses adversaires à l'université du coin, jusqu'à ce que son talent de bulldog ne suffise plus à effacer ses mauvaises notes.

— Fascinant!

— Vous êtes de mauvaise humeur. Et si je vous offrais un verre? Vous pourriez m'expliquer ce qui ne va pas.

— Je n'ai pas soif, merci, et je veux sortir d'ici avant que mes tympans ne soient définitivement abîmés par ce groupe abominable en train de massacrer *Jack and Diane*.

Un point pour elle, songea Seth. Elle était capable de reconnaître une chanson, même massacrée. Il lui ouvrit la porte.

— Vos bouquets ont fait sensation.

— J'en suis ravie.

Elle sortit ses clés de son sac. Il s'apprêtait à lui proposer d'aller ailleurs, mais il comprit à son air renfrogné qu'elle l'enverrait promener.

— Ainsi, vous avez un local à louer ?

— Apparemment.

Elle avança d'un pas décidé jusqu'à une Mercedes SUV noire et actionna la fermeture centralisée des portières. Seth posa la main sur la poignée avant elle, puis s'appuya nonchalamment au véhicule.

— Où ?

— Au-dessus du magasin.

— Vous tenez à le louer ?

— Il est vide, et c'est dommage. Je ne peux pas monter dans ma voiture si vous ne bougez pas de là, ajouta-t-elle.

— Au-dessus du magasin, répéta-t-il en se remémorant le bâtiment à un étage. Ah oui ! trois fenêtres à l'avant et à l'arrière. La lumière devrait être bonne. C'est grand ?

— Quatre-vingt-dix mètres carrés, avec une petite cuisine américaine entièrement équipée.

— Ça me suffit. On peut aller jeter un coup d'œil ?

— Pardon ?

— Montrez-moi votre local. Ça pourrait m'intéresser.

Elle secoua son trousseau de clés d'un geste impatient.

— Vous voulez que je vous y emmène maintenant ?

— Pourquoi attendre ? riposta-t-il en lui ouvrant la portière. Je vous suis. Ce ne sera pas long. En général, je me décide très vite, précisa-t-il avec un sourire charmeur.

4

Elle aussi avait tendance à se décider vite, songea Drusilla en quittant le parking du pub en marche arrière. Elle avait cerné Seth Quinn.

Un homme sûr de lui, doué, ces deux qualités se nourrissant sans doute l'une l'autre. Son côté à la fois direct et policé intriguait – ce qu'il savait parfaitement, elle l'aurait juré.

Et il s'en servait à merveille.

Il était attirant. Son corps mince semblait avoir été spécialement fait pour ce jean usé jusqu'à la corde. Et cette tignasse blond foncé, raide à souhait, toujours un peu en désordre. Les pommettes saillantes, les yeux d'un bleu vif. Pas seulement leur couleur. Leur intensité, surtout. Cette façon qu'il avait de vous dévisager comme s'il voyait en vous quelque chose que personne d'autre n'avait pu déceler. Quelque chose qu'on ne devinait pas soi-même.

C'était flatteur, agréable, et déstabilisant aussi.

Oui, vraiment, il suscitait la curiosité. Et quand on s'interrogeait sur un homme, on pensait à lui.

Pour lui, les femmes étaient comme les couleurs sur sa palette. Il pouvait en user selon ses caprices. La preuve : la manière dont il s'était penché sur la blonde, au bar – elle avait remarqué la scène dès son arrivée.

Et puis, cette façon de sourire à la serveuse, cette idiote de Terri. Un sourire large, chaleureux, amical, teinté d'un zeste d'intimité. Très convaincant, ce sourire, décida-t-elle. Mais ça ne marcherait pas avec elle.

Les hommes qui passaient de femme en femme parce qu'ils savaient y faire étaient trop ordinaires à son goût.

Pourtant, il fallait bien l'admettre, elle s'était laissé piéger, puisqu'elle le ramenait à la boutique visiter l'appartement du premier, alors qu'elle n'avait qu'une envie : se réfugier chez elle.

La démarche était raisonnable. Cet espace vide, c'était ridicule. Mais ça l'agaçait qu'il ait pris pour acquit sa disponibilité immédiate sous prétexte que ça l'arrangeait, lui.

À cette heure-ci, il n'y avait aucun problème pour se garer. Il était à peine 21 heures, l'air était doux, et pourtant le port était presque désert. Les bateaux amarrés oscillaient au rythme des courants. Quelques touristes se promenaient au clair de lune.

Comme elle aimait cet endroit ! En signant l'acte d'achat, elle avait presque sauté de joie à l'idée de sortir à n'importe quelle heure de la journée et de voir l'eau, les pêcheurs de crabes, les promeneurs. De sentir l'air humide sur sa peau.

Plus encore de se dire qu'elle était chez elle, et qu'elle ne devait rien à personne.

La solution la plus sage aurait été d'aménager le local au-dessus du magasin pour elle. Mais après réflexion, elle avait décidé de ne pas habiter sur son lieu de travail. Ce qui, devait-elle admettre, avait surtout été un prétexte pour chercher une maison loin du brouhaha de la ville, un lieu paisible pour elle seule.

Dans la demeure de Georgetown, elle ne s'était jamais sentie chez elle.

Elle éteignit les phares, coupa le moteur, ramassa son sac. Seth lui ouvrit la portière avant qu'elle ne puisse le faire elle-même.

— Il fait sombre. Attention, dit-il en la prenant par le coude pour l'entraîner vers l'escalier extérieur qui menait à l'étage.

— Je vois parfaitement bien, merci, répondit-elle en se dégageant, puis en ouvrant son sac. Il y a un parking, et une entrée privée, comme vous pouvez le constater.

— Oui, moi aussi, je vois parfaitement, merci.

À mi-chemin, il posa la main sur son bras pour l'arrêter.

— Écoutez! C'est génial, non?

Elle ne put s'empêcher de sourire. Elle partageait son plaisir. Ce silence était exquis.

— D'ici quelques semaines, ce sera moins calme, reprit Seth en scrutant la rangée d'habitations et les pelouses qui longeaient la baie. Dès la fête du Memorial Day, ce sera la ruée. La nuit tombe plus tard, il fait chaud, les gens restent dehors. Ce n'est pas forcément pénible, ce surcroît d'activité. Ça sent les vacances… Les glaces…

Il se tourna vers elle et la regarda droit dans les yeux. Un frémissement la parcourut.

— Vous aimez les glaces?

— Je ne serais pas normale si je ne les aimais pas, répliqua-t-elle avant de gravir les dernières marches.

— Et vous m'avez l'air parfaitement normal, murmura-t-il.

Les pouces crochetés dans les poches de son jean, il attendit qu'elle déverrouille la porte.

Elle appuya sur l'interrupteur et s'effaça pour qu'il entre, laissant délibérément ouvert.

Elle se rendit compte aussitôt que cette précaution était inutile. Il ne pensait plus du tout à elle.

De sa démarche assurée, il traversa la pièce pour se planter devant l'une des fenêtres qui donnaient sur la rue. Sa posture était à la fois décontractée et tendue. Et sexy, décréta Drusilla.

Il avait plus d'allure avec son jean dépenaillé que la plupart des hommes vêtus de costumes à cinq mille dollars.

Des taches de peinture maculaient ses chaussures.

Elle l'entendit marmonner.

— Pardon ?

— Quoi ? Oh, rien, je faisais quelques petits calculs. La lumière, le soleil, les angles… Des trucs comme ça.

Il alla de l'autre côté, continuer à grommeler.

Il parle tout seul, nota Drusilla. Et alors ? Elle-même entretenait parfois des conversations entières dans sa tête.

— La cuisine… commença-t-elle.

— Aucune importance.

Sourcils froncés, il fixa le plafond d'un regard si intense qu'elle se surprit à l'imiter.

Au bout de quelques secondes de silence, elle se sentit ridicule.

— Il y a un problème ? On m'a assuré que le toit était en bon état, je sais qu'il n'y a aucune fuite.

— Non, non, ce n'est pas ça. Vous n'avez rien contre les Vélux ? À mes frais, bien entendu.

— Eh bien… euh… je ne sais pas. Je suppose…

— Ce serait idéal.

Il arpenta la pièce, imaginant ses toiles, son matériel de peinture, son chevalet, sa table à dessin, des étagères pour ses fournitures. Il aurait besoin d'un canapé ou d'un lit. Un lit, ce serait mieux, au cas où il aurait à travailler tard. Il pourrait dormir sur place.

— C'est un bel espace, déclara-t-il au bout d'un moment. Avec les Vélux, ce sera parfait. Je le prends.

Elle songea qu'elle n'avait pas vraiment donné son accord pour les travaux. Mais, après tout, elle n'avait aucune raison de s'y opposer.

— Vous êtes un rapide. Vous ne voulez pas visiter la cuisine, la salle d'eau ?

— Les deux sont équipées ?

— Oui. Il n'y a pas de baignoire, seulement une douche.

— Je n'ai pas l'intention de passer ma vie dans les bulles.

De nouveau, il alla se poster devant l'une des fenêtres.

— La vue est superbe.

— En effet. Je ne voudrais pas être indiscrète, mais il me semble que vous devez avoir de nombreuses possibilités de vous loger pendant votre séjour. Pourquoi louer un appartement ?

— Je ne veux pas vivre ici, je veux y travailler. Il me faut un atelier.

Il se tourna vers elle.

— Je vis chez Cam et Anna, et ça me convient très bien. Tôt ou tard, je m'installerai seul, mais pas avant d'avoir trouvé ce que je veux. Je ne suis pas ici en vacances. Je suis revenu pour de bon.

— Je vois. Un atelier… d'où les Vélux.

Elle semblait hésiter.

— Je suis plus fiable que Terri. Avec moi, vous n'aurez pas de bringues à tout casser ni de bagarres. Et je peux rendre service.

— Vraiment ?

— Je suis plutôt bricoleur. Je ne viendrai pas vous trouver en pleurnichant si le robinet fuit.

— Un point pour vous.

— Il m'en faut combien ? J'ai très envie de ce local. Je dois me remettre au travail. Que diriez-vous d'un bail de six mois ?

— Six mois. J'envisageais plutôt un contrat d'un an.

— Six mois, ça nous laisse le temps d'aviser, à l'un comme à l'autre.

Elle eut une petite moue, réfléchit.

— Ce n'est pas faux.

— Combien voulez-vous ?

Elle lui annonça le chiffre.

— Plus deux mois de caution à la signature. Et un mois d'avance.

— Aïe ! Vous êtes dure.

Cette fois, elle sourit.

— Terri m'a irritée. Vous payez les pots cassés.

— Ce n'est pas la première fois qu'elle me coûte de l'argent. Je vous apporte tout ça demain. J'ai une réunion de famille dimanche, et il me reste encore à faire installer les Vélux, mais j'aimerais entreposer mes affaires ici le plus vite possible.

— Entendu.

L'idée de l'avoir là, au-dessus de sa boutique, lui plaisait.

— Félicitations ! enchaîna-t-elle en lui tendant la main. Vous avez votre atelier.

— Merci.

Il lui serra la main. Pas d'alliance, remarqua-t-il. Les doigts longs, fins, les ongles impeccables, sans vernis.

— Vous poserez pour moi ?

— Non.

— Je finirai par vous convaincre, assura-t-il avec un sourire.

— Je ne me rends pas facilement. Mettons les choses au clair dès le départ, de façon à entretenir une relation d'affaires satisfaisante.

— Très bien. Allons-y ! Vous avez un visage splendide qui a beaucoup de caractère. En tant qu'artiste, en tant qu'homme, je suis attiré par la force et la beauté. L'artiste aimerait les transposer sur la toile. L'homme aimerait en profiter. Voilà, c'est simple : j'ai envie de vous peindre, et de passer du temps avec vous.

Malgré la brise qui se glissait par la porte ouverte, elle eut terriblement chaud, tout à coup.

— Je suis sûre que vous avez eu votre quota de femmes à peindre et à séduire. Entre autres, la blonde pulpeuse en noir, au bar.

— Qui… ?

Une lueur espiègle dansa dans ses prunelles, et il eut un sourire éclatant.

— La blonde pulpeuse en noir, répéta-t-il comme s'il s'agissait d'un titre. Elle sera ravie d'entendre ça. Nous ne sommes pas ensemble. C'était Audrey. Audrey Quinn. La fille aînée de mon frère Ethan.

— Je vois, grommela-t-elle, vaguement vexée. Vous m'avez paru très proches, tous les deux.

— Je n'ai pas l'impression d'être son oncle, mais plutôt son grand frère. Elle avait deux ans quand je suis arrivé à St. Christopher. Nous nous sommes plu tout de suite. Audrey est la première personne que j'aie aimée. Elle aussi est belle et forte, et je l'apprécie. Mais pas de la même manière que vous.

— Alors préparez-vous à être déçu. En admettant que je sois intéressée, je n'ai pas une minute de libre pour poser, et aucune envie de me laisser séduire. Vous êtes très attirant, Seth, et si j'étais une femme superficielle…

— C'est ça ! coupa-t-il en souriant de plus belle. Soyons superficiels.

— Désolée ! Contentons-nous d'un échange pratique.

— On peut toujours commencer par là. Et maintenant, puisque vous m'avez posé une question, à mon tour.

— Je vous écoute.

À sa manière de se fermer, il comprit qu'elle ne lui répondrait pas. Il changea de tactique.

— Vous aimez les crabes à la vapeur ?

Elle le dévisagea une bonne dizaine de secondes, puis il eut la satisfaction de voir son regard s'éclairer.

— Oui, j'adore ça.

— Tant mieux. Pour notre premier rendez-vous, il y en aura au menu. Je passerai demain matin signer le bail, ajouta-t-il en passant la porte.

— Parfait.

Comme elle se penchait pour fermer à clé, il la contempla. Elle avait un long cou fin et élégant. Le contraste entre sa nuque et la coupe sévère de ses cheveux noirs avait quelque chose de saisissant. Sans réfléchir, il laissa courir le doigt sur la courbe de son cou, juste pour savourer la texture de sa peau.

Elle se figea, et l'espace d'un éclair, ils ressemblèrent aux personnages d'un tableau, la femme en tailleur bien coupé, l'homme en jean usé, l'index sur sa nuque.

Elle se redressa brusquement, et Seth eut un mouvement de recul.

— Excusez-moi. C'est une manie… agaçante, je le reconnais.

— Vous en avez beaucoup, comme ça ?

— Je crains que oui. Ce geste n'avait rien de personnel, précisa-t-il en fourrant précipitamment les mains dans ses poches.

Il lui faudrait patienter encore un peu.

Ils redescendirent les marches et Seth lui ouvrit la portière de sa voiture.

— Y a-t-il un endroit où je puisse entreposer des affaires ?

— Là, répondit-elle en désignant une porte sous l'escalier. C'est la chaufferie. Il reste de la place.

— Si besoin est, est-ce que je peux m'en servir, le temps des travaux ? J'ai fait rapatrier du matériel de Rome. Il arrivera sans doute lundi.

— Pas de problème. La clé est dans la boutique. Rappelez-moi de vous la confier demain.

— Merci, c'est gentil.

Il attendit qu'elle soit montée dans sa Mercedes, claqua la portière, puis frappa à la vitre en souriant.

— Vous savez, j'apprécie beaucoup les femmes intelligentes comme vous, qui savent ce qu'elles veulent et où elles vont. C'est très sexy.

Sans le quitter des yeux, elle remonta la vitre.

Elle ne s'autorisa à rire qu'après avoir démarré.

Dru adorait le dimanche matin. Se réveiller tranquillement, traîner un peu au lit en contemplant le jeu du soleil entre les feuilles des arbres.

Le dimanche, rien n'était obligatoire, tout était possible.

Elle se préparerait un café et des tartines dans sa jolie cuisine, puis elle prendrait son petit déjeuner dans la salle à manger en feuilletant des magazines.

Ensuite, elle s'activerait dans son jardin – planté par ses soins – en écoutant de la musique.

Finis, les dimanches consacrés aux déjeuners de charité, aux repas de famille interminables ou aux matchs de tennis au Country Club !

Finis, les arbitrages entre ses parents, les souffrances et les regards remplis de reproches parce que chacun avait l'impression qu'elle prenait la défense de l'autre.

Elle était seule, libre.

Depuis son arrivée à St. Christopher, elle en profitait pleinement.

Elle se leva, ouvrit les fenêtres. La matinée était fraîche. De l'endroit où elle se trouvait, elle pouvait admirer son méandre de rivière privé. Pas la moindre maison pour lui gâcher la vue !

Son regard glissa sur les feuilles tachetées des buissons qu'elle avait plantés à l'ombre des chênes, sur le muguet dont les clochettes se balançaient dans le vent, sur la petite clairière qu'elle avait aménagée pour ses iris jaunes parmi les herbes du marais.

Elle écouta les oiseaux gazouiller, la brise, les *plouf* occasionnels d'un poisson ou d'une grenouille.

Oubliant son petit déjeuner, elle traversa la maison jusqu'à l'entrée pour sortir sur la véranda. Elle portait le short et le débardeur dans lesquels elle avait dormi. Personne n'était là pour critiquer la tenue négligée de la petite-fille du sénateur. Pas un reporter, pas un photographe à l'horizon avides d'un scoop pour la page des potins.

La paix. Le bonheur.

Elle s'empara de son arrosoir et le remplit pendant que son café chauffait.

Seth Quinn avait raison sur un point, songea-t-elle. Elle savait ce qu'elle voulait, et elle se débrouillait pour parvenir à ses fins. Sans doute avait-elle mis du temps à découvrir ce qu'elle souhaitait vraiment, mais, à présent, elle pouvait se féliciter.

Elle avait voulu créer une affaire où elle pourrait s'épanouir. Et elle avait décidé de réussir, coûte que coûte, sans l'aide de quiconque. Un moment, elle avait envisagé de monter une petite pépinière, ou une entreprise de service de jardinage.

Mais elle avait craint de ne pas être à la hauteur. Ses velléités d'horticultrice se limitaient à sa cour intérieure à Georgetown, et aux plantes en pots. Et si elle avait été ravie du résultat, cela ne suffisait pas à faire d'elle un expert.

En revanche, les fleurs, elle connaissait.

Elle avait cherché une ville de taille moyenne, au rythme tranquille et aux exigences minimes. Et au bord de l'eau. L'eau l'avait toujours attirée.

St. Christopher, avec son air propret et sa baie aux couleurs et aux humeurs changeantes, l'avait enchantée. Elle aimait entendre le fracas métallique des portillons du canal, ou le hululement d'une corne de brume.

Elle s'y était accoutumée et se sentait presque à l'aise avec ses habitants, si simples et si amicaux. Ils avaient bon cœur. L'hiver précédent, Ethan Quinn était venu prendre de ses nouvelles pendant une tempête.

Non, vraiment, plus jamais elle ne vivrait dans une grande ville.

Ses parents n'avaient pas le choix ; ils devraient s'habituer à cette distance qu'elle avait mise entre eux. Géographiquement, et émotionnellement. Au bout du compte, tout le monde s'y retrouverait.

Pour l'heure, c'était peut-être égoïste de sa part, mais ce qui l'intéressait, c'était l'avenir de Drusilla.

Elle ferma le robinet et, après avoir goûté son café, l'emporta dehors avec l'arrosoir plein.

Plus tard, elle ferait construire une serre, où elle ferait pousser des fleurs qu'elle vendrait dans son magasin. Mais avant, elle s'assurerait que cet ajout ne dénaturerait pas le lieu.

Elle était tombée sous le charme de cette demeure excentrique, avec ses tourelles, ses ornementations alambiquées. Une « folie » bleu foncé, perdue au milieu des fourrés et des marais.

Elle posa sa tasse sur une table et arrosa une jardinière remplie d'héliotropes et de verveines.

Percevant un frémissement, elle se redressa juste à temps pour voir un héron s'envoler majestueusement.

— Je suis heureuse ! s'exclama-t-elle. Jamais de ma vie je n'ai été aussi heureuse !

Elle décida de renoncer aux tartines et aux magazines pour se mettre en tenue de jardinage.

Pendant une heure, elle s'activa du côté ensoleillé de la maison, où elle voulait créer un savant mélange de fleurs et de buissons. Les rhododendrons rouges qu'elle avait plantés la semaine passée ressortiraient merveilleusement sur le fond bleu des murs. Elle voulait quelque chose de simple et d'un peu sauvage.

L'art existait sous bien des aspects, songea-t-elle. Sans doute Seth approuverait-il son choix de tons et de textures.

Ça n'avait aucune importance, bien sûr. Ce jardin, elle l'entretenait pour elle. Mais l'idée qu'il puisse plaire à un artiste tel que Seth Quinn la réjouissait.

La veille, il ne s'était pas montré bavard. Il avait surgi dans la boutique juste après qu'elle eut ouvert. Il lui avait remis l'argent, avant de signer son bail, d'empocher les clés et de filer.

Pas d'ébauche de flirt, aucune tentative de séduction.

Et c'était tant mieux. Elle n'avait pas besoin de ça en ce moment.

Cela étant, elle n'aurait pas été mécontente de savoir qu'il lui gardait quelques compliments en réserve.

Il devait avoir rendez-vous avec l'une des nombreuses jeunes femmes qui s'étaient languies de lui pendant sa longue absence. Il paraissait du genre à faire des ravages. Cette chevelure incroyable, ces yeux, ce physique élancé…

Et ces mains ! Comment ne pas remarquer ses mains, les paumes larges, les doigts longs et fins. Des mains d'une élégance un peu rude que les femmes – en tout cas, certaines – devaient rêver de sentir courir sur leur peau.

Dru s'assit sur ses talons en poussant un soupir. Seth Quinn était bien le premier homme à l'attirer depuis... mon Dieu! combien de temps?

Elle n'avait pas eu un seul rendez-vous galant en presque un an.

C'était elle qui en avait décidé ainsi, se rappela-t-elle. Elle n'allait pas changer d'avis maintenant et finir avec Seth Quinn devant un plateau de crabes à la vapeur.

Elle continuerait comme ça, à rénover sa maison, à diriger son affaire, pendant qu'il travaillerait à sa peinture au-dessus de sa tête.

Elle s'habituerait à sa présence, elle finirait par l'oublier. Quand le bail arriverait à son terme, ils verraient si...

— Mince! La clé de la chaufferie!

Elle avait oublié de la lui donner, et lui, oublié de la lui réclamer.

Après tout, ce n'était pas son problème, se rassura-t-elle en arrachant une mauvaise herbe. C'est lui qui voulait y entreposer ses affaires, et s'il n'était pas parti si vite, elle y aurait pensé.

Elle repiqua encore quelques plantes. Puis se releva brusquement en jurant.

Elle se connaissait, cela allait la tracasser toute la journée. Elle ne pourrait s'empêcher de s'inquiéter à propos de ce qui devait lui être livré le lendemain. Autant aller chercher le double et le déposer chez Anna Quinn.

La course ne lui prendrait pas plus de vingt minutes. Elle en profiterait pour faire un saut à la pépinière.

Elle laissa ses gants et ses outils sur la véranda.

Seth s'empara de la corde que lui lançait Ethan et amarra solidement le bateau au ponton. Les plus jeunes en bondirent les premiers. Emily, avec son corps effilé de danseuse et ses cheveux couleur de blé ; Deke, mince comme un haricot et gauche comme un chiot malgré ses quatorze ans.

Seth lui attrapa le bras au passage et se tourna vers Emily.

— Qu'est-ce que vous avez grandi !

— On n'y peut rien, répliqua Emily en frottant sa joue contre la sienne. Bienvenue à la maison.

— Quand est-ce qu'on mange ? voulut savoir Deke.

— Décidément, cet enfant a le ver solitaire ! déclara Audrey en les rejoignant d'une enjambée gracieuse. Il n'y a pas cinq minutes qu'il vient d'engloutir une demi-baguette.

— Je suis en pleine croissance ! protesta l'intéressé. Je vais faire du charme à Anna pour qu'elle me donne quelque chose.

— Il se croit charmant ! commenta Emily en secouant la tête. C'est un mystère.

Nigel, le retriever d'Ethan, atterrit dans l'eau en éclaboussant tout le monde, puis grimpa sur la terre ferme et se lança aux trousses de Deke.

— Tiens, Emily, donne-moi un coup de main ! dit Audrey en prenant l'une des poignées de la glacière sur laquelle Ethan s'était assis. Seth, maman va sûrement fondre en larmes, souffla-t-elle. Elle a tellement hâte de te voir.

Seth s'approcha du bateau, tendit la main et la referma autour de celle de Grace. Ses yeux étaient verts, ses cheveux blonds, comme ceux de ses filles.

Audrey était probablement la première personne qu'il ait jamais aimée. Quant à Grace, elle était la première femme à qui il avait fait confiance.

Elle l'étreignit avec tendresse.

— Mmmm ! Que c'est bon ! Enfin, tout est redevenu comme avant.

Elle s'écarta légèrement, lui sourit.

— Merci pour les tulipes, elles sont magnifiques. Je suis désolée de ne pas avoir été là pour t'accueillir.

— Moi aussi. J'avais l'intention de te les offrir en échange d'une assiette de frites maison. Les tiennes seront toujours les meilleures.

— Viens dîner demain. Je t'en préparerai.

— Avec des hamburgers ?

Elle rit aux éclats, tendit l'autre main à Ethan.

— Avec des hamburgers. Deke sera enchanté.

— Et du gâteau au chocolat ?

— Tout ça pour un bouquet de fleurs, il ne doute de rien, grommela Ethan.

— Lui, au moins, il n'est pas allé les cueillir dans le jardin d'Anna en accusant une biche innocente ou une flopée de lapins, rétorqua sa femme.

Ethan grimaça, jeta un coup d'œil méfiant en direction de la maison afin de s'assurer qu'Anna ne risquait pas d'entendre.

— Ne revenons pas là-dessus. Ça s'est passé il y a presque vingt ans, pourtant, elle serait encore capable de m'étriper.

— Il paraît que tu les as achetées chez cette ravissante fleuriste de Market Street, enchaîna Grace en glissant le bras autour de la taille de Seth tandis qu'ils traversaient la pelouse. Et que tu as loué le local au-dessus du magasin pour y installer ton atelier.

— Les nouvelles vont vite.

— Eh oui ! Allez, raconte !

— Il n'y a rien à raconter pour le moment. Mais j'y travaille.

Elle était en retard, à présent, et c'était sa faute. Quelle mouche l'avait piquée de vouloir se doucher et se changer ? Elle n'avait aucune raison – vraiment aucune ! – de gaspiller une partie de son dimanche à se pomponner.

Il était déjà midi passé.

Tant pis. La journée était belle. La balade serait agréable. Elle passerait deux minutes chez les Quinn pour remettre la clé à Seth, puis elle irait à la pépinière.

Évidemment, à son retour, elle serait obligée de se changer de nouveau, mais quelle importance ? Elle jardinerait un peu, avant de se préparer un verre de citronnade fraîche qu'elle savourerait avec la satisfaction du devoir accompli.

Ah, cet air qui sentait le printemps et la mer ! Ces champs déjà verts, de part et d'autre de la route. Cette odeur de terre fraîche…

Elle bifurqua dans une allée bordée d'arbres.

La vieille maison blanche s'harmonisait à la perfection avec le décor : les bois, la baie en toile de fond, la pelouse impeccable, les plates-bandes colorées.

Si Drusilla aimait passionnément sa demeure, elle n'en admira pas moins le caractère de celle des Quinn. C'était le genre d'endroit, songea-t-elle, où l'on avait le droit de poser les pieds sur la table basse.

Personne n'aurait jamais osé effleurer du bout du talon les fauteuils Louis XV de sa mère. Pas même son père.

En voyant le nombre de voitures garées dans l'allée, elle fronça les sourcils. Une Corvette blanche – millésimée, sans aucun doute –, une berline qui devait avoir quelques miles sous le capot. Une petite décapotable, une familiale défoncée qui devait avoir au moins vingt ans, une estafette et une superbe Jaguar.

Elle hésita. La berline et la Corvette appartenaient probablement à Cameron Quinn, de même que l'estafette. La décapotable ne pouvait qu'être celle d'Anna, et la vieille familiale, celle de l'aîné des enfants.

La Jaguar était à Seth. Elle l'avait admirée, la veille. Elle n'en aurait pas eu l'occasion qu'elle en aurait de toute façon entendu parler par ses clients.

Elle se gara juste derrière.

«Deux minutes», se rappela-t-elle en arrêtant le moteur et en attrapant son sac.

Aussitôt, la musique l'assaillit. Les ados, pensa-t-elle en se dirigeant vers l'entrée au rythme des Matchbox 20.

Elle frappa une fois, deux fois. En vain.

Personne ne risquait de l'entendre, avec un vacarme pareil.

Résignée, elle contourna la maison. À présent, des cris et des rires lui parvenaient.

Les enfants avaient sûrement organisé une fête. Elle irait les trouver, confierait la clé à l'un des fils d'Anna et s'en irait.

Le chien surgit le premier, tel un boulet de canon noir, langue pendante, yeux exorbités. Il jappait comme une mitraillette et, bien qu'aimant les chiens, Drusilla s'immobilisa.

— Salut, toi! Gentil chien.

Il dut considérer ce commentaire comme une invitation à tourner comme un fou autour d'elle, avant de presser le museau contre sa cuisse.

— Bon! Ça suffit! murmura-t-elle en l'écartant avec douceur. Là, tu en fais un peu trop.

Elle le gratifia d'une caresse sur la tête. À cet instant, un jeune garçon apparut en poussant des cris de guerre. Il avait beau brandir une arme en plastique vert pomme au-dessus de sa tête, de toute évidence, il battait en retraite.

Il parvint tout juste à éviter Dru.

— Tirez-vous! lança-t-il en s'esquivant.

L'instant d'après, Drusilla reçut un jet d'eau glacée en plein cœur.

Sous le choc, elle ouvrit la bouche, mais aucun son n'en sortit.

— Aïe! Aïe! Aïe! marmonna le garçon, juste derrière elle, avant de déserter le champ de bataille.

76

Seth, un pistolet à eau à la main, les cheveux dégoulinants, se figea.

— Oh, merde !

Dru baissa le nez. Son chemisier rouge et son pantalon marine étaient trempés. Même son visage était mouillé. Elle qui avait passé tout ce temps à se maquiller !

Elle se redressa, et un flot de colère monta en elle lorsqu'elle constata que Seth avait un mal fou à ne pas rire.

— Ça ne va pas, non ?

— Désolé. Franchement.

Il tenta de se ressaisir.

— Désolé, répéta-t-il en venant vers elle. Je courais après Jake – ce petit vaurien m'a échappé, et c'est vous qui avez tout pris.

Il tenta un sourire charmeur, sortit un bandana de la poche arrière de son jean.

— Ce qui prouve qu'il n'y a pas d'observateurs innocents dans une guerre.

— Ce qui prouve, siffla-t-elle, que certains hommes sont si stupides qu'on ne peut leur confier un jouet de gamin.

— Hé ! C'est un Super Soaker 5000 ! protesta-t-il en lui montrant son arme. Non, vraiment, je suis désolé. Je peux vous offrir une bière ?

— Vous savez ce que vous pouvez en faire, de votre Super Soaker 5000 et de votre bière...

— Seth !

Anna déboula à son tour et poussa un profond soupir.

— Espèce d'idiot !

— C'est à cause de Jake, se défendit-il en se jurant de se venger. Anna, nous étions juste ....

— Tais-toi ! coupa-t-elle en entourant du bras les épaules de Dru. Je vous prie d'excuser ces enfants.

Ma pauvre ! Venez, je vais vous prêter des vêtements secs.

— Non, c'est inutile, je...

— J'insiste ! Quel accueil ! C'est honteux. Je pourrais vous dire que c'est plus calme, en général, mais ce serait un mensonge.

Elle entraîna la jeune femme à l'intérieur.

— C'est encore plus fou que d'habitude, parce que toute la smala est réunie. Nous fêtons le retour de Seth. Les hommes s'apprêtent à faire bouillir quelques crabes. Vous restez.

— Je ne veux surtout pas vous importuner, bredouilla Dru, de plus en plus gênée. Je passais simplement déposer la clé de la chaufferie. Il faut que je...

— Que vous vous changiez, que vous mangiez un peu et buviez un bon verre de vin, trancha Anna avec un sourire chaleureux. Un des jeans de Kevin devrait faire l'affaire.

Elle sortit un chemisier de sa propre armoire.

— Je reviens tout de suite.

— Ce n'est que de l'eau. Vous devriez être avec votre famille. Je vais m'en aller.

— Ma chère, vous êtes trempée et vous frissonnez. Enlevez-moi tout ça, nous allons les mettre dans le sèche-linge. J'arrive !

Sur ce, elle quitta la chambre, laissant Dru seule.

Lorsqu'elle était venue au magasin, Anna lui avait paru moins... redoutable. Était-il possible d'avoir le dernier mot avec elle ?

La vérité, c'est qu'elle avait froid. Elle finit donc par céder et se déshabilla. Elle était en train de boutonner le chemisier quand Anna revint.

— Miracle ! J'ai réussi à trouver un jean dans son capharnaüm ! proclama-t-elle en lui tendant une paire de Levi's. La chemise, ça va ?

— Très bien, merci.

— Quand vous serez prête, descendez vos affaires à la cuisine. Ah ! j'oubliais ! ajouta-t-elle en se retournant sur le seuil. Bienvenue au cirque, Dru !

À entendre la musique, les cris, les rires, la moitié des habitants de St. Christopher avait dû se rassembler pour faire la fête dans le jardin des Quinn.

Pourtant, quand elle se risqua à regarder dehors, elle se rendit compte que les auteurs de ce vacarme étaient uniquement des Quinn. Elle vit des adolescents qui couraient à droite à gauche, et deux – non, trois chiens. Ou plutôt quatre, nota-t-elle tandis qu'un énorme retriever émergeait de l'eau et fonçait sur la pelouse en arrosant le plus de monde possible.

Le jeune garçon que Seth avait poursuivi en faisait autant. Apparemment, ce dernier avait réussi à le rattraper.

Plusieurs bateaux étaient amarrés au ponton, ce qui expliquait sans doute que le nombre de voitures dans l'allée ne correspondait pas au nombre d'invités.

Les Quinn avaient le pied marin.

Ils étaient bruyants, trempés et chahuteurs. La scène qui se déroulait sous les yeux de Drusilla ne ressemblait en rien aux réceptions ou aux réunions de famille organisées par ses parents. Chez eux, on écoutait de la musique classique, douce. Les conversations étaient calmes et policées, les tables élégantes, décorées selon un thème précis.

Championne des thèmes, sa mère savait dicter ses désirs au traiteur, qui les respectait à la lettre.

Drusilla n'était pas certaine de savoir comment se comporter, même pour peu de temps, dans ce chaos. Mais elle pouvait difficilement s'éclipser sans paraître grossière.

Elle enfila le jean de Kevin. Il était trop long, et elle dut rouler les jambes.

Elle jeta un coup d'œil dans la glace en bois sculpté, au-dessus de la commode. Avec un soupir, elle s'empara d'un mouchoir en papier pour effacer les traces de mascara dues à sa douche imprévue.

Elle ramassa ses affaires mouillées et descendit.

Il y avait un piano au milieu du salon. Il était ancien et semblait avoir beaucoup servi. Les lys rouges qu'elle avait vendus à Seth trônaient dessus, dans un vase en cristal.

Le canapé était neuf, le tapis, usé. C'était une pièce agréable, chaleureuse. Les couleurs en étaient gaies, les coussins moelleux. Quelques poils de chiens traînaient ici ou là. Bouquets de fleurs, bougies, photos... l'ensemble était hétéroclite, ce qui en faisait le charme.

Les tableaux – marines, natures mortes et paysages – étaient probablement l'œuvre de Seth. Mais ce qui attira l'attention de Drusilla, ce fut une minuscule esquisse au crayon.

Le dessin représentait la grande maison blanche, flanquée par les bois, entourée d'eau. On y lisait en filigrane : « Ici, je suis chez moi. » Émue, Drusilla ébaucha un sourire.

Elle s'approcha pour examiner la signature, dans l'angle. L'écriture, très appliquée, était celle d'un enfant. Déjà, à l'époque, il avait un talent fou pour saisir l'âme d'un lieu.

Elle se sentit profondément touchée. Si l'œuvre était le reflet de l'artiste, Seth Quinn était un homme de qualité.

Des voix l'attirèrent jusqu'à la cuisine. Elle vit tout de suite qu'il s'agissait là d'un des centres névralgiques de la maison, et qu'il était dirigé de main de maître par quelqu'un qui prenait son rôle de cuisinière au sérieux. Les plans de travail, d'un blanc virginal, contrastaient avec les éléments de décoration rouges. Ils croulaient littéralement sous les plats débordant de victuailles.

Seth était là, le bras glissé autour des épaules d'Anna, et bien que celle-ci continuât à s'affairer, le lien qui les unissait était d'une évidence absolue.

L'amour. Ce sentiment simple et fort, Dru le percevait avec une acuité presque douloureuse. Le brouhaha persistait dehors, les gens allaient et venaient, mais à eux deux, Anna et Seth formaient une petite île d'affection profonde.

Drusilla avait toujours été sensible à ce genre de lien, et elle se surprit à sourire. À cet instant, une femme – Grace, sûrement – sortit de derrière la porte ouverte de l'énorme réfrigérateur, un saladier entre les mains.

— Ah! Dru! Donnez-moi ça, fit celle-ci en posant le saladier.

Anna et Seth se retournèrent. Et le sourire de Dru s'évanouit.

Elle avait beau admirer l'artiste, elle n'avait pas l'intention de baisser la garde pour autant.

— Merci. En fait, c'est juste un peu humide. C'est le chemisier qui a tout pris.

— C'est moi qui ai tout pris! corrigea Seth en s'avançant vers elle. Je suis navré. Vraiment. Je ne sais pas comment j'ai pu vous confondre avec un gamin de treize ans.

Elle lui décocha un regard glacial.

— Disons que j'étais au mauvais endroit au mauvais moment et restons-en là, rétorqua-t-elle.

— Non, non, vous êtes au bon endroit.

Il lui prit la main et la porta à ses lèvres, dans l'espoir, sans doute, de l'amadouer. Le comble, c'est qu'elle fondit.

— Et au bon moment, ajouta-t-il.

— Ils vont mettre les crabes dans la marmite ! annonça Jake, surgissant dans la cuisine. Papa vous demande de vous bouger les fesses.

— Jake !

Ce dernier afficha un air innocent.

— Je ne suis que le messager ! On *meurt* de faim !

— Tiens ! riposta Anna en lui enfonçant un œuf dans la bouche. Et emporte ça dehors. Ensuite, tu reviendras, sans claquer la porte, t'excuser auprès de Dru.

Jake marmonna une vague protestation, mais s'exécuta.

— Ce n'est pas sa faute, commença Dru.

— C'est toujours la faute de quelqu'un. Je peux vous offrir un verre de vin ?

— Volontiers.

De toute évidence, elle ne s'échapperait pas aisément. Et c'était tant mieux, au fond, car elle était curieuse d'en savoir plus sur la famille de Seth.

— Est-ce que je peux vous aider ?

— Prenez ce que vous pouvez et emportez-le dehors. Nous n'allons pas tarder à nourrir la populace.

Anna haussa les sourcils tandis que Seth s'emparait d'un plateau, puis tenait la porte pour laisser passer Dru avec son saladier. Dès qu'ils furent sortis, Anna adressa un clin d'œil à Grace.

— Ils sont mignons, tous les deux.

— Tu l'as dit. Elle me plaît.

Grace s'aventura jusqu'à la fenêtre pour les observer discrètement.

— Elle est toujours un peu froide au début, puis elle se décontracte. Elle est ravissante, n'est-ce pas ? Et si… raffinée.

— Le privilège de l'argent… Elle est encore un peu coincée, mais si notre clan ne réussit pas à la décoincer, personne n'y parviendra. Seth a l'air séduit.

— J'ai remarqué.

Grace pivota vers Anna, et toutes deux échangèrent un sourire espiègle.

— On ferait bien de se renseigner sur elle.

— C'est exactement ce que j'étais en train de me dire, approuva Anna.

Les frères Quinn étaient impressionnants en tant qu'individus. En groupe, ils étaient carrément stupéfiants. Ils n'étaient pas du même sang, pourtant, ils avaient des points communs : tous étaient grands, minces, beaux, et surtout virils.

Le quatuor rassemblé autour d'une marmite fumante respirait l'énergie et la vigueur. Et ils le savaient, cela ne faisait aucun doute. Ils étaient ce qu'ils étaient, et ils en étaient fiers.

En tant que femme, Drusilla trouvait cette autosatisfaction innée plutôt attirante. Avoir confiance en soi, être bien dans sa peau lui semblait tout à fait respectable. En les rejoignant devant le feu pour leur apporter, à la demande d'Anna, des bières fraîches, elle surprit la fin de leur conversation.

— Cet imbécile se prend pour le souffleur de cor d'Horatio, marmonna Cam.

— Ou le capitaine Queed, renchérit Ethan.

— Il peut se prendre pour qui il veut, du moment qu'il casque, rétorqua Philip en haussant les épaules. On a déjà construit des bateaux pour des crétins, on le refera.

— Un crétin en vaut bien un...

Seth se tut en apercevant Dru.

— Messieurs, dit-elle sans ciller, voici vos bières.

Philip les lui prit des mains et la gratifia d'un sourire étincelant.

— Merci. Il paraît que vous avez eu votre dose de rafraîchissement pour la journée.

— C'était inattendu.

Soulagée du poids de sa charge, elle but une gorgée de vin.

— Mais je préfère cette méthode à celle du Super Soaker 5000.

Ignorant Seth, elle s'adressa à Ethan :

— C'est vous qui les avez pêchés ?

— Avec Deke, oui.

Il ricana quand Seth se racla la gorge.

— On l'a emmené avec nous. Il a abîmé ses mains de citadin.

— Quelques jours sur le chantier suffiront à vous endurcir tout ça, intervint Cam. C'est vrai qu'il a toujours été un peu chétif.

— Vous essayez de m'insulter pour que je sorte de mes gonds et bosse à cinquante-cinquante, riposta Seth. Vous rêvez !

— Chétif, mais malin, précisa Philip. Très malin.

— Est-ce que je pourrais passer un jour, voir comment vous travaillez ?

Cam inclina la tête vers Dru.

— Vous aimez les bateaux ?

— Oui.

— On pourrait aller faire un tour, suggéra Seth. Elle lui jeta un regard méprisant.

— Vous rêvez !

Sur ce, elle tourna les talons.

— Quelle classe ! déclara Philip.

— Elle est gentille, murmura Ethan en soulevant le couvercle de la marmite.

— Sexy, commenta Cam en souriant devant l'air contrarié de Seth. Très, très sexy.

— Si vous ne la fermez pas, je vous colle mon Super Soaker 5000 dans les fesses.

— Tu as des vues sur elle ? s'enquit Cam, feignant l'apitoiement. Elle ne joue pas dans ton équipe, mon vieux.

Seth vida la moitié de sa cannette d'un coup.

— J'aime les défis.

Philip le regarda s'éloigner, puis gloussa.

— Je sens que notre petit frère va dépenser une fortune en fleurs dans les semaines à venir.

— En tout cas, elle a de sacrées belles jambes, nota Cam.

— Mais un regard aiguisé, intervint Ethan. Elle observe tout, Seth y compris, mais elle garde ses distances. Pas parce qu'elle est timide – elle ne l'est pas. Elle est seulement prudente.

— Elle est issue d'un milieu qui mêle argent et politique, rappela Philip. Ça vous incite à la prudence.

— C'est curieux qu'elle ait atterri à St. Christopher, non ?

Dans l'esprit de Cam, c'était la famille qui vous forgeait – celle dans laquelle on naissait, ou celle que l'on adoptait. Et il se demanda comment celle de Dru l'avait façonnée.

Elle s'était promis de ne pas rester plus d'une heure. Le temps que son linge sèche. Mais elle avait entamé une conversation sur New York avec Emily. Puis une autre avec Anna, sur le jardinage. Ensuite, Philip et elle s'étaient découvert des relations communes à Washington.

Le repas était exquis. Quand elle s'était extasiée sur la salade de pommes de terre, Grace lui avait aussitôt proposé sa recette. Dru n'avait pas osé lui dire qu'elle ne cuisinait pas.

Les discussions s'étaient succédé sur tous les sujets : base-ball, mode, jeux vidéo. Elle s'était vite rendu compte que c'était une autre façon de communiquer.

Les chiens se faufilaient sous la table, où tout le monde parlait en même temps. On les en chassait fermement – en général, après leur avoir glissé un bout de nourriture dans la gueule.

Elle avait tenu le coup. Entraînée dès sa plus tendre enfance, elle savait quoi dire et à qui en toute circonstance. Elle était capable de glisser un commentaire sur les bateaux comme sur le base-ball, la musique et la cuisine, la peinture ou les voyages.

Elle avait bu un second verre de vin et traîné beaucoup plus tard que prévu. Pas seulement parce qu'elle ne trouvait aucun prétexte valable pour s'éclipser, mais parce que ces gens lui plaisaient. Ils l'amusaient et elle enviait leur intimité. En dépit de leur nombre et de leurs différences (comment les deux sœurs, Audrey la sportive à la langue bien pendue et Emily, la danseuse éthérée, pouvaient-elles se ressembler aussi peu ?), ils étaient tous très unis.

Telles les pièces individuelles d'un puzzle immense et complexe, songea Dru. Le puzzle familial l'avait toujours fascinée. Celui de sa propre famille demeurait un mystère.

S'ils étaient en apparence enjoués et hauts en couleur, les Quinn devaient avoir leur part d'ombres et de complications.

Comme toutes les familles.

Comme tout homme, se dit-elle en se tournant pour rencontrer le regard fixe de Seth. Elle était parfaitement consciente qu'il l'avait à peine quittée des yeux depuis le début du repas. Oh ! Il était habile à la discussion, lui aussi. Et par moments, il parvenait à se concentrer complètement sur l'un de ses voisins. Mais il revenait toujours sur elle, inexorablement.

Elle le sentait, telle une brûlure sur sa peau.

Cependant, elle refusait de s'interroger. Encore plus de se laisser troubler.

Même lorsqu'il la dévisagea avec un sourire entendu.

— Ici, la lumière de l'après-midi est bonne, déclara-t-il, l'œil rivé sur Dru, en se reservant une portion de salade de pâtes. On pourrait travailler un peu dehors. Vous avez une robe longue, à jupe large ? Sans manches, pour mettre en valeur vos épaules. Elles sont belles. Comme votre visage.

— J'en ai de la chance ! riposta-t-elle en haussant un sourcil, avant de s'adresser à Sybill. J'ai été passionnée par votre dernier documentaire, les études et les exemples de la dynamique des familles recomposées. Je suppose que vous vous êtes appuyée sur votre expérience personnelle ?

Sybill réprima un sourire devant l'air déconfit de Seth.

— Difficile d'y échapper. Je pourrais me pencher sur ce clan pendant vingt ans sans épuiser mes sources.

— Nous sommes tous les cobayes de maman, intervint Fiona en s'offrant un autre crabe.

Elle avait les yeux mordorés de son père, magnifiques, pétillants d'intelligence.

— À votre place, je me méfierais, enchaîna-t-elle. Si vous traînez dans les parages, Seth se débrouillera pour vous avoir nue sur une toile, et maman vous analysera de A à Z pour son prochain bouquin.

— Pas sûr ! réfuta Audrey en brandissant sa bière. Annie Crawford est venue pendant des mois, et Seth ne l'a jamais peinte – nue ou habillée. Je ne pense pas que Sybill ait écrit un mot sur elle non plus, à moins que j'aie raté son ouvrage sur l'intégration des bimbos sans cerveau dans la société.

— Elle n'était pas idiote ! protesta Seth.

— Elle t'appelait Sethie ! minauda Audrey. « Oh ! Sethie, ma parole, tu es un véritable Michel-Ange ! »

— Certaines études scientifiques démontrent que le brocoli possède un certain niveau d'activité cérébrale.

— Pas possible ?

Audrey piqua sa fourchette dans un bouquet de brocoli et l'inspecta soigneusement avant de l'engloutir.

— Je parie que je viens de lui faire très mal.

Tandis que Seth et Audrey échangeaient un sourire complice, Jake marqua un soudain intérêt cannibale pour ses légumes.

— Tu veux que je te cite certains des garçons que tu as fréquentés il y a quelques années ? Tiens ! Matt Fischer, par exemple !

— J'étais jeune et frivole.

— C'est ça. Parce qu'aujourd'hui, tu es vieille et sage. Enfin, peu importe, murmura Seth en se concentrant de nouveau sur Dru. Vous avez une jupe longue, plutôt ample ? Un petit bustier ?

— Non.

— On trouvera.

Dru finit son verre de vin et inclina légèrement la tête de côté.

— A-t-on déjà refusé de poser pour vous ?

— Jamais.

— Dans ce cas, je serai la première.

— Il parviendra à ses fins ! intervint Cam. Il est têtu comme une mule.

— Et c'est l'homme le plus souple, le plus raisonnable, le plus accommodant que je connaisse qui vous le dit ! lança Anna en se levant. Un dessert ?

Ils en voulaient tous, bien que Dru se demandât comment c'était possible. Elle refusa des gâteaux, des tartes, mais finit par craquer pour un brownie aux noix qu'elle grignota sans appétit avant de remonter se changer.

Elle plia le jean et le chemisier empruntés, les posa sur le lit, jeta un ultime coup d'œil à la chambre au décor si chaleureux, puis redescendit.

Elle s'immobilisa sur le seuil de la cuisine en découvrant Anna et Cam devant l'évier – absorbés dans une étreinte qu'elle jugea torride pour des parents d'adolescents.

— On monte et on ferme la porte à clé, chuchota Cam, les mains plaquées sur le derrière de son épouse. Personne ne s'apercevra de notre absence.

Dru ne savait plus où poser le regard.

— C'est ce que tu as dit après le dîner de Thanksgiving, répliqua Anna avec un petit rire en s'accrochant à son cou. Tu te trompais.

— Phil était jaloux parce qu'il n'y avait pas pensé le premier.

— Plus tard, Quinn. Si tu te tiens bien, je te laisserai peut-être... Oh! Dru!

À leurs sourires spontanés, elle se rendit compte qu'elle était la seule des trois à se sentir embarrassée.

— Excusez-moi. Je voulais vous remercier. J'ai passé un excellent après-midi.

— Tant mieux. Vous reviendrez, j'espère? Cam, préviens Seth que Dru s'en va, veux-tu?

— C'est inutile. Vous avez une famille merveilleuse, une maison superbe. Je vous suis reconnaissante de m'avoir reçue.

— Je suis contente que vous soyez passée.

Anna lui entoura les épaules, adressa un petit signe à Cam avant d'accompagner la jeune femme jusqu'au vestibule.

— Ah! La clé! s'exclama Dru en plongeant la main dans son sac. J'avais complètement oublié. C'est la raison pour laquelle j'étais venue. Pouvez-vous la donner à Seth, s'il vous plaît? Il peut ranger tout ce qu'il veut dans la chaufferie. Nous réglerons les détails plus tard.

Anna entendit la porte de la cuisine claquer.

— Autant la lui remettre vous-même. À bientôt!

Elle l'embrassa, tandis que Seth se ruait dans l'entrée.

— Vous partez? Pourquoi ne pas rester encore un peu? Audrey organise une partie de base-ball.

— Il faut que je rentre. La clé, fit-elle en la lui tendant tandis qu'il demeurait là, à la contempler. Vous savez, la chaufferie... pour entreposer vos affaires.

— Oui, oui, répondit-il en la fourrant dans sa poche. Écoutez, il est un peu tôt, mais si vous voulez vraiment nous quitter, on pourrait peut-être faire un tour.

— J'ai des choses à faire.

Elle se dirigea vers sa voiture.

— Pour notre second rendez-vous, on tâchera d'être plus tranquilles.

Elle marqua une pause, lui jeta un coup d'œil par-dessus son épaule.

— On n'a pas eu le premier.

— Bien sûr que si! Des crabes à la vapeur, comme promis. La prochaine fois, c'est vous qui choisirez le lieu et le menu.

Secouant son trousseau, elle pivota vers lui.

— Je suis passée vous donner une clé, j'ai été arrosée par une mitraillette à eau, et j'ai partagé un festin de crabes avec votre immense famille. Je n'appelle pas cela un rendez-vous.

— Je vais remédier au problème.

Il était habile. Si habile qu'elle ne le vit pas venir. Si elle avait deviné son intention, peut-être se serait-elle esquivée. Ou peut-être pas. En attendant, il avait posé les mains sur ses épaules et réclamait ses lèvres.

Il la souleva légèrement, inclina la tête, juste un peu, et effleura sa bouche d'un baiser, tandis que ses mains exploraient le bas de son dos.

Elle sentit la brise qui lui caressait les joues. Quelqu'un avait remonté la sono au maximum. Lorsqu'il se pressa contre elle, elle se rendit compte qu'elle lui répondait.

Au départ, il avait voulu *suggérer* une étreinte, lui soutirer un sourire ou un froncement de sourcils, juste pour le plaisir de la voir réagir.

Quand elle s'abandonna entre ses bras, il sombra.

Pour lui, les femmes étaient une éclatante palette de couleurs : mère, sœur, maîtresse, amie. Mais jamais il n'en avait rencontré d'aussi éblouissante. Il en était bouleversé.

— Laissez-moi rentrer avec vous, Drusilla, chuchota-t-il en promenant ses lèvres sur son visage. Laissez-moi m'allonger près de vous. Être avec vous. Vous toucher.

Elle secoua la tête. Tout allait beaucoup trop vite. Une femme intelligente ne prenait jamais la route sans avoir étudié la carte auparavant – et même dans ce cas, elle s'y aventurait avec prudence.

— Seth, je ne suis pas une impulsive. Je réfléchis avant d'agir.

Elle le repoussa, sans pour autant détourner le regard.

— Je ne m'offre pas comme ça à un homme, à cause d'une attirance physique.

— Très bien.

Il l'embrassa sur le front avant de s'écarter.

— Restez. On jouera au base-ball, on ira faire une promenade en bateau. Des choses simples.

Elle eut l'impression qu'il était sincère.

— Il se pourrait que je finisse par vous apprécier.

— J'y compte bien.

— Mais je ne peux pas rester. J'ai toutes sortes d'affaires à régler, et je me suis attardée plus longtemps que prévu.

— Vous n'avez jamais fait l'école buissonnière ?

— Non.

Il saisit la poignée de la portière avant elle.

— Jamais ? insista-t-il, stupéfait.

— J'en ai peur.

— Hmmm… Une femme qui respecte le règlement. Très sexy.

Elle ne put se retenir de rire.

— Si je vous avais dit que je séchais les cours une fois par semaine, vous m'auriez traitée de rebelle et assuré que ça, c'était sexy.

— Un point pour vous. Que diriez-vous d'un dîner demain soir ?

— Non. J'ai besoin de réfléchir. Je ne veux pas m'intéresser à vous.

— Ce qui signifie que c'est déjà le cas.

Elle se glissa derrière le volant.

— Ce qui signifie que je ne le souhaite pas. Si je change d'avis, je vous préviendrai. Retournez auprès des vôtres. Vous avez de la chance de les avoir.

Sur ces mots, elle démarra.

Il la regarda s'éloigner, l'esprit en ébullition. Trop bouleversé pour remarquer le véhicule qui émergeait du bas-côté, près des arbres, pour suivre celui de Dru.

5

Elle savait qu'il était là-haut. De temps à autre, quand elle allait dans l'arrière-boutique, Dru entendait la musique par la gaine de ventilation. Elle n'était pas étonnée qu'il la mette fort, ni que ses choix varient du rock techno au blues, en passant par l'opéra.

Rien de la part de Seth Quinn ne la surprenait.

La première semaine, il avait fait des allées et venues. Parfois, il surgissait dans le magasin pour lui demander si elle avait besoin de quelque chose, pour la prévenir de l'imminence des travaux, lui dire qu'il avait entreposé des affaires dans la chaufferie et fait un double de la clé.

Il était toujours amical, ne semblait jamais particulièrement pressé. Et surtout, il n'avait pas l'air de vouloir réitérer ses exploits de séducteur.

Drusilla en était agacée pour plusieurs raisons. Pour commencer, elle avait décidé de l'envoyer promener – du moins pour le moment. Elle ne tenait pas à ce que Seth, ni aucun autre d'ailleurs, n'abuse de sa disponibilité.

Cela, pour le principe.

Bien entendu, elle s'était attendue à une suite. Un homme n'exprimait pas le désir de coucher avec vous un jour, pour vous traiter comme une simple voisine le lendemain.

En gardant ses distances, il l'avait décontenancée. Ce qui l'irritait encore plus.

Au fond, c'était mieux ainsi, songea-t-elle en préparant sa commande de petits centres de table fleuris pour l'un des restaurants les plus chics du port. Elle prenait ses marques à St. Christopher, dans son travail, dans cette vie dont elle avait si souvent rêvé – sans vraiment le savoir. Une relation, que ce soit une aventure sans lendemain, une liaison ou une histoire d'amour, risquait de rompre ce précieux équilibre.

Elle se sentait tellement mieux !

La seule personne qui avait besoin de toutes ses attentions, c'était elle-même. Et ça, c'était un cadeau du ciel.

Satisfaite de ses bouquets, elle les rangea dans la chambre froide. Le coursier viendrait les prendre, de même que la somptueuse gerbe d'iris, de tulipes et de lys blancs commandée par un couple qui tenait une auberge dans les environs.

Elle entendit Seth arriver. La portière claqua, les pas crissèrent sur le gravier, résonnèrent sur les marches de l'escalier.

Quelques minutes plus tard, il mit de la musique. Au menu du jour : du rock. Elle en déduisit qu'il ne tarderait pas à monter sur le toit pour continuer l'installation de ses Vélux.

Elle retourna dans la boutique, ramassa la plante qu'elle avait mise de côté et monta. Étant donné le volume sonore, elle frappa avec son poing.

— Oui, oui ! C'est ouvert ! Depuis quand vous frappez, les gars ?

Il se retourna.

— Salut ! s'exclama-t-il avec un grand sourire. J'ai cru que vous étiez l'un de mes frères, mais vous êtes nettement plus jolie.

— J'ai pensé que ceci vous plairait.

— Quoi ? Attendez une seconde…

Il disparut dans la minuscule cuisine où il avait installé sa chaîne stéréo et baissa le son.

— Désolé.

Son marteau rebondissait contre sa cuisse. Il portait un jean troué. Son tee-shirt gris délavé était maculé de taches de peinture et de graisse. Il n'était pas rasé.

Elle n'avait aucune – absolument aucune ! – attirance pour les hommes négligés.

En général.

— Je vous ai apporté une plante, dit-elle d'un ton plus sec qu'elle ne l'aurait voulu.

Ses propres paroles lui revenaient. Non, elle ne voulait pas s'intéresser à Seth Quinn.

— Ah, oui ?

Malgré sa froideur, il parut enchanté. Il s'avança vers elle.

— C'est un trèfle d'Irlande.

— Merci. C'est très gentil.

Son regard bleu croisa le sien.

— N'oubliez pas de l'arroser.

Elle leva les yeux. Les Vélux étaient déjà posés. Et il ne s'était pas trompé : l'effet était spectaculaire.

— Je vois que vous n'avez pas perdu de temps.

— J'ai échangé quelques heures au chantier contre un coup de main ici. Cam doit venir tout à l'heure, pour les finitions.

— Bien…

Elle jeta un regard circulaire dans la pièce. Après tout, c'était elle la propriétaire. Elle avait le droit de savoir ce qu'il faisait chez elle.

Ses toiles étaient empilées contre deux des murs. Un chevalet muni d'une toile vierge se dressait devant les fenêtres. Elle se demanda comment il avait réussi à monter l'énorme établi, mais il était là, en plein milieu, déjà couvert des déchets de l'artiste : pinceaux, tubes de peinture, térébenthine, chiffons, crayons, fusains.

Elle nota encore deux tabourets, un vieux fauteuil en bois, une table encore plus délabrée surmontée d'une lampe hideuse.

Les étagères étaient remplies de matériel de peinture.

Il n'avait rien accroché aux murs. Tout n'était qu'espace, outils et lumière.

— Je vous laisse travailler.

À cet instant, son œil fut attiré par l'un des tableaux, dans les tons mauves et verts. Le bouquet de digitales pourprées l'attirait irrésistiblement : elle sentait presque la caresse des pétales et des feuilles sur sa peau.

— Un bord de route en Irlande, expliqua-t-il. Du côté de County Clare. J'y ai passé deux semaines, à une époque. Quoi que vous regardiez, vous avez envie de le peindre. Difficile de traduire toute cette beauté sur la toile.

— Je trouve que vous y êtes parvenu ! C'est superbe ! Simple et fort à la fois. Je n'ai jamais vu ces fleurs à l'état sauvage sur un bord de route en Irlande. Là, j'ai l'impression d'y être allée. C'est le but, non ?

Il la dévisagea longuement. Le soleil matinal inondait l'atelier, la baignant d'une lumière dorée qui creusait ses yeux, accentuait la ligne de son menton et de sa joue.

— Ne bougez pas. Restez comme vous êtes, insista-t-il en se précipitant vers son établi. Dix minutes. Bon, d'accord, j'ai menti. Vingt tout au plus.

— Pardon ?

— Restez comme vous êtes ! Merde, où est mon... ah ! s'écria-t-il en s'emparant d'un fusain et en tournant son chevalet. Non, ne me regardez pas. Regardez par là. Attendez.

Vif comme l'éclair, il saisit le tableau qu'elle venait d'admirer, sortit un clou de sa poche, l'enfonça dans le mur d'un coup de marteau.

— Là ! Concentrez-vous dessus.

— Je n'ai pas le temps de…

— Le tableau ! coupa-t-il d'un ton autoritaire.

Elle obéit sans réfléchir.

— Je vous paierai, ajouta-t-il.

— Je ne veux pas de votre argent.

— Je vous rendrai un service, riposta-t-il, sa main s'activant sur la toile. Vous avez une maison au bord de la rivière. Vous avez sûrement du bricolage à…

— Je peux me débrouiller toute seule.

— C'est ça, c'est ça. Inclinez le menton un tout petit peu vers la droite. Nom d'un chien ! Cette lumière ! Décontractez votre mâchoire. Vous pourrez vous fâcher plus tard, laissez-moi juste saisir la pose.

Qui diable était-il ? se demanda la jeune femme. Il se tenait les pieds écartés, tel un homme prêt à se battre. Il portait une ceinture à outils autour de la taille et maniait le fusain comme si sa vie en dépendait.

Son regard était si intense, si concentré qu'elle tressaillait chaque fois qu'il balayait son visage.

Les haut-parleurs crachaient une chanson du groupe AC/DC. Par la fenêtre ouverte leur parvenaient les cris des goélands qui tournoyaient au-dessus de la baie. Tout en se demandant comment elle avait pu se laisser avoir, Drusilla resta immobile à contempler les digitales pourprées.

Elle se surprit à imaginer le tableau au mur de sa chambre.

— Combien en voulez-vous ?

Il garda les sourcils froncés.

— Je vous le dirai quand j'aurai terminé.

— Je parle de l'œuvre que j'admire pendant que j'essaie de ne pas me mettre en colère contre vous ; j'aimerais l'acheter. Vous avez un agent, je suppose ? Dois-je le contacter ?

Il se contenta de grogner, tout à son ouvrage.

— Ne remuez pas la tête. Les yeux uniquement… Ah ! quel visage !

— Tout ça, c'est bien joli, mais il faut que je redescende à la boutique.

— Encore deux minutes.

— Vous voulez savoir ce que je pense des gens qui n'acceptent pas qu'on leur dise non ?

— Pas pour l'instant.

Il devait à tout prix l'occuper, la faire parler. Tout était parfait, la lumière, le visage, le vert mousse de ses yeux.

— Il paraît que vous avez engagé le vieux M. Grimball pour faire vos livraisons ? Comment ça se passe ?

— Très bien. À ce propos, il ne va pas tarder…

— Il attendra. M. Grimball était professeur d'histoire, quand j'étais en sixième. Pour moi, c'était déjà un vieillard, comme tous ces présidents morts dont il nous parlait. Un jour, avec des copains, on a découvert une peau de serpent. On l'a enroulée sur son bureau, juste avant le cours.

— J'imagine que vous avez dû trouver ça hilarant.

— Vous plaisantez ? J'avais onze ans. J'ai failli me casser une côte tellement je riais. Vous n'avez jamais joué des tours de ce genre, dans votre école privée pour filles ?

— Non. Et qu'est-ce qui vous fait croire que j'étais dans une école privée pour filles ?

— Ça se voit comme le nez au milieu de la figure, mon ange.

Il recula d'un pas, hocha la tête, se rapprocha du chevalet.

— Et ça vous va comme un gant, ajouta-t-il en estompant une ligne avec son pouce. Vous voulez appeler ça une séance de pose ou notre second rendez-vous ?

— Ni l'un ni l'autre.

Au prix d'un effort surhumain, elle se retint d'aller voir ce qu'il avait fait.

— Second rendez-vous, décida-t-il avec un sourire en jetant son fusain sur l'établi et en s'emparant distraitement d'un chiffon pour s'essuyer les mains. Après tout, vous m'avez offert des fleurs.

— Une plante, rectifia-t-elle.

— Tout ça, c'est de la sémantique. Vous voulez vraiment le tableau ?

— Tout dépend du prix. Donnez-moi le nom de votre agent. Nous verrons ensuite.

Il était fasciné par la façon dont sa coiffure courte moulait son crâne. Dessiner cette tête ne lui suffisait pas. Il avait envie de la peindre.

Et de la toucher. De laisser courir ses doigts dans cette chevelure soyeuse, d'un noir profond.

— Que diriez-vous d'un échange ? Vous posez pour moi, et je vous le donne.

— Je viens de poser pour vous.

— Non. Je veux attaquer une huile.

Et des aquarelles. Et des pastels.

Et l'avoir dans son lit.

Il avait passé une grande partie de son temps à penser à elle, ces jours-ci. Suffisamment pour conclure qu'une femme comme elle – avec son physique et ses origines – devait être habituée aux avances masculines.

Il avait donc décidé de ralentir le rythme, délibérément, d'attendre qu'elle fasse le premier pas. Elle l'avait fait. En lui apportant un trèfle d'Irlande.

Il la voulait sur le plan professionnel et sur le plan personnel. Peu importait ce qui viendrait en premier, du moment qu'il obtenait les deux.

De nouveau, elle contempla le tableau. Seth était toujours heureux, et un peu étonné, qu'on veuille posséder une de ses œuvres. Il comprit qu'il venait de marquer un point avec elle, sur le plan professionnel.

— J'ai une affaire à gérer.

— Je me plierai à vos horaires. Quand ce sera possible, accordez-moi une heure le matin avant d'ouvrir. Quatre heures le dimanche.

Elle réfléchit. Au fond, pourquoi pas ? Ce petit tableau était si merveilleux !

— Pendant combien de temps ?

— Je n'en sais rien encore, répliqua-t-il, vaguement irrité. C'est de l'art, pas de la comptabilité.

— Ici ?

— Pour commencer, oui.

Elle hésita. Puis, parce qu'il faut être sotte pour accepter un contrat sans en avoir examiné tous les termes, elle contourna le chevalet. Et découvrit son visage.

Elle s'était attendue à une esquisse un peu grossière, car il n'avait pas mis plus d'un quart d'heure à l'achever. Mais tout y était, avec une précision incroyable – les angles, les ombres, les courbes.

Elle paraissait très froide, nota-t-elle. Un peu réservée et si sérieuse ! Elle se permit un sourire.

— Je n'ai pas un air particulièrement avenant.

— Vous n'étiez pas d'une humeur particulièrement avenante.

— J'en conviens. Vous avez un sacré talent.

Un soupir lui échappa.

— Je n'ai ni robe longue ni bustier.

Seth eut un sourire étincelant.

— On improvisera.

— Je vous donne une heure demain. De 7 h 30 à 8 h 30.

— Ouille ! D'accord.

Il s'approcha du mur, décrocha le tableau et le lui tendit.

— Vous avez confiance en moi.

— Plus que ça.

Il la prit dans ses bras, la souleva légèrement, comme la première fois.

Et la porte s'ouvrit.

— Les salauds, marmonna Seth, tandis que Cam entrait, parfaitement à l'aise. Ils ne frappent jamais.

— Salut, Dru ! Tu l'embrasseras plus tard, mon vieux ! Je ne sens pas l'odeur du café.

Il se dirigea vers la cuisine, aperçut le chevalet. Son visage s'éclaira.

— Alors là ! J'ai cinquante dollars facilement gagnés à empocher ! J'ai parié avec Phil que Seth vous convaincrait de poser pour lui avant la fin de la semaine.

— Vraiment ?

Cam ne se laissa pas impressionner par le ton glacial de Dru.

— Ne le prenez pas mal. Quand notre Rembrandt local a décidé de peindre quelque chose, il trouve toujours le moyen de le faire. Il ne pouvait pas laisser passer sa chance. Remarquez, il est insupportable, mais loin d'être idiot.

— Insupportable, c'est certain. Intelligent, je réserve mon jugement pour plus tard. 7 h 30 ! lança-t-elle à Seth en sortant. Du matin, j'entends.

Lorsqu'elle eut disparu, Seth pivota vers son frère, qui souriait toujours.

— Tais-toi, grommela-t-il en le poussant de côté pour aller préparer le café.

Cam ne dit rien. Il se contenta de poser la main sur sa poitrine et de l'agiter pour mimer un cœur qui bat.

— Va te faire foutre !

— Alors, tu as l'intention de la peindre ou de la tripoter ? Qu'est-ce que tu veux, mon pauvre ! La boucle est bouclée. Il n'y a pas si longtemps, tu te moquais de nous parce qu'on tripotait les filles.

— Quinze ans ont passé. Si ce n'est pas long pour toi, c'est que tu deviens vraiment vieux. Tu es sûr de vouloir monter sur le toit ? Tu pourrais avoir un malaise et te casser la figure.

— Je suis encore assez en forme pour te botter le cul !

— Mais oui, c'est ça ! À condition qu'Ethan et Phil me plaquent au sol.

Cam enroula le bras autour de son cou, et Seth se mit à rire.

— Aïe ! Au secours, maman, j'ai peur !

Mais tous deux se rappelaient l'époque où Seth, petit garçon trop maigre et insolent, se figeait de terreur dès qu'on avait un geste envers lui, tendre ou brutal.

Se le remémorant, Seth faillit avouer le problème qui le tracassait tant.

Il se ravisa. Il s'en était déjà sorti auparavant. Il s'en sortirait encore, le moment venu.

C'était un homme de parole. Les finitions terminées, il accompagna Cam au chantier.

Autrefois, il avait imaginé gagner sa vie là, aux côtés de ses frères, à construire des bateaux à l'ancienne. Il avait passé quelques-uns de ses meilleurs moments dans ce bâtiment en brique.

Au fil des ans, l'intérieur avait changé. Ils avaient «raffiné» le décor, comme disait Philip. Les murs n'étaient plus nus, on les avait peints en blanc.

Ils avaient créé une sorte de vestibule qui s'ouvrait sur l'escalier menant au bureau de Phil, à l'étage. Histoire de séparer – en théorie – l'entrée de l'atelier.

Les cloisons étaient recouvertes d'esquisses des divers bateaux qu'ils avaient construits. Ces dessins représentaient les progrès de l'entreprise, et ceux de l'artiste.

Il savait (Audrey le lui avait confié) qu'un collectionneur avait tenté, deux ans auparavant, d'en acheter une cinquantaine pour vingt-cinq mille dollars.

Les Quinn avaient refusé net, mais avaient proposé de lui fabriquer un esquif à partir de son œuvre préférée.

S'enrichir n'avait jamais été leur but, bien qu'ils aient connu des temps difficiles, les premières années. Leur objectif avait toujours été de conserver le clan uni. Et de respecter la promesse faite à Ray Quinn.

L'atelier était à peu près comme avant. C'était un espace immense, résonnant de bruits divers, brillamment éclairé. Des poulies pendaient du plafond. Scies, établis, piles de planches, senteurs du bois fraîchement coupé, de l'huile de lin, de la sueur et du café, musique rock, rugissement des outils électriques. Seth connaissait tout par cœur.

Oui, il avait envisagé de passer son existence ici, à écouter Philip se plaindre des impayés, à regarder Ethan façonner ses planches, à suer avec Cam sur une proue.

Mais son amour de la peinture avait eu raison de ces projets. Et il était parti loin, très loin.

Aujourd'hui, il était un homme. Un homme prêt à tenir tête, à mener à bien ses propres combats, à être ce pour quoi il était fait.

Rien ni personne ne l'en empêcherait.

— Tu comptes rester là, les mains dans les poches ? s'enquit Cam.

Seth s'obligea à revenir au présent.

— Vous n'avez pas l'air d'avoir besoin de moi.

Il repéra Audrey, sur le pont d'un skiff, une perceuse à la main. Elle portait une casquette des Oriole sur ses cheveux tirés en queue-de-cheval. Ethan était en train de tourner un mât, son fidèle chien étalé à ses pieds.

— Il faut calfater cette poupe, ordonna Cam.

— Et toi, tu fais quoi ?

— Je vais me prélasser devant mon petit empire.

Seth se mit à l'ouvrage sans rechigner, un peu agacé par la perceuse d'Audrey, juste au-dessus de sa tête.

— Coucou ! dit-elle soudain en se penchant vers lui. Will a sa soirée de libre. On va manger une pizza et voir un film. Tu nous accompagnes ?

C'était tentant. Il voulait reprendre contact avec Will, non seulement parce qu'ils avaient été amis, mais surtout parce qu'il estimait avoir son mot à dire sur les garçons qui tournaient autour d'Audrey.

Il pesa le pour et le contre. D'un autre côté, il n'avait pas très envie de tenir la chandelle.

— Vous allez au *Village Pizza* ?

— C'est toujours la meilleure pizzeria de St. Christopher.

— D'accord pour manger. Ça me fera plaisir de revoir Will. Mais pour le film, je pense que je vais zapper : je dois me lever tôt demain matin.

— Je croyais que les artistes se levaient tard ?

— J'ai un rendez-vous de boulot.

— Pas possible !

Audrey s'assit sur les talons, l'air soudain intéressé.

— Tiens ! tiens ! La jolie fleuriste a accepté de poser pour le célèbre peintre. Au fait, j'ai eu d'autres infos.

— Les ragots ne m'intéressent pas… Quelle sorte d'infos ?

— Juteuses, mon cher ! Je les ai eues par Jamie Styles, qui les tient de sa cousine, qui était huissier au Sénat il y a quelques années. À cette époque,

Dru sortait avec une grosse légume de la Maison-Blanche.

— C'était sérieux ?

— Assez pour noircir les pages «people» du *Post* pendant presque un an. D'après Jamie, elle a eu droit à un diamant de la taille d'une poignée de porte. Et puis, boum ! Le diamant disparaît, le chaud tourne au froid, la grosse légume fait la une au bras d'une jolie blonde.

— Elle a été fiancée ?

— Oui. Brièvement, selon mes sources. Il semble que le facteur «jolie blonde» soit intervenu avant la rupture. Si tu vois ce que je veux dire.

— Il trompait Dru avec une ravissante idiote ?

— Une avocate, virtuose du barreau, conseillère à la Maison-Blanche.

— Dru a dû souffrir de voir tout ça étalé au grand jour dans la presse.

— À mon avis, elle est plutôt du genre à tenir la dragée haute. Elle n'a rien d'un paillasson. Et je te parie un mois de salaire qu'elle a coupé les couilles de ce salaud avant de lui faire avaler son caillou.

— Pari tenu ! répliqua Seth avec fierté. Cela dit, je ne pense pas que Dru ait un tempérament violent. J'imagine qu'elle l'a pétrifié d'un regard glacial et de quelques mots acerbes.

— Tu ne connais rien aux femmes ! railla Audrey. Méfie-toi de l'eau qui dort.

«C'est possible», songea Seth en se mettant au volant, éreinté. Mais elle était du genre à fendre un homme d'un coup d'épée sans faire couler une goutte de sang.

Il savait ce que c'était, que de voir sa vie – et surtout les détails les plus intimes – être la proie de ces requins de la presse.

Peut-être s'était-elle installée à St. Christopher pour fuir tout cela. Il la comprenait.

Il jeta un coup d'œil sur la pendule en démarrant. Audrey lui avait proposé d'aller manger une pizza, et il mourait de faim. Mais rentrer à la maison prendre une douche et revenir en ville le fatiguait d'avance.

Il décida donc de passer se rafraîchir à l'atelier. Il y avait apporté des serviettes et du savon. Il avait même pensé à jeter un jean propre et une chemise dans l'armoire.

Avec un peu de chance, Dru serait encore à la boutique et il réussirait à la convaincre de venir dîner avec eux. Ce serait leur troisième rendez-vous, se dit-il avec satisfaction.

Quand il le lui ferait remarquer, elle afficherait son expression style «je ne suis pas intéressée». Mais une petite lueur danserait dans ses prunelles, trahissant ses pensées.

Ces contrastes le fascinaient.

Il se sentait capable de passer des heures – des jours entiers – à étudier ses différentes expressions.

Malheureusement, lorsqu'il arriva sur le parking, sa voiture ne s'y trouvait pas. Il envisagea un instant de l'appeler, de la convaincre de les rejoindre, puis il se rappela qu'il n'avait pas le téléphone.

Il allait remédier très vite à ce problème. En attendant, autant se rendre directement au restaurant et lui téléphoner de la cabine.

Il tomberait bien sur quelqu'un qui connaissait son numéro.

Mieux encore, décida-t-il en grimpant l'escalier, pourquoi ne pas commander une pizza et l'emporter chez elle ? Avec une bonne bouteille.

Quelle femme digne de ce nom oserait envoyer balader un homme qui lui apportait une pizza et du vin ?

106

Content de lui, il entra. Quelque chose glissa sous son pied. Il se pencha et ramassa un bout de papier plié en deux.

Son estomac se noua.

Dix mille, ça devrait suffire. Je prendrai contact avec toi.

Seth se laissa tomber sur le sol en froissant la feuille dans son poing.

Gloria DeLauter était de retour. Il n'aurait pas imaginé qu'elle le rattraperait aussi vite. Il ne s'était pas préparé à la trouver sur ses talons à peine deux semaines après avoir quitté Rome.

Il avait besoin de temps pour réfléchir. Il jeta la boule de papier au loin. Dix mille dollars. Il serait tranquille pour quelques mois.

Après tout, ce n'était pas la première fois.

Il était prêt à tout pour se débarrasser de sa mère. Et surtout, pour la tenir éloignée de sa famille.

C'était précisément là-dessus qu'elle comptait.

6

Assis sur le ponton, il pêchait avec un morceau du brie d'Anna pour appât. Le soleil lui brûlait le dos. Il rêvassait.

Il ne portait rien d'autre qu'un jean coupé en bermuda et une paire de lunettes de soleil.

Il aimait contempler l'eau à travers les verres fumés. Il avait envie de poser sa canne et de se baigner.

L'eau clapotait contre la coque du petit voilier. Un geai s'énervait dans les arbres, la brise courait, exhalant le parfum de roses qui existaient bien avant son arrivée ici.

La maison était tranquille. La pelouse qui l'entourait impeccablement tondue. L'herbe fraîchement coupée, les fleurs, l'eau, toutes ces odeurs étaient grisantes. Des odeurs d'été.

Ça ne lui parut pas bizarre, bien qu'on ne fût encore qu'au printemps.

Il fallait qu'il agisse, mais comment ? pour que tout demeure ainsi, paisible, serein. Pour que sa famille soit en sécurité.

Il entendit un chien japper, puis le crépitement de griffes sur les lattes du ponton. Seth ne releva pas la tête, même quand un museau humide se faufila jusqu'à sa joue. Il se contenta de soulever le bras, afin que l'animal puisse se pelotonner contre lui.

C'était une compagnie réconfortante quand on avait le cœur lourd.

Mais le chien en voulait plus, et il battit de la queue en lui léchant le visage.

— D'accord! d'accord! Du calme! Je réfléchis, protesta Seth.

Soudain, un nœud lui étreignit la gorge.

Ce n'était pas le chien de Cam, mais le sien. Pataud, mort cinq ans auparavant dans ses bras. Ahuri, Seth fixa ce regard familier, où dansait une lueur de joie, comme s'il venait de lui faire la blague du siècle.

— Hé, attends une seconde!

Un sentiment de bonheur mêlé de stupéfaction le submergea.

— Qu'est-ce que c'est que ça?

Pataud lui répondit d'un aboiement bref et se vautra avec adoration sur ses genoux.

— Te voilà, grand nigaud, murmura Seth. Tu es là. Mon Dieu! Comme tu m'as manqué.

Il lâcha sa canne à pêche pour l'étreindre.

Une main surgit pour rattraper la canne juste avant qu'elle ne tombe à l'eau.

— Ce serait dommage de gaspiller cet excellent fromage.

La femme était assise à ses côtés, les jambes pendant au-dessus de l'eau.

— On s'est dit que Pataud te remonterait le moral. Rien de tel qu'un chien, n'est-ce pas? Ça mord, aujourd'hui?

— Non, pas vraim...

Les mots moururent sur ses lèvres, et il la contempla. Il connaissait ce visage. Il avait vu des photos. Allongé, mince, parsemé de taches de rousseur. Ses boucles rousses désordonnées, striées de fils d'argent, étaient coiffées d'un chapeau kaki déformé. Elle avait les yeux d'un vert profond.

— Vous êtes Stella. Stella Quinn.

Stella Quinn, se répéta-t-il en essayant de comprendre comment elle pouvait être là, alors qu'elle était morte depuis plus de vingt ans.

— Tu es devenu drôlement beau, sais-tu? J'en étais sûre.

Elle tira sur son catogan.

— Tu as besoin d'une bonne coupe de cheveux, mon garçon.

— Je suppose que je rêve!

— En effet, répondit-elle, puis elle lui caressa la joue avant de baisser ses lunettes de soleil. Tu as les yeux de Ray. C'est son regard qui m'a attirée en premier, tu sais.

— J'ai toujours eu envie de vous connaître.

— C'est chose faite. Il n'est jamais trop tard, n'est-ce pas? ajouta-t-elle en riant tout bas. Personnellement, je n'ai jamais aimé la pêche. L'eau, en revanche... Enfin, la pêche, c'est bien quand on veut réfléchir, ou ne penser à rien. Tant qu'à ruminer, autant taquiner le poisson. On ne sait jamais.

— C'est la première fois que je rêve de vous. De cette façon.

Tout lui apparaissait avec une incroyable clarté; il sentait même la chaleur de Pataud sous son coude.

Le soleil continuait de lui brûler le dos, il percevait les ronronnements des bateaux au loin; le geai ne s'était pas tu.

— On s'est dit qu'il était temps que je vienne jouer les grand-mères, dit-elle en le gratifiant d'une tape affectueuse sur la cuisse. Ça m'a manqué, quand j'étais là. Le plaisir de dorloter les bébés, de te gâter, ainsi que les autres. Mourir est un inconvénient, crois-moi.

Il la dévisagea, à court de mots, et elle rit.

— Tu es mal à l'aise, c'est normal. Ce n'est pas tous les jours qu'on bavarde avec un spectre.

— Je ne crois pas aux fantômes.

— Je ne peux pas t'en vouloir. Je t'aurais volontiers confectionné des gâteaux, mais je n'ai jamais été douée pour la cuisine. On ne peut pas tout avoir ! Il faut prendre ce qu'on nous donne. Tu es le petit-fils de Ray, donc le mien.

Son cœur battait à coups redoublés, pourtant, il n'avait pas peur.

— Je lui dois tout. Je ne l'ai pas connu longtemps, mais c'était un homme…

— Droit, acheva-t-elle en hochant la tête. C'est ce que tu as dit à Cam quand il t'a posé la question. Ray était un homme droit, et quand tu l'as rencontré, tu avais du mal à imaginer que ça puisse exister.

— Il m'a sauvé.

— Il t'a offert une chance. Tu as su la saisir, et jusqu'ici tu t'en es plutôt bien sorti. On ne choisit pas ses origines, Seth. Mes fils et toi le savons mieux que quiconque. Mais on peut choisir sa destinée, et le chemin à emprunter.

— Ray m'a recueilli, et ça l'a tué.

— Si tu dis cela et si tu le penses, c'est que tu n'es pas aussi intelligent qu'on le croit. Ray serait déçu de t'entendre.

— C'est à cause de moi qu'il était sur cette route.

— Qu'en sais-tu ? Cette route-là, ce jour-là, une autre, un autre jour. Ce fou a toujours roulé beaucoup trop vite. Les choses arrivent, point. Elles se passeraient différemment, on continuerait à se plaindre de la même manière. Si tu veux mon avis, on perd un temps fou avec les «si» et les «ou».

— Mais…

— Mais rien du tout. George Bailey a appris sa leçon, n'est-ce pas ?

Sidéré, fasciné, Seth changea de position.

— Qui ?

Stella leva les yeux au ciel.

— *It's a Wonderful Life*. James Stewart et George Bailey. Il décide que ç'aurait été mieux pour tout le monde s'il n'était jamais né. Un ange apparaît et lui montre comment ça se serait passé s'il n'était pas venu au monde.

— Et c'est ce que vous allez me démontrer ?

— Je te fais penser à un ange ? s'enquit-elle, amusée.

— Non. Mais j'étais justement en train de me dire que ç'aurait été mieux si je n'étais pas né.

— On change un détail, on change tout. La voilà, la leçon. Et si Ray ne t'avait pas amené ici ? S'il n'avait pas foncé dans ce fichu poteau de téléphone ? Peut-être que Cam et Anna ne se seraient jamais rencontrés. Kevin et Jake ne seraient jamais nés. Tu le regrettes ?

— Mon Dieu, non ! Bien sûr que non. Mais si Gloria…

— Ah ! l'interrompit Stella en levant l'index. C'est ça le problème, n'est-ce pas ? À quoi bon répéter « si Gloria » ou « mais Gloria » ? Gloria DeLauter est une réalité.

— Elle est de retour.

Le visage de Stella se radoucit, sa voix aussi.

— Oui, mon chéri, je sais. Et cela te pèse.

— Je ne la laisserai pas bousiller ma famille. Tout ce qu'elle veut, c'est de l'argent. Rien d'autre ne l'intéresse.

— Tu crois ? Si c'est le cas, je suppose que tu vas céder à ses exigences. Une fois de plus.

— Que puis-je faire d'autre ?

— Tu trouveras une solution.

Elle lui tendit la canne à pêche.

Il se réveilla assis au bord de son lit, le poing serré comme s'il tenait une canne à pêche.

Lorsqu'il déplia les doigts, ils tremblaient. Et lorsqu'il inspira – avec prudence –, il huma le parfum de l'herbe fraîchement coupée en été.

«Bizarre, songea-t-il en passant la main dans ses cheveux. Très, très bizarre, ce rêve.» Il aurait juré qu'il sentait encore la chaleur de Pataud couché sur ses genoux.

Les dix premières années de sa vie n'avaient été que terreur, abus et mauvais traitements. Il en était sorti plus fort que la plupart des garçons de son âge. Et surtout, plus méfiant.

Avant de rencontrer Stella, Ray Quinn avait eu une brève liaison avec une certaine Barbara Harrow. Il avait si bien occulté cette histoire qu'aucun de ses trois fils adoptifs n'en avait rien su. De même que Ray avait totalement ignoré la conséquence de cette union.

Gloria DeLauter.

Mais Gloria s'était débrouillée pour retrouver son père biologique. Fidèle à ses habitudes, elle avait eu recours à l'extorsion et au chantage pour le saigner à blanc. Elle avait fini, en quelque sorte, par lui vendre son propre fils. Mais Ray était mort soudainement, avant d'avoir pu expliquer la situation à Cam, Ethan, Phil et Seth.

Aux yeux des frères Quinn, le dernier arrivé n'était qu'un enfant perdu parmi d'autres. Rien ne les liait à lui, sinon une promesse faite à un homme agonisant. Mais cela avait suffi.

Pour lui, ils avaient bouleversé leurs existences. Ils lui avaient offert un foyer, ils avaient pris sa défense, ils lui avaient appris à vivre en famille et à respecter ses proches. Ils s'étaient battus par tous les moyens pour le garder.

Anna était l'assistante sociale en charge de son dossier. Grace, sa première maman de substitution.

Quant à Sybill, la demi-sœur de Gloria, elle avait ravivé les seuls bons souvenirs de son enfance.

Il savait combien ils s'étaient sacrifiés, tous, pour lui offrir une vie digne de ce nom. Digne de Ray Quinn. Quand Gloria avait reparu dans l'espoir de les ruiner, il était des leurs.

Un des frères Quinn.

Ce n'était pas la première fois que Gloria lui soutirait de l'argent. Il avait eu trois ans pour l'oublier, pour se sentir en sécurité, entouré par l'affection de tous. Puis, un jour, elle était revenue à St. Christopher le menacer. Il n'avait que quatorze ans.

Il ne leur en avait jamais rien dit.

La première fois, elle ne lui avait pris que quelques centaines de dollars. C'était tout ce qu'il avait pu rassembler sans qu'on s'en aperçoive, et elle s'en était contentée. Pour un temps.

Il avait payé encore et encore, jusqu'au jour où il s'était enfui en Europe. S'il était parti aussi loin, ce n'était pas uniquement pour étudier et travailler, c'était surtout pour lui échapper.

S'il était loin d'eux, elle ne leur ferait aucun mal. Elle n'allait tout de même pas le poursuivre de l'autre côté de l'Atlantique.

Du moins, c'était ce qu'il avait cru.

Son succès en tant qu'artiste peintre, la publicité qui s'était ensuivie avaient réveillé l'avidité de Gloria.

À présent, il se demandait s'il n'avait pas commis une erreur en rentrant à la maison. Il savait qu'il avait tort de continuer à céder. Mais l'argent ne signifiait rien. Alors que sa famille était tout pour lui.

Sans doute Ray avait-il réagi de même.

La solution la plus raisonnable, la plus *saine*, serait de l'envoyer balader, d'ignorer ses requêtes. De faire le mort.

Mais dès qu'il recevait l'un de ses messages, ou qu'elle se présentait devant lui, il craquait. Il était tiraillé entre son enfance malheureuse et le besoin désespéré de protéger ceux qu'il aimait.

Donc, il payait, et pas seulement en billets verts.

Il savait comment elle fonctionnait. Elle ne surgirait pas sur le pas de sa porte tout de suite. Elle le laisserait mariner, s'inquiéter, s'interroger jusqu'à ce qu'il n'en puisse plus. Elle ne s'installerait pas en ville – elle n'allait pas prendre le risque d'être reconnue par l'un de ses frères –, mais elle ne serait jamais très loin.

Il avait beau se reprocher d'être paranoïaque, de dramatiser la situation, il sentait sa haine et sa convoitise, tel un souffle chaud dans son cou.

Il ne s'enfuirait plus. Elle ne le priverait plus de l'essentiel. Comme auparavant, il se noierait dans sa peinture et vivrait sa vie. Jusqu'à ce qu'elle se montre.

Il avait obtenu de Dru une deuxième séance de pose. Il savait à quoi s'attendre, après l'épisode de la semaine précédente. Elle arriverait à 7 h 30 précises, et il devait être prêt à commencer. Pour s'arrêter exactement soixante minutes plus tard.

Pour s'en assurer, elle était venue munie d'un minuteur.

Cette femme n'avait aucune indulgence envers les artistes. Seth n'en avait pas pris ombrage. Il ne se considérait pas comme un artiste.

Il avait opté pour des esquisses au pastel. Une étude de base, prolongation de son premier dessin au fusain. C'était sa façon à lui de s'imprégner de son visage, de ses humeurs, de sa gestuelle, avant d'entamer les portraits plus fouillés qu'il avait déjà en tête.

Quand il l'observait, il avait l'impression que tous les modèles qui l'avaient précédée n'étaient que de simples préludes.

Elle frappa. Il lui avait dit que c'était inutile, mais elle tenait à maintenir une certaine distance formelle dans leurs rapports. Un jour ou l'autre, songea-t-il en allant lui ouvrir, il lui faudrait franchir cet obstacle.

S'il devait la peindre comme il le désirait, il ne pouvait y avoir aucune distance entre eux.

— Pile à l'heure! Quelle surprise! Vous voulez un café?

Il s'était coupé les cheveux. Ils étaient encore assez longs pour balayer le col de son sempiternel tee-shirt usé, mais le catogan avait disparu. Dru fut surprise de constater qu'il lui manquait.

Il s'était rasé et paraissait presque net, à condition de ne pas regarder les trous dans son jean ou les taches de peinture sur ses chaussures.

— Non, merci. J'en ai déjà bu une tasse.

— Une seule? s'étonna-t-il en fermant la porte derrière elle. Je suis incapable de formuler une phrase cohérente avec une seule dose de café. Comment faites-vous?

— La volonté.

— Vous en avez beaucoup, n'est-ce pas?

— En effet.

Il réprima un sourire en la voyant poser sur son établi le minuteur, réglé à soixante minutes. Ils se dirigèrent aussitôt vers le tabouret qu'il lui avait avancé, et elle s'y installa.

Elle nota le changement immédiatement.

Il avait acheté un lit.

Le cadre était ancien, une tête en fer forgé noir, très simple. Le matelas était nu. Il n'avait pas enlevé les étiquettes.

— Vous vous installez là, pour finir?

— Non. Mais c'est mieux que le sol, si je travaille tard et que j'ai envie de dormir ici. En plus, c'est un accessoire intéressant.

Elle haussa les sourcils.

— Vraiment?

116

— Vous êtes toujours aussi obsédée par le sexe, ou est-ce juste en ma présence ?

Elle arrondit la bouche, stupéfaite, et il rit aux éclats.

— Un accessoire, enchaîna-t-il, comme cette chaise, là-bas, ou ces vieilles bouteilles. L'urne et la coupe fendue, dans la cuisine. Je ramasse tout ce qui attire mon regard.

Il examina ses pastels avec une petite moue.

— Y compris les femmes.

Elle essaya de se décontracter. Si elle était tendue, il s'en rendrait compte et ne manquerait pas de la taquiner.

— Vous vous rappelez la pose ?

— Oui.

Docile, elle posa le pied sur le barreau du tabouret, croisa les mains autour d'un genou, puis tourna la tête vers la gauche comme si quelqu'un venait de lui adresser la parole.

— C'est parfait. Vous êtes douée.

— J'ai passé une heure entière dans cette position, il y a à peine quelques jours.

— Une heure, répéta-t-il en se mettant à l'ouvrage. Avant la débauche du week-end.

— Je suis tellement habituée à la débauche que ça n'a aucun effet sur mon existence.

— Vraiment ? railla-t-il à son tour.

Il l'imitait si bien qu'elle pivota vers lui en riant. Il avait le don de la faire rire.

— J'ai suivi un cours de débauche à l'université.

— Ah ! Si seulement… murmura-t-il. Je connais les femmes dans votre genre, ma chère. Belles, intelligentes, sexy et inabordables, dans le seul but de nous faire souffrir et rêver.

De toute évidence, il avait commis une maladresse, car elle s'assombrit aussitôt.

— Vous ne savez rien de moi ni des femmes dans mon genre.

— Excusez-moi. Je ne voulais pas vous offenser.

Elle eut un haussement d'épaules.

— Je ne vous connais pas suffisamment pour être blessée. Je vous pratique juste assez pour que vous m'irritiez.

— J'en suis désolé. Je plaisantais. J'aime vous entendre rire. J'aime vous voir rire.

— Inabordable, s'entendit-elle marmonner malgré elle. Vous m'avez trouvée à ce point inabordable quand vous m'avez prise dans vos bras et embrassée ?

— Disons que l'acte parle de lui-même. Écoutez, souvent, quand un homme voit une jolie femme, qu'il est attiré par elle, il devient maladroit. Il lui est plus facile de se dire que cette femme est inabordable pour justifier sa maladresse. Les femmes…

Était-ce de la provocation ?

— … sont un mystère pour nous. Nous les désirons. Nous n'y pouvons rien. Ça ne veut pas dire qu'elles ne nous effraient pas, d'une façon ou d'une autre, la plupart du temps.

« Quel manque d'originalité ! » pensa-t-elle.

— Vous n'allez pas me faire croire que vous avez peur des femmes ?

— Évidemment, avec toutes ces belles-sœurs, j'ai été un peu avantagé.

Il dessinait avec ardeur, mais elle avait complètement oublié qu'il travaillait. Sourcils froncés, elle l'écoutait.

— La première fille qui m'a vraiment ému ? Il m'a fallu deux semaines pour trouver le courage de lui téléphoner. Vous n'imaginez pas dans quelles affres vous nous plongez.

— Quel âge aviez-vous ?

— Quinze ans. Elle s'appelait Marilyn Pomeroy. Une petite brune pétillante.

— Et vous avez été amoureux d'elle longtemps?

— À peu près autant de temps qu'il m'a fallu pour l'appeler. Deux semaines, à prendre ou à laisser. Que voulez-vous que je vous dise? Les hommes sont nuls.

Elle retint un sourire.

— Cela va de soi. Moi aussi, j'ai été amoureuse quand j'avais quinze ans. Wilson Bufferton Lawrence. IV. Buff pour les intimes.

— Seigneur! Où allez-vous chercher des noms pareils? Buff! Qu'est-ce qu'on fait avec un Buff? On joue au polo, au squash?

Il avait réussi à la calmer, réalisa-t-elle. Là encore, il était doué. À quoi bon ruminer sa colère quand il ne s'en apercevait même pas?

— Au tennis, en fait. Pour notre premier rendez-vous officiel, nous sommes allés au Country Club. Je l'ai battu à plate couture, et ç'a été la fin de notre romance.

— Un garçon qui répond au prénom de Buff ne peut être qu'un crétin.

— J'étais effondrée, puis folle de rage. J'ai préféré être folle de rage.

— Moi aussi. Et Buff? Qu'est-il devenu?

— Mmm... Ma mère m'a annoncé ce week-end qu'il allait convoler en justes noces pour la seconde fois à l'automne prochain. Son premier mariage a duré légèrement plus que notre match de tennis.

— Il aura plus de chance la prochaine fois.

— Naturellement, ajouta-t-elle sobrement, il est dans la finance, comme il se doit pour un Lawrence de la quatrième génération, et l'heureux couple est en quête d'un nid d'amour d'une cinquantaine de pièces au moment où je vous parle.

— C'est agréable de constater que vous n'êtes pas amère.

— On m'a rappelé à cinq reprises, pas moins, que je n'avais pas encore offert à mes parents le plaisir de dépenser une fortune colossale dans un mariage, histoire de montrer aux Lawrence de quel bois notre famille se chauffe.

— Si je comprends bien, vous avez passé un bon moment avec votre maman pour la fête des Mères ?

Dru paraissait exaspérée, pourtant, il continua de travailler.

— Attention, avec cet air méprisant, vous pourriez faire couler le sang.

Elle inspira avec effort, inclina la tête correctement.

— Je ne peux guère qualifier les moments que je passe avec ma mère de « bons ». Je suppose que vous avez rendu visite ce dimanche à toutes vos mères – vos belles-sœurs.

— Difficile de définir exactement ce qu'elles sont. Oui, je les ai toutes vues. Je leur ai apporté un cadeau. Et comme elles ont toutes pleuré, j'en ai déduit que j'avais eu un énorme succès.

— Que leur avez-vous offert ?

— J'avais fait des petits portraits de famille. Anna, Cam et les garçons, et ainsi de suite, pour chacune.

— C'est merveilleux, murmura-t-elle. Maman a eu droit à un vase en cristal de Baccarat et à une douzaine de roses rouges. Elle était ravie.

Il posa ses pastels, s'essuya les doigts sur son jean et vint vers elle. Puis il lui prit le visage dans les mains.

— Pourquoi êtes-vous si triste, alors ?

— Je ne le suis pas.

En guise de réponse, il pressa les lèvres sur son front. Elle se raidit, puis se détendit.

Elle ne se rappelait pas avoir jamais eu une telle conversation avec qui que ce soit. Mais le plus curieux, c'était qu'il lui semblait tout naturel de l'avoir avec lui.

— Vous auriez du mal à comprendre une famille conflictuelle, vous dont la famille est si unie.

— Nous avons toutes sortes de différends.

— Ils sont superficiels. Il faut que je descende, maintenant.

— J'ai encore droit à quelques minutes, protesta-t-il en l'obligeant à se rasseoir.

— Vous avez cessé de dessiner.

— Il me reste quelques minutes, insista-t-il en désignant le minuteur. S'il y a une chose que je connais bien, c'est le conflit familial et le mal que cela peut vous faire. J'ai passé le premier tiers de mon existence en conflit perpétuel.

— Avant de venir habiter avec votre grand-père, vous voulez dire ? J'ai lu des articles vous concernant, mais vous n'abordez jamais ce sujet.

— Oui.

Il attendit que l'étau qui lui comprimait la poitrine se desserre avant de poursuivre :

— Avant. Quand je vivais avec ma mère biologique.

— Je vois.

— Non, mon trésor, vous ne voyez pas. C'était une putain, une alcoolique et une droguée, et elle a transformé les premières années de ma vie en cauchemar.

— J'en suis désolée.

Il avait raison, elle ne pouvait pas comprendre. Pas vraiment. Instinctivement, elle effleura sa main, puis la lui pressa en un geste de réconfort.

— Vous avez dû souffrir le martyre. D'autant que, de toute évidence, elle n'est rien pour vous.

— C'est votre conclusion après une déclaration de ma part et une poignée d'articles ?

— Non, c'est ma conclusion après avoir partagé des crabes et une salade de pommes de terre avec vous et les vôtres. À présent, c'est vous qui êtes triste, ajouta-t-elle en secouant la tête. Qu'est-ce qui nous prend de parler de tout ça ?

Lui-même ne savait pas ce qui l'avait poussé à évoquer Gloria. Peut-être essayait-il simplement de chasser les fantômes qui le hantaient en s'exprimant à voix haute. Ou peut-être avait-il besoin d'expliquer à Dru qui il était réellement.

— C'est ce que les gens font quand ils s'intéressent l'un à l'autre. Ils parlent de ce qu'ils sont, de leurs origines.

— Je vous ai dit…

— Je sais : vous ne voulez pas être intéressée. Mais vous l'êtes.

Il laissa courir un doigt de sa frange jusqu'au bas de sa nuque.

— Et, vu que nous sortons ensemble depuis plusieurs semaines…

— Nous ne sortons pas ensemble.

Il se pencha sur elle et lui vola un baiser aussi brûlant que bref.

— Vous voyez ?

Avant qu'elle puisse réagir, il captura de nouveau ses lèvres. Avec douceur, cette fois, et tendresse, tandis que ses mains parcouraient son visage, sa gorge, ses épaules.

Drusilla sentit tous les muscles de son corps se relâcher. Et toutes ses résolutions à propos des hommes et des relations amoureuses fondirent comme neige au soleil.

Lorsqu'il s'écarta, elle inspira profondément.

— Je finirai peut-être par coucher avec vous, souffla-t-elle, mais je ne veux pas sortir avec vous.

— Ainsi, je suis assez bien pour une partie de jambes en l'air, mais pas assez pour un dîner aux chandelles ? Vous me vexez.

Nom de nom! Il lui plaisait.

— Sortir ensemble n'est qu'un chemin circulaire, souvent tortueux, qui mène au sexe. Je préfère sauter cette étape. Mais j'ai dit que je finirais peut-être par coucher avec vous, pas que je le ferais.

— On devrait peut-être jouer au tennis d'abord?

— D'accord. Vous êtes drôle. C'est agréable. J'admire vos œuvres, j'apprécie votre famille. Tous ces détails sont superflus lorsqu'il s'agit d'une relation physique, mais ils sont un plus. J'y réfléchirai.

«Sauvée par le gong», songea-t-elle quand le minuteur sonna. Elle quitta le tabouret et s'aventura jusqu'au chevalet. Sur la toile, elle découvrit son visage sous différents angles et expressions.

— Je ne comprends pas.

— Quoi? s'enquit-il en la rejoignant. *Bella donna*, murmura-t-il, et elle frémit malgré elle.

— Je croyais que vous me dessiniez assise sur ce tabouret. Vous avez commencé, puis vous avez fait ces esquisses, tout autour.

— Vous n'étiez pas d'humeur à poser, aujourd'hui. Vous étiez préoccupée. C'était visible. J'en ai profité. Cela m'aidera le jour où j'entamerai un portrait plus formel.

Elle fronça les sourcils.

— Vous m'avez promis quatre heures dimanche, lui rappela-t-il. J'aimerais qu'on aille dehors, si le temps le permet. Je suis passé devant votre maison. Elle est superbe. Ça vous ennuierait qu'on travaille là-bas?

— Chez moi?

— C'est un endroit fantastique. Vous le savez, sans quoi vous n'y habiteriez pas. Vous êtes trop exigeante pour vous contenter d'un à-peu-près. En outre, ce sera plus simple pour vous. 10 heures, ça vous va?

— Euh… oui.

— Ah ! Et pour votre tableau ? Combien de séances supplémentaires m'accorderez-vous si je vous l'encadre ?

— Je ne...

— Si vous me le rapportez, je vous l'encadrerai, et vous déciderez de ce que vous me donnez en échange. Qu'en dites-vous ?

— Il est en bas, dans la boutique. J'allais le confier à l'encadreur cette semaine.

— Je passerai le prendre tout à l'heure, avant de partir.

Il laissa remonter les doigts le long de son bras.

— Je suppose que c'est inutile de vous proposer de dîner avec moi ce soir.

— Tout à fait inutile.

— Je pourrais faire un saut chez vous plus tard, pour tirer un coup rapide.

— C'est terriblement tentant, mais non, merci.

Elle alla jusqu'à la porte, se retourna.

— Si nous couchons ensemble un jour, Seth, je vous promets que ce ne sera ni rapide ni juste un coup.

Elle lui lança un ultime regard provocateur, puis disparut.

Seth pivota vers le chevalet. Décidément, cette femme avait une multitude de facettes. Et chacune d'entre elles le fascinait.

— Quelque chose le tracasse, déclara Anna, après avoir poussé Cam dans la salle de bains – l'endroit idéal pour avoir une conversation tranquille dans cette maison de fous.

Arpentant l'espace réduit, elle s'adressait à sa silhouette derrière le rideau de douche.

— Ça va. Il reprend ses marques.

— Il ne dort pas bien. Je le vois. Et je suis sûre de l'avoir entendu parler tout seul, l'autre nuit.

— Tu le fais aussi, quand tu es fâchée, marmonna Cam.

— Pardon?

— Rien, rien. Je parle tout seul.

À la fois préoccupée et satisfaite – car elle l'avait parfaitement entendu –, Anna tira la chasse d'eau. Puis elle sourit, tandis qu'il poussait un hurlement, surpris par le jet d'eau soudain brûlant.

— Anna, c'est insupportable!

— Je sais. Ça t'agace et ça t'oblige à me prêter attention. Au sujet de Seth…

— Il peint, coupa Cam, excédé. Il nous donne un coup de main au chantier. Il retrouve sa famille. Laisse-lui un peu de temps, Anna.

— As-tu remarqué ce qu'il ne faisait pas? Il ne va jamais voir ses amis. Il ne sort pas avec Dru, ni avec une autre. Cela dit, vu la façon dont il la regarde, il n'y aura personne d'autre avant un certain temps.

«Voire jamais», songea-t-elle.

— Il est en bas, il joue à un jeu vidéo avec Jake, reprit-elle. Un vendredi soir. Audrey m'a assuré qu'il n'avait passé qu'une seule soirée avec elle depuis son retour. Combien de week-ends va-t-il rester enfermé à la maison? À son âge, ce n'est pas sain.

— Nous sommes à St. Christopher, pas à Monte Carlo. Bon, d'accord, d'accord! gronda-t-il avant qu'elle ne tire de nouveau la chasse.

Cette femme pouvait se montrer tordue. Il l'adorait.

— Il est préoccupé, je ne suis pas aveugle. Je l'étais, moi aussi, quand je t'ai rencontrée.

— Si ce n'était qu'une passade, je serais moins inquiète. Or, je suis inquiète. Je ne sais pas pourquoi, mais quand je me fais du souci pour l'un de mes hommes, c'est qu'il y a une bonne raison.

— Très bien. Fais-le parler.

— Non. Je veux que ce soit toi.

— Moi ?

Cam écarta brusquement le rideau et la dévisagea, sidéré.

— Pourquoi moi ?

— Parce que. Mmm... que tu es mignon comme tout, trempé, et en rogne !

— Ça ne marchera pas.

— Et si je venais te frotter le dos ? proposa-t-elle en déboutonnant son chemisier.

— Bon, ça, ça risque de marcher.

7

Cam descendit l'escalier au pas de course. Rien de tel qu'une douche avec Anna pour le mettre de bonne humeur. Il passa la tête dans la bibliothèque. Seth et son fils cadet étaient engagés dans un combat sans merci, ponctué d'insultes, de grognements et de cris.

D'autres cris venaient de l'animation à l'écran.

Comme toujours, Cam se trouva entraîné dans la bagarre. Les haches volèrent, le sang gicla, les épées s'entrechoquèrent, et il perdit toute notion de la réalité, jusqu'à ce que Jake lâche un cri de triomphe.

— Je t'ai eu !

— Merde ! Tu as eu de la chance, c'est tout.

Jake brandit son levier de commande.

— Je suis le plus fort, mon vieux. Incline-toi devant le roi de *Mortal Kombat*.

— Plutôt mourir. On refait une partie.

— Incline-toi devant le roi, répéta Jake, enchanté. Vénère-moi, simple mortel.

— Je te vénérerai.

Seth se jeta sur l'adolescent, et Cam les regarda se bagarrer un moment. Bougonnements, menaces, gloussements de l'adolescent. Leur différence d'âge, songea Cam, était moins importante qu'entre Seth et lui.

Mais Jake possédait une innocence que Seth n'avait jamais connue. Jake n'avait jamais eu à s'interroger sur ses origines ni à esquiver les coups.

Dieu soit loué !

Cam s'adossa nonchalamment au chambranle et hurla :

— Ne t'inquiète pas, Anna ! Ils s'amusent, c'est tout.

Aussitôt, Seth et Jake s'écartèrent vivement et jetèrent des regards paniqués vers le couloir.

— Je vous ai eus ! s'esclaffa Cam.

— T'es nul, papa !

— Et voilà comment on gagne un combat sans lever le petit doigt. Toi, ajouta-t-il en pointant l'index sur Seth. Suis-moi.

— Où ? demanda Jake en se redressant. Je peux vous accompagner ?

— As-tu rangé ta chambre, fini tes devoirs, trouvé un remède contre le cancer et vidangé ma voiture ?

— Papaaaa, gémit Jake.

— Seth, va nous chercher deux bières, je te rejoins dehors tout de suite.

— D'accord. À plus, camarade ! lança Seth. Et n'oublie pas : je vais te sortir.

— Tu ne pourrais pas me sortir même si tu m'offrais des fleurs et une boîte de chocolats.

Seth ricana et quitta la pièce.

— Quel humour, fiston !

— Celle-là, je la tenais en réserve. Pourquoi est-ce que je ne peux pas venir avec vous ?

— J'ai besoin de parler avec Seth.

— Tu veux lui faire sa fête ?

— J'en ai l'air ?

— Non, murmura Jake après avoir soigneusement étudié le visage de son père. Mais parfois tu caches bien ton jeu.

— Il faut que j'aie une conversation avec lui.

Jake haussa une épaule, mais Cam lut la déception dans son regard tandis qu'il se laissait tomber par terre et s'emparait de son levier de commande.

Cam s'accroupit près de lui. Il sentait les Malabar et la sueur. Des taches d'herbe maculaient son jean aux genoux, ses lacets étaient défaits.

— Jake...

Il hésita, submergé tout à coup par l'émotion, assailli par un mélange d'amour, d'orgueil et d'étonnement.

— Jake, reprit-il en passant la main dans les cheveux du jeune garçon. Je t'aime.

Jake se voûta, lui lança un regard oblique.

— Ben... je sais. Blablabla.

— Je t'aime, réitéra Cam. Mais à mon retour, il va y avoir un coup d'État, un nouveau roi régnera sur Quinnland. Et crois-moi, c'est toi qui t'inclineras devant moi.

— Tu rêves!

Cam se leva, ravi de l'effronterie de son fils.

— Les jours de ton règne sont comptés. Commence à prier, camarade.

— Je prierai pour que tu ne me baves pas dessus quand tu ramperas devant moi en implorant ma grâce.

Décidément, pensa Cam en se dirigeant vers la véranda, il avait élevé une bande d'impertinents. Et il en était fier.

Seth jeta une cannette de bière à Cam, qui émergeait de la maison.

— Quoi de neuf?

— On va faire un tour en bateau.

— Maintenant?

Machinalement, Seth regarda le ciel.

— La nuit va tomber d'ici une heure.

— Tu as peur du noir, coco? riposta Cam.

Il fila vers le ponton, sauta dans le voilier, posa sa boisson le temps que Seth largue les amarres.

Comme des centaines de fois par le passé, Seth souleva la rame pour les éloigner du ponton. Il hissa la voile et le claquement de la toile lui fut plus doux qu'une musique. Cam tenait la barre, finassait avec le vent et, bientôt, ils se retrouvèrent au large.

Le soleil se couchait, ses rayons faisaient chatoyer la surface de l'eau, nimbaient les roseaux de lueurs roses, se perdaient dans les ombres des marais.

L'air sentait bon le sel. La vitesse, la liberté, le bonheur absolu de se laisser porter par les vagues au crépuscule effacèrent toutes les angoisses, tous les doutes, tous les chagrins de Seth.

Pendant un quart d'heure, ils ne s'adressèrent la parole que pour les manœuvres.

Puis ils ralentirent. Cam étira les jambes devant lui et ouvrit sa cannette de bière.

— Alors ? Qu'est-ce qui se passe ?

— Comment ça, qu'est-ce qui se passe ?

— Les antennes d'Anna lui disent que quelque chose te tracasse et elle m'a harcelé pour que je t'oblige à cracher le morceau.

Seth gagna du temps en ouvrant sa cannette à son tour.

— Je ne suis là que depuis deux semaines, je suis préoccupé, c'est tout. Je m'organise, je prends mes marques. Elle n'a pas à s'inquiéter.

— Tu veux que je retourne là-bas lui raconter ça ? Tu t'imagines un seul instant qu'elle va l'avaler ?

Cam but longuement.

— Écoute, on peut s'épargner les «tu-sais-que-tu-peux-tout-me-dire», non ? Tourner autour du pot, ce n'est pas notre genre.

— C'est vrai.

Seth ébaucha un sourire.

— Dis-lui simplement que je réfléchis à mon avenir. Tôt ou tard, il va falloir que je prenne un appartement. Mon agent me talonne pour que je prépare une nouvelle exposition, et dans ce domaine je ne sais plus trop où j'en suis. Je n'ai même pas encore fini d'installer l'atelier.

— Mmmm, murmura Cam en jetant un coup d'œil vers la rive et la magnifique maison bleue nichée entre les arbres.

Seth suivit son regard et haussa les sourcils. Absorbé par les manœuvres, il ne s'était pas rendu compte de la direction qu'ils avaient prise.

— La jolie fleuriste n'est pas encore rentrée chez elle, commenta Cam. Elle a peut-être un rendez-vous galant ?

— Elle refuse les rendez-vous.

— C'est pour ça que tu ne l'as pas encore draguée ?

— Qui te dit que je ne l'ai pas draguée ?

Cam rit tout bas.

— Si c'était le cas, mon cher, tu serais nettement plus détendu.

«Un point pour lui», songea Seth.

— Si tu veux, je peux te déposer. Tu n'auras qu'à lui lancer un truc du style : «Je passais dans le quartier, est-ce que je peux entrer et vous sauter dessus ?»

— Ç'a déjà marché pour toi ?

— Ah! soupira Cam, l'air rêveur. Les histoires que je pourrais te raconter… D'après moi, plus un type baise, plus il y pense. Et moins il le fait, plus il y pense. Mais au moins, quand il a sa dose, il dort bien.

Seth tapota ses poches.

— Tu as un stylo ? Je veux noter ça.

— Elle est très appétissante.

Seth redevint grave.

— Ce n'est pas un en-cas !

— D'accord, concéda Cam, satisfait de cette réponse. Je me demandais ce que tu ressentais pour elle.

Seth soupira, tourna les yeux vers la demeure cachée dans les bois, jusqu'à ce qu'elle soit hors de vue.

— Je ne sais pas où j'en suis. Il faut que je me stabilise et, d'ici là, je n'ai pas de temps à perdre en… sentiments. Mais quand je la regarde, je…

Les mots moururent sur ses lèvres.

— Je n'y comprends rien, reprit-il après un bref silence. J'aime être auprès d'elle. Pourtant, elle n'est pas facile. La plupart du temps, j'ai l'impression d'avoir affaire à un porc-épic. Coiffé d'une tiare.

— Les femmes sans piquants sont parfaites pour une nuit ou un peu de bon temps. Mais quand il s'agit de trouver celle de sa vie…

Seth parut paniqué.

— Je n'ai pas dit ça. J'ai juste dit que j'aimais être auprès d'elle.

— Si tu avais vu tes yeux !

— Va te faire voir.

Mortifié, Seth se rendit compte qu'il avait rougi. Pourvu que Cam ne s'en aperçoive pas !

— Une minute de plus, et tu te serais mis à gémir. Tu t'occupes de cette voile, oui ou non ?

Seth s'exécuta en marmonnant.

— J'ai envie de la peindre, de passer du temps avec elle. Et de l'avoir dans mon lit. Je suis assez grand pour me débrouiller tout seul, merci.

— Si tu parviens à tes fins, tu dormiras peut-être mieux.

— Dru n'a rien à voir avec la qualité de mon sommeil. Du moins, pas grand-chose.

Cam fit demi-tour et ils reprirent la direction de la maison.

— Est-ce que tu vas m'expliquer ce qui te rend insomniaque ? Ou dois-je te l'arracher de force ? Si tu ne parles pas, Anna va nous mener une vie d'enfer.

Il pensa à Gloria, et sa gorge se serra. S'il lâchait le premier mot, ce serait une véritable avalanche. Qui risquait d'enterrer toute la famille.

Il pouvait tout confier à Cam. Tout, sauf ça.

Mais peut-être pouvait-il se soulager d'un autre poids.

— J'ai fait un rêve très bizarre.

— On en revient au sexe ? Je vais regretter de ne pas avoir apporté plus de bière.

— J'ai rêvé de Stella.

Cam blêmit.

— Maman ? Tu as rêvé de maman ?

— Je sais que c'est étrange. Je ne l'ai jamais connue.

— Qu'est-ce qu'elle…

Cam était bouleversé. Il croyait avoir surmonté son chagrin. Mais non. Il était toujours là, enfoui. Tel un virus, il se terrait pendant des mois, parfois des années, pour ressurgir quand on s'y attendait le moins.

— Que faisiez-vous ? bredouilla-t-il enfin.

— On était assis sur le ponton. C'était l'été. Il faisait très chaud. J'étais en train de pêcher. Comme appât, j'avais mis un bout du brie d'Anna.

— Heureusement que ce n'était qu'un rêve. Tu serais un homme mort.

— Justement. La ligne était à l'eau, mais je *savais* que j'avais piqué ce morceau de fromage. Je sentais le parfum des roses, la chaleur. Et tout à coup, Pataud se vautre sur moi. Je sais qu'il est mort – dans le rêve, j'en suis conscient –, je suis donc très surpris de le voir là. L'instant d'après, Stella est à mes côtés.

— Comment était-elle ?

La question ne lui parut pas étrange. Au contraire, elle lui sembla parfaitement rationnelle.

— Superbe. Elle portait un vieux chapeau kaki informe. Ses boucles dépassaient.

— Seigneur !

Cam s'en souvenait bien. Avaient-ils une photo d'elle avec ce couvre-chef hideux dont elle ne pouvait se passer ?

— Je ne veux pas te perturber avec tout ça.

Cam secoua la tête.

— Que se passait-il dans ton rêve ?

— Pas grand-chose. On était là, tous les deux, on bavardait. On parlait de toi, de Ray et...

— Quoi ?

— Ils avaient décidé qu'il était temps qu'elle joue son rôle de grand-mère, vu qu'elle en avait été privée. Ce n'est pas tant ce qu'on s'est dit, c'est plutôt l'impression de réalité qui m'a frappé. Quand je me suis réveillé, j'étais au bord de mon lit, le poing serré comme si je tenais la canne à pêche. Je ne sais pas comment expliquer ça.

— Je comprends.

N'avait-il pas lui-même eu des conversations avec son père, après sa mort ? Ses frères n'avaient-ils pas vécu des expériences similaires ?

Mais il y avait si longtemps. Stella les avait quittés bien avant cela. Aucun d'entre eux n'avait eu la chance de lui parler de nouveau. Même en rêve.

— J'ai toujours eu envie de la rencontrer, poursuivit Seth. J'ai la sensation de l'avoir fait.

— Quand était-ce ?

— La semaine dernière, je crois. Et avant que tu ne me prennes la tête avec ça, je ne t'ai rien dit parce que je n'ai pas voulu t'effrayer. C'est assez hallucinant, avoue-le.

« Tu n'as encore rien vu », songea Cam.

— Si tu rêves encore d'elle, demande-lui si elle se rappelle le pain aux courgettes.

— Le quoi ?

— Pose-lui la question.

Lorsqu'ils arrivèrent à la maison, le dîner était sur le feu. Et Dan McLean se tenait près des fourneaux, une bière à la main, la bouche grande ouverte tandis qu'Anna lui faisait goûter une cuillerée de sauce rouge.

— Qu'est-ce qu'il fabrique ici ? tonna Cam en prenant un air furieux, sachant que Dan s'y attendait.

— Je traînasse. C'est excellent, madame Quinn. Personne ne la prépare comme vous. Ça me console d'avoir à faire face à celui-là ! ajouta-t-il en désignant Seth.

— Tu ne traînassais pas déjà ici, il y a deux semaines ?

— Non. Il y a deux semaines, je traînassais chez Ethan. J'aime bien m'étaler.

— Tu as de quoi ! commenta Seth en accrochant les pouces dans la ceinture de son pantalon.

Il contempla son ami d'enfance. Dan était devenu sacrément costaud.

— C'est curieux comme les hommes sont incapables de se dire : « Salut, je suis content de te revoir ! » intervint Anna.

— Salut, répéta Seth. Je suis content de te revoir. Ils s'étreignirent maladroitement.

Cam renifla en observant les marmites fumantes.

— Mon Dieu ! Comme c'est émouvant, railla-t-il.

— Si tu mettais le couvert ? suggéra Anna. Avant de te ridiculiser complètement.

— Dan peut s'en occuper. Il sait où tout est rangé. Il faut que j'aille détrôner et exécuter notre cadet.

— Arrange-toi pour le faire en vingt minutes. On mange dans vingt et une.

— Je me charge de la table, madame Quinn.

— Non, sortez de ma cuisine. Prenez vos bières et allez dehors. Je ne sais pas pourquoi je n'ai pas pu avoir juste une fille. Apparemment, c'était trop demander.

— La prochaine fois que ce pique-assiette viendra manger notre nourriture, conseille-lui de mettre une robe ! lança Cam par-dessus son épaule en fonçant vers la bibliothèque.

— Cam m'aime comme un frère, déclara Dan.

Parfaitement à l'aise, il ouvrit le réfrigérateur et tendit une cannette à Seth.

— Viens. On va se gratter les fesses et se raconter nos derniers bons coups.

Ils s'assirent sur les marches de la véranda.

— D'après Audrey, tu t'installes ici pour de bon. Il paraît que tu as loué le studio au-dessus de la boutique de la fleuriste.

— C'est exact. D'après Audrey, tu dis ? Si je ne m'abuse, ton petit frère lui court après.

— Quand il en a l'occasion. Je la vois plus souvent que je ne voie Will. Ils lui filent tellement de gardes à l'hôpital qu'il parle le jargon médical dans son sommeil.

— Vous habitez toujours ensemble ?

— Pour le moment, oui. En général, j'ai l'appartement pour moi tout seul. Il ne vit et ne respire que par l'hôpital. Will McLean, docteur en médecine. Ça en jette, non ?

— Il adorait disséquer les grenouilles en biologie. Toi, tu tombais dans les pommes.

Dan grimaça.

— C'était – et c'est toujours – un ignoble rite de passage. Aucune grenouille ne m'a jamais fait le moindre mal. Bon ! Maintenant que tu es là, ça

136

remet en cause tous mes projets de te rendre visite en Italie, de me poser avec toi sur une terrasse et de lorgner les belles nanas. Je m'étais dit que ça marcherait à tous les coups, vu ton physique et ton succès.

— Qu'est devenue cette institutrice que tu fréquentais ? Shelly ?

— Shelby, corrigea-t-il. Mouais… encore un truc qui bouleverse mes plans.

Il plongea la main dans sa poche, en sortit un petit écrin, souleva le couvercle.

— Nom de Dieu, McLean ! s'écria Seth en clignant des yeux devant le diamant étincelant.

— J'ai tout prévu pour demain soir. Dîner aux chandelles, musique douce, gants beurre frais. Le paquet, quoi !

Dan poussa un soupir avant de conclure :

— Je suis mort de trac.

— Tu vas te marier ?

— Je l'espère parce que je l'aime à en crever. Tu crois que ça va lui plaire ?

— Comment veux-tu que je le sache ?

— C'est toi, l'artiste. Qu'en penses-tu ? insista Dan en collant la bague sous le nez de Seth.

— C'est magnifique. Élégant. Classique.

— Oui, oui, murmura Dan, visiblement satisfait. C'est bien elle. C'est Shelby. Bon !

Il rangea l'écrin dans sa poche.

— Bon ! répéta-t-il. Elle a très envie de te connaître. Elle a un faible pour tout ce qui est artistique. C'est comme ça que je l'ai draguée la première fois. Audrey m'avait traîné dans une expo à l'université parce que Will était à l'hôpital. Et voilà Shelby, devant un tableau que j'aurais pu signer moi-même. Franchement, ce n'était que des traits et des taches de couleurs. Une arnaque, si tu veux mon avis. Bref, je me suis approché, et j'ai dit un truc du genre :

«Est-ce que ça vous interpelle quelque part?» Tu sais ce qu'elle m'a rétorqué?

— Non, vas-y.

— Que les mômes de cinq ans dans sa classe de maternelle faisaient mieux que ça. Mon vieux, ç'a été le coup de foudre! Là-dessus, je joue le grand jeu, je lui raconte que j'ai un ami artiste, mais qui peint de vrais tableaux. Je lâche ton nom, et elle manque de s'évanouir. Je crois que c'est là que j'ai vraiment compris que tu étais devenu un VIP.

— Tu as toujours ce dessin que j'avais fait de toi et de Will, dans les toilettes?

— Il est accroché à la place d'honneur. Bon, alors, qu'est-ce que tu dirais de me retrouver avec Shelby un soir, la semaine prochaine? On pourrait boire un verre, peut-être dîner ensemble.

— Avec plaisir, mais elle risque de tomber follement amoureuse de moi et de te briser le cœur.

— Ça ne m'étonnerait pas. Mais au cas où, elle a une copine...

— Non! interrompit Seth, horrifié, en levant la main. Pas question! Tu vas devoir compter sur ta bonne étoile pour que cette femme ne succombe pas à mon charme fatal.

— Maman? s'exclama Philip en s'asseyant lourdement dans son fauteuil. Il a rêvé de maman?

— Peut-être que c'était un rêve, peut-être pas.

Ethan se frotta le menton.

— Il a dit qu'elle portait son vieux chapeau?

— En effet.

— Elle le mettait tout le temps, fit remarquer Philip. Il a dû voir des photos.

— Elle ne l'a pas sur les portraits que nous avons à la maison, remarqua Cam. Je ne dis pas qu'il n'a pas vu une photo, je ne dis pas non plus que ce n'était qu'un rêve. Mais c'est bizarre. Elle venait souvent s'asseoir près de nous sur le ponton. Elle avait horreur de la pêche, mais quand on était là, à ruminer, elle nous rejoignait et attendait qu'on lui sorte ce qu'on avait sur le cœur.

— Elle savait écouter, acquiesça Ethan. Et elle avait le don de nous faire parler.

— Ça ne signifie pas que c'est semblable à ce qui nous est arrivé après la mort de papa.

— Ça non plus, tu ne voulais pas le croire ! lança Ethan en cherchant une bouteille d'eau dans le réfrigérateur du bureau de son frère.

— Ce que je sais, c'est que Seth a des ennuis et qu'il les garde pour lui. En tout cas, il a refusé de se confier à moi, assura Cam, vaguement offensé. Si quelqu'un peut l'aider à réagir, c'est bien maman. Même dans un rêve. En attendant, restons vigilants. Je descends avant qu'il ne se doute qu'on est là à discuter derrière son dos.

Cam se dirigea vers la sortie, s'immobilisa, se retourna.

— Je lui ai suggéré, si elle reparaissait dans un de ses rêves, de lui demander si elle se rappelait le pain aux courgettes.

Ethan et Philip le dévisagèrent d'un air ahuri. Puis Ethan explosa de rire.

— Seigneur ! s'écria Philip. J'avais complètement oublié.

— On verra si elle s'en souvient.

Cam regagna l'atelier. Il atteignait la dernière marche, quand la porte extérieure s'ouvrit. Un flot de soleil envahit le vestibule, et Dru apparut.

— Tiens ! Bonjour, ma jolie ! C'est mon imbécile de frère que vous cherchez ?

— Lequel ?

Cam eut un large sourire.

— Vous apprenez vite. Seth gagne sa pitance.

— En fait, ce n'était pas…

Mais Cam l'avait déjà saisie par la main et l'entraînait dans l'atelier.

Jambes écartées, le dos tourné, torse nu, Seth se tenait sur le pont. Pour un homme qui vivait de sa peinture, il était plutôt musclé. Il buvait au goulot d'une bouteille comme s'il n'avait pas avalé la moindre goutte depuis une semaine.

La bouche de Dru se dessécha instantanément.

«Idiote», se réprimanda-t-elle. C'était absurde, superficiel, de s'intéresser à un homme sous prétexte qu'il est beau, athlétique et en sueur. Ce qu'elle appréciait, c'était l'intellect, la personnalité et… décidément, il avait de belles fesses.

Pitié !

Elle réussit à s'humecter les lèvres juste avant qu'il ne se retourne. Il s'essuya le front du revers du bras, puis l'aperçut.

À présent, à cette magnifique silhouette mâle moulée dans son jean s'ajoutait le pouvoir diabolique de son sourire.

Elle vit ses lèvres remuer – sa bouche était aussi séduisante que son derrière –, mais ses paroles furent noyées par la musique.

Dans un élan de solidarité, Cam se précipita sur la chaîne hi-fi pour baisser le son.

— Hé ! s'exclama Audrey, dont la tête jaillit soudain de sous le pont. Qu'est-ce qui se passe ?

— On a de la visite.

Seth effleura l'épaule d'Audrey de la main avant de sauter à terre, geste qui n'échappa pas à Dru.

— On se voit demain, n'est-ce pas ? demanda-t-il en s'avançant vers celle-ci.

Il sortit un bandana de sa poche pour s'essuyer le visage.

— Oui.

Dru remarqua qu'Audrey les observait avec un certain intérêt.

— Je ne voulais pas interrompre votre travail. J'ai profité de la présence de M. Grimball au magasin pour faire quelques courses, et j'ai eu envie de venir voir votre installation.

— Je vais tout vous montrer.

— Vous êtes occupé.

« Et votre compagne blonde me dévisage comme un chien de garde », ajouta-t-elle silencieusement.

— De toute façon, il paraît que c'est à vous que je dois m'adresser, reprit-elle à l'intention de Cam.

Cam eut un geste vers Seth.

— Je te l'avais dit, c'est moi qu'elles veulent toutes. Que puis-je pour vous ?

— Je veux acheter un bateau.

— Ah oui ! répondit Cam en lui entourant les épaules du bras, avant de la guider vers l'escalier. Eh bien, vous êtes au bon endroit.

— Hé ! protesta Seth. Je m'y connais, moi aussi !

— C'est notre plus jeune associé. Il faut qu'il apprenne le métier. Et par quelle sorte de bateau seriez-vous intéressée ?

— Un sloop. Six mètres. Fond arqué, coque en cèdre. Pour la proue, je suis assez souple. Je veux un bon équilibre, une stabilité fiable, mais il faut aussi qu'il puisse filer.

Elle se dirigea vers les esquisses qui ornaient les murs de l'entrée. Elle admirerait le coup de crayon plus tard. Pour l'heure, elle voulait préciser ses désirs.

— Cette coque, cette proue, annonça-t-elle en pointant le doigt sur deux dessins. Je veux un bateau sûr, rapide et qui dure.

De toute évidence, elle maîtrisait le sujet.

— Ça va vous coûter cher.

— Je ne m'attends pas que vous me l'offriez, mais ce n'est pas avec vous que je dois discuter des conditions, il me semble? Je crois savoir que c'est votre frère Philip qui s'occupe des négociations – et qu'Ethan se charge de tous les détails spécifiques.

— Vous avez bien appris votre leçon.

— J'aime savoir avec qui je traite, et je préfère avoir recours aux meilleurs. Les Frères Quinn, en l'occurrence. Quand pouvez-vous me présenter des plans?

«Waouh! songea Cam. Seth, mon vieux, elle va te rendre fou! Et nous, on va beaucoup s'amuser.»

— Montons. On va en parler.

Ce fut Ethan qui la raccompagna une trentaine de minutes plus tard. La dame s'y connaissait, et elle savait ce qu'elle voulait. Elle s'était défendue sans peine devant trois hommes plutôt directs.

— Nous vous proposerons une ébauche à la fin de la semaine prochaine, déclara-t-il. Plus tôt, si nous parvenons à convaincre Seth de s'y mettre tout de suite.

— Ah? s'enquit-elle en jetant un regard, qu'elle espérait vague, du côté de l'intéressé. Il dessine les plans?

— Quand on l'a sous la main, oui. Il a toujours été doué. Il est plus habile que nous trois réunis.

Elle s'attarda sur les esquisses.

— Vous possédez une superbe collection... On peut suivre ses progrès.

— Tenez, celui-ci! fit Ethan. Il n'avait que dix ans.

— Dix ans? répéta-t-elle, stupéfaite, en s'approchant. J'ai du mal à imaginer ce que cela doit être de naître avec un tel talent. Pour certains, ce doit être un poids, non?

142

Ethan réfléchit un instant.

— C'est possible, mais pas pour Seth. Pour lui, ça a toujours été un bonheur. Bon…

Il ne prolongeait jamais les conversations. Il lui offrit un sourire et lui tendit la main.

— Ce sera un plaisir de travailler pour vous.

— C'est réciproque. Merci de votre accueil.

— À votre service.

Il la quitta et retourna dans l'atelier. Il était à mi-parcours, quand Seth arrêta son outil électrique.

— Dru est là-haut ?

— Non. Elle est partie.

— Partie ? Merde, tu aurais pu me prévenir !

Il bondit du pont et se rua vers la porte. Audrey fronça les sourcils.

— Il est déjà amoureux.

— On dirait, oui, acquiesça Ethan. Ça t'ennuie ?

— Je n'en sais rien, avoua-t-elle en haussant les épaules. Elle n'est pas ce que j'avais imaginé pour lui, c'est tout. Elle est coincée et sophistiquée, et un peu bêcheuse, si tu veux mon avis.

— Elle est seule. Tout le monde n'a pas le contact facile comme toi, Audrey. D'ailleurs, ce qui compte, c'est ce que Seth voit.

— Mouais, marmonna-t-elle.

N'empêche, Drusilla n'était pas sa tasse de thé.

8

Comme il ne lui avait pas précisé quelle tenue porter pour la séance de pose, Dru opta pour la simplicité : pantalon en coton bleu et chemisier blanc. Elle arrosa ses plates-bandes, changea deux fois de boucles d'oreilles, puis prépara du café.

Peut-être aurait-elle mieux fait de garder les anneaux, songea-t-elle en tripotant les petites boules en lapis-lazuli. Les hommes avaient un faible pour les anneaux. Sans doute un obscur fétichisme à propos des Gitanes...

Et puis, quelle importance, après tout ?

Elle ne tenait pas spécialement à ce qu'il lui fasse des avances. Une chose en entraînait inexorablement une autre, or, l'échiquier des relations intimes ne l'attirait guère en ce moment.

Ou plutôt, ne l'avait guère attirée jusqu'à présent.

Jonah, en tout cas, l'avait mise échec et mat, se rappela-t-elle avec un petit sursaut de colère. Le problème, c'était qu'à l'époque, elle avait cru maîtriser le jeu, connaître la position de tous les pions.

Elle n'avait pas compris que Jonah jouait une tout autre partie.

Avec ses mensonges, il avait réussi à lui briser le cœur et à mettre à mal son amour-propre. Et si son cœur avait guéri – presque trop facilement –, sa fierté demeurait meurtrie.

Plus jamais elle ne se laisserait ainsi ridiculiser.

Si sa relation avec Seth devait évoluer – et pour l'heure, rien n'était moins sûr – ce serait elle qui édicterait les règles.

Elle s'était prouvé à elle-même qu'elle était davantage qu'un ornement au bras d'un homme, une encoche à la tête de son lit ou un barreau sur l'échelle hiérarchique de sa carrière.

Sur ce point, Jonah avait mal calculé son coup.

Mais surtout, elle s'était débrouillée pour s'en sortir seule et se construire une vie qui lui plaisait.

Pour autant, elle n'était pas décidée à renoncer à la présence d'un compagnon, à une vie sexuelle ou au défi grisant d'une relation amoureuse avec un homme intéressant et séduisant.

Elle entendit le crissement de ses pneus dans l'allée de gravier. « Procédons étape par étape », se dit-elle. Elle attendit qu'il frappe.

« Bon, d'accord », soupira-t-elle en sentant une onde de chaleur l'envahir à l'instant où elle ouvrit la porte et posa les yeux sur lui. Eh bien, cela prouvait simplement qu'elle était humaine, et en bonne santé.

— Bonjour ! lança-t-elle en s'effaçant pour le laisser entrer.

— Bonjour. J'adore cet endroit. Si vous n'aviez pas acheté cette maison avant mon retour, je me serais rué dessus.

— J'ai eu de la chance.

— En effet.

Il jeta un coup d'œil circulaire dans le séjour. Couleurs vives, beaux tissus. L'ensemble, un peu trop ordonné à son goût, seyait à merveille à sa propriétaire : meubles choisis avec soin, vases remplis de fleurs fraîches, surfaces nettes.

— Vous aviez dit que vous vouliez travailler dehors.

— Oui. Ah, tenez ! Votre tableau.

Il lui tendit le paquet qu'il serrait sous son coude.

— Je vous l'accroche, si vous savez où vous voulez le mettre.

— Vous n'avez pas perdu de temps.

Incapable de résister à la tentation, elle s'assit sur le canapé pour arracher l'emballage.

Le cadre, fin, en bois doré, rehaussait la richesse des tons. Il était d'une sobriété exemplaire.

— C'est parfait ! Merci. Je suis enchantée de pouvoir commencer ma collection Seth Quinn.

— Vous avez l'intention de vous en procurer d'autres ?

Elle laissa courir un doigt sur l'encadrement et leva les yeux vers lui.

— Peut-être. Et j'accepte votre offre de suspendre ce tableau ; je meurs d'envie de le voir en place. Malheureusement, je n'ai pas le crochet adéquat.

— Celui-ci conviendra ? s'enquit-il en sortant de sa poche celui qu'il avait apporté avec lui.

— Tout à fait !

Elle inclina la tête.

— C'est pratique de vous avoir dans les parages.

— Je suis quasiment indispensable. Vous avez un marteau et un mètre, ou dois-je aller chercher les miens dans la voiture ?

— J'ai quelques outils.

Elle se leva, disparut dans la cuisine, revint avec un marteau si neuf qu'il étincelait.

— Où voulez-vous l'accrocher ?

— Là-haut. Dans ma chambre.

Elle le précéda.

— Qu'est-ce qu'il y a dans ce sac ? fit-elle.

— Des trucs. Le type qui a rénové cette demeure s'y connaissait, ajouta-t-il en examinant le fini satiné

146

de la rampe d'escalier. Je me demande comment il a pu vendre.

— Ce qu'il aime, c'est le travail en lui-même – et le bénéfice qu'il en retire. Une fois qu'il a fini, il s'ennuie et s'en va. Du moins, c'est ce qu'il m'a expliqué, quand je lui ai posé la question.

— Combien de chambres ? Trois ?

— Quatre, dont l'une, assez petite, serait parfaite pour un bureau ou une bibliothèque.

— Et au second ?

— C'est un grenier entièrement refait dans lequel je pourrais installer un studio. Ou un atelier d'artiste, ajouta-t-elle en lui jetant un bref regard.

Elle pénétra dans une pièce, et Seth constata immédiatement qu'ici aussi, le décor lui correspondait. Les baies s'ouvraient sur la rivière, un rideau d'arbres et le jardin ombragé. Les contours des fenêtres étaient juste assez alambiqués pour avoir un certain charme. En guise de rideaux, elle avait drapé un voile blanc autour de la tringle, ce qui permettait à la fois d'atténuer la lumière du soleil tout en profitant de la vue et de la fenêtre savamment sculptée.

Les murs étaient bleu céruléen, des tapis à fleurs réchauffaient le parquet en pin. Les meubles étaient anciens.

Comme prévu, le lit était impeccable, recouvert d'un quilt blanc brodé d'entrelacs et de minuscules boutons de roses.

— C'est une pièce superbe ! déclara-t-il tout en examinant de plus près le couvre-lit. Un héritage familial ?

— Non. Je l'ai déniché l'an dernier dans une foire artisanale, en Pennsylvanie. Pour le tableau, je pensais à ce petit pan de mur, entre les fenêtres. La lumière est indirecte, mais bonne.

— Excellent, approuva-t-il. Vous pourrez profiter des fleurs en plein hiver… Là ? Comme ça ?

Elle recula, vérifia la position sous plusieurs angles, résista avec peine à la tentation de s'allonger sur le lit pour juger de l'effet, lorsqu'elle se réveillerait le matin.

— C'est parfait !

Aussitôt, il entreprit de prendre les mesures.

Étrange sensation, d'avoir un homme dans sa chambre, pensa-t-elle. Et pas déplaisant, de le voir à l'ouvrage, avec sa tenue débraillée et ses mains magnifiques.

Pas déplaisant non plus d'imaginer ces mains sur sa peau…

— Regardez dans le sac et donnez-moi votre avis, dit-il sans se retourner.

Elle le ramassa, l'ouvrit. Elle haussa les sourcils en soulevant la longue jupe vaporeuse – une profusion de pensées violettes sur fond bleu – et le débardeur à fines bretelles, du même bleu.

— Décidément, vous avez de la suite dans les idées.

— Ça vous ira bien, et c'est le look que je veux.

— Et vous obtenez toujours ce que vous voulez.

Cette fois, il lui jeta un coup d'œil, l'air espiègle.

— Jusqu'à présent, oui. Si vous aviez des anneaux pour les oreilles, ce serait idéal.

« J'aurais dû m'en douter », songea Dru.

— Mmm…

Elle posa les vêtements sur le lit puis s'éloigna, tandis qu'il plaçait le tableau sur le crochet.

— Il faut remonter un peu le côté gauche… Non, là, c'est trop. Oui. Superbe ! Peint, encadré et accroché par Quinn. Je n'ai pas fait une mauvaise affaire.

— Moi non plus, dit-il en la dévisageant.

Lorsqu'il fit un pas vers elle, elle faillit le rejoindre. Mais le téléphone sonna.

— Excusez-moi.

« Sauvée par le gong, une fois de plus ! » se rassura-t-elle en décrochant l'appareil sur sa table de chevet.

148

— Allô ?

— Bonjour, princesse.

— Papa !

Elle se sentit à la fois heureuse, inquiète et légèrement agacée.

— Que me vaut cet appel un dimanche matin ? Tu n'es pas sur le septième green ?

— J'ai une nouvelle pénible à t'annoncer.

Proctor lâcha un énorme soupir.

— Ma chérie, ta mère et moi allons divorcer.

— Je vois, marmonna-t-elle. Tu peux attendre une seconde, s'il te plaît ?

Elle enfonça la touche *Attente* et se tourna vers Seth.

— Je suis désolée, c'est important. Vous trouverez du café à la cuisine. Je ne devrais pas en avoir pour longtemps.

— Entendu.

Son visage était sans expression, son regard vide et lointain.

— Je vais installer mon matériel.

Elle l'écouta descendre l'escalier, puis s'assit sur le lit et reprit sa conversation avec son père.

— Je suis désolée, papa. Que s'est-il passé ?

Elle se mordit la langue pour ne pas ajouter « cette fois-ci ».

— Depuis un certain temps, ça ne va pas fort entre ta mère et moi. Je me suis efforcé de te tenir loin de nos problèmes. Je suppose que nous aurions pris cette décision il y a des années, si tu n'avais pas été là. Mais bon, princesse, ce sont des choses qui arrivent.

— Je suis vraiment navrée, murmura-t-elle (elle connaissait ses répliques par cœur). Est-ce que je peux faire quelque chose ?

— Eh bien, je me sentirais mieux si je pouvais t'expliquer tout cela de vive voix, m'assurer que tu n'es pas trop bouleversée. C'est trop compliqué à raconter au téléphone. Si tu venais cet après-midi ? Nous pourrions déjeuner, juste toi et moi. Rien ne me ferait plus plaisir que de passer la journée avec ma petite fille.

— Je regrette, je suis occupée aujourd'hui.

— Vu les circonstances, il me semble que tu pourrais changer tes plans.

Un sentiment de culpabilité lui noua l'estomac.

— C'est impossible. D'ailleurs, je m'apprêtais justement à…

— D'accord, d'accord, interrompit-il d'un ton à la fois brusque et chagriné. J'espérais que tu aurais un peu de temps à me consacrer. Trente ans. Trente ans, pour en arriver là.

Dru frotta sa nuque, qui s'engourdissait.

— Je suis désolée, papa.

Combien de fois répéta-t-elle ces mots au cours de la conversation ? Elle n'en savait rien, mais lorsqu'elle raccrocha, elle était dans un état d'épuisement total.

À peine avait-elle posé l'appareil qu'il sonnait de nouveau.

Elle répondit, résignée :

— Bonjour, maman.

Il avait étalé une couverture rouge sur l'herbe, au bord de la rivière, là où il y avait à la fois du soleil et de l'ombre. Il avait aussi apporté un panier à pique-nique en osier contre lequel il avait placé une bouteille de vin ouverte et un verre à pied. À côté, il avait posé un livre.

Elle avait mis la jupe et le débardeur, changé ses boucles d'oreilles, et profité de cet intermède pour se calmer.

Le chevalet était monté, la toile calée. À ses pieds, une chaîne stéréo portable diffusait un concerto de Mozart. Ce choix musical surprit Drusilla.

— Désolée pour le retard, murmura-t-elle en descendant les marches de la véranda.

— Pas de problème.

Un seul coup d'œil lui suffit : il vint vers elle et la prit dans ses bras, ignorant son mouvement de recul.

— J'ai l'air si défait ? lui demanda-t-elle en résistant à la tentation de se blottir contre lui.

— Vous avez l'air triste.

Il effleura ses cheveux d'un baiser.

— Vous voulez qu'on reporte la séance ?

— Non. En fait, ce n'est rien. Juste l'habituelle crise de folie familiale.

— Je suis un expert en matière de folie familiale, assura-t-il.

— Là, c'est différent, répondit-elle en s'écartant légèrement. Mes parents divorcent.

— Oh ! Je suis désolé.

Il lui caressa la joue.

— Non, non, non !

À l'immense surprise de Seth, elle rit et pressa ses paumes contre ses tempes.

— Vous ne comprenez pas. Ils se lancent la menace « divorce » à la figure comme une balle de ping-pong. Tous les deux ans, j'ai droit au même scénario. « Dru, j'ai une nouvelle pénible à t'annoncer », ou : « Dru, je ne sais pas comment te le dire… » Une fois, quand j'avais seize ans, ils se sont séparés pendant près de deux mois. En s'arrangeant pour que ce soit pendant mes vacances d'été, afin que ma mère puisse s'enfuir une semaine en Europe avec moi, et que mon père m'emmène ensuite faire de la voile à Bar Harbor.

— On dirait que c'est vous, la balle de ping-pong.

— Oui. C'est usant, à la fin, c'est pourquoi je me suis échappée avant... avant de les détester. Cela étant, j'aimerais bien qu'ils en finissent une fois pour toutes. Ça doit vous paraître horrible, terriblement égoïste.

— Non. Pas quand je vois des larmes dans vos yeux.

— Ils m'aiment trop. Ou pas assez. Je n'ai jamais vraiment su. Eux non plus, j'imagine. Mais je ne peux plus être leur béquille et leur arbitre.

— Vous le leur avez dit ?

— J'ai essayé. Ils ne m'entendent pas.

Elle se frotta les bras, comme pour lisser des plumes.

— Mais je ne veux pas vous ennuyer avec tout ça.

— Pourquoi ? Nous sommes pratiquement fiancés.

Elle rit doucement.

— Vous êtes très doué pour ça.

— Je suis doué pour beaucoup de choses. «Ça», c'est quoi ?

— Vous savez écouter, et d'une.

Elle se pencha en avant, l'embrassa sur la joue.

— Je n'ai jamais su m'épancher. Avec vous, ça paraît facile. Et de deux (elle l'embrassa sur l'autre joue), vous savez me faire rire, même quand je suis fâchée.

— Je suis prêt à vous écouter et à vous faire rire encore plus si vous continuez de m'embrasser. Visez là, ajouta-t-il en se tapotant les lèvres.

— Merci, mais ça suffit. Oublions tout cela. Je ne peux rien pour eux.

Elle s'écarta.

— Vous voulez que je me mette sur la couverture, je présume ?

— Et si on remettait à une autre fois ? On pourrait faire un tour en bateau. Moi, ça m'éclaircit toujours les idées.

— Non. Vous avez déjà tout préparé, et ça me distraira. Merci tout de même, Seth.

Satisfait de voir son humeur s'alléger, il hocha la tête.

— Entendu. Si vous en avez assez, dites-le. Pour commencer, débarrassez-vous de vos chaussures.

Elle fit ce qu'il lui demandait.

— Un pique-nique pieds nus.

— Voilà. Allongez-vous.

Elle s'était dit qu'il allait l'asseoir, sa jupe étalée autour d'elle, le livre entre les mains.

— Sur le dos ou sur le ventre ?

— Sur le dos. Un peu plus bas, ordonna-t-il en tournant autour d'elle. Le bras droit au-dessus de votre tête. Pliez le coude, décontractez votre main.

— Je me sens ridicule. Je n'avais pas cette impression, dans l'atelier.

— N'y pensez pas. Remontez votre genou gauche.

Elle s'exécuta, sa jupe glissa sur sa jambe dans le mouvement. Aussitôt, elle la rabattit.

— Allons !

Il s'agenouilla, et elle plissa les yeux tandis qu'il rajustait le tissu pour dévoiler sa cuisse.

— Vous n'êtes pas censé m'assurer que toute cette mise en scène n'est motivée que par l'amour de l'art ?

— C'est le cas, affirma-t-il en arrangeant les plis de l'étoffe. Mais je cherche aussi à vous séduire.

Il abaissa la bretelle du débardeur, étudia le résultat, opina.

— Détendez-vous. Commencez par les orteils, conseilla-t-il en effleurant son pied nu. Puis les mollets, les genoux... Tournez la tête vers moi.

Ce faisant, elle aperçut les accessoires qu'il avait placés près du chevalet.

— Ce sont des aquarelles ? Je croyais que vous vouliez vous lancer dans une huile.

153

— Aujourd'hui, ce sera l'aquarelle. J'ai une autre idée pour l'huile.

— C'est ce que vous ne cessez de me dire. Combien de fois réussirez-vous à me convaincre de jouer le jeu, à votre avis ?

— Autant de fois qu'il le faudra. Alors… vous passez un après-midi tranquille au bord de l'eau, annonça-t-il en commençant son esquisse. Vous êtes un peu alanguie par le vin et la sieste.

— Je suis seule ?

— Pour le moment. Vous rêvassez. Laissez-vous aller.

— S'il faisait plus chaud, je me baignerais.

— Fermez les yeux, Dru.

Elle obéit. La musique, douce, romantique, était comme une caresse.

— À quoi pensez-vous quand vous peignez ?

— À quoi je pense ? répéta-t-il, pris de court. Je n'en sais rien. Euh… aux formes, peut-être. À la lumière, à l'ombre… À l'humeur du moment. Je n'ai pas de réponse.

— Vous venez de répondre à ma question. C'est l'instinct. Votre talent est instinctif. C'est logique, vous étiez déjà très habile dans votre enfance.

— Et vous ? Qu'aviez-vous envie de devenir ?

Son corps était long, mince, souple. La forme.

— Toutes sortes de choses. Danseuse étoile, vedette de cinéma, exploratrice. Missionnaire.

— Missionnaire ? Vraiment ?

Le soleil s'infiltrait entre les feuillages. Ombre et lumière.

— Une ambition brève, mais profonde. Jamais je n'aurais imaginé que je serais un jour une femme d'affaires. Quelle surprise !

— Mais ça vous plaît.

— J'adore ça. Je suis heureuse de pouvoir utiliser ma passion pour les fleurs de cette manière…

Elle demeura silencieuse un moment.

— C'est curieux, reprit-elle, jamais je n'ai pu me confier à quelqu'un comme je le fais avec vous

— Sans blague?

On aurait dit une fée, silhouette éthérée, se reposant dans une clairière. L'humeur.

— À quoi est-ce dû, selon vous?

— Je n'en ai aucune idée, murmura-t-elle.

Un soupir lui échappa, et elle s'assoupit.

La musique avait changé. Une femme à la voix brisée chantait l'amour. Émergeant de sa torpeur, Drusilla changea de position.

— Qui est-ce?

— Darcy Gallagher. Une femme exceptionnelle. Je l'ai vue en spectacle avec ses deux frères, il y a deux ans, dans le comté de Waterford. Une petite ville appelée Ardmore. C'était fascinant.

— Mmm. Il me semble avoir entendu…

Les mots moururent sur ses lèvres quand, ouvrant les yeux, elle découvrit Seth assis sur la couverture, un carnet de dessins sur les genoux.

— Qu'est-ce que vous faites?

— J'attendais que vous vous réveilliez.

Elle se hissa sur un coude, honteuse.

— Je me suis endormie! Je suis désolée! Pendant combien de temps?

— Je n'en sais rien. Je n'ai pas de montre. Inutile de vous excuser. Vous m'avez offert exactement ce que je cherchais.

Elle se tordit le cou pour essayer d'apercevoir la toile. En vain.

— Vous avez terminé?

— Non, mais j'ai bien avancé. Montre ou pas montre, mon estomac me dit que c'est l'heure de déjeuner.

Il souleva le couvercle d'une glacière.

— Vous avez apporté un pique-nique ?

— Le panier, c'était pour l'art ; la glacière, c'est plus pratique. Nous avons du pain, du fromage, le pâté préféré de Phil, du raisin...

Tout en parlant, il sortit deux assiettes et des couverts.

— ... un peu de salade de pâtes que j'ai obtenue après avoir supplié Anna à genoux. Et un excellent vin, que j'ai goûté à Venise. Il s'appelle Rêves. Ça m'a paru propice.

— Vous essayez de transformer une séance de pose en rendez-vous galant, fit-elle, méfiante.

— Trop tard !

Il remplit un verre, le lui tendit.

— C'est déjà un rendez-vous galant. Au fait, pourquoi êtes-vous partie si précipitamment du chantier, hier ?

— J'avais fait ce que j'avais à faire, répliqua-t-elle en croquant un grain de raisin ferme et frais. Je devais retourner à mon travail.

— Ainsi, vous voulez acheter un bateau ?

— Oui. J'adore naviguer.

— Venez faire un tour avec moi. Ça vous permettra de vérifier la qualité des constructions Quinn.

— J'y songerai.

Elle goûta un morceau de pâté.

— Mmm... ce pâté est divin ! Votre frère Phil a bon goût. Ils sont très différents, vos frères. Pourtant, ils forment une bande joliment unie.

— C'est ça, la famille.

— Vous croyez ? Pas toujours, du moins, pas selon ma propre expérience. La vôtre est unique à plus d'un égard. Comment se fait-il que vous ne soyez pas plus marqué ?

— Pardon ?

— D'après les articles que j'ai lus et ce que j'ai entendu dire à St. Christopher, vous avez eu une enfance difficile. Vous me l'avez dit vous-même. Comment vous en êtes-vous sorti sans dommages ?

Les articles étaient loin de la vérité, songea Seth. Les journalistes ne savaient rien du jeune garçon qui avait dû se cacher ou repousser les avances des ivrognes et des camés que Gloria ramenait à la maison.

Ils n'étaient pas au courant des mauvais traitements, du chantage, de la peur qui le tenaillait encore.

— Ils m'ont sauvé, dit-il avec une simplicité qui émut la jeune femme. Ce n'est pas exagéré d'affirmer qu'ils m'ont sauvé la vie. Ray Quinn, puis Cam, Ethan et Phil. Ils ont bouleversé leur existence pour moi et, grâce à ça, la mienne a été transformée. Sans oublier Anna, Grace, Sybill et Audrey. Ils m'ont offert un foyer, et toutes les souffrances passées ne sont rien en comparaison des bonheurs que j'ai connus par la suite.

Submergée par l'émotion, elle frôla ses lèvres des siennes.

— Et de trois. Encore une raison de vous apprécier. Vous êtes un homme bon. Je ne sais pas quoi faire de vous.

— Vous pourriez commencer par me faire confiance.

— Non, rétorqua-t-elle en rompant un morceau de pain. La confiance, ça se développe. Et avec moi, cela peut prendre énormément de temps.

— Je peux probablement vous garantir que je n'ai rien de commun avec votre ex-fiancé.

Comme elle se raidissait, il haussa les épaules.

— Je ne suis pas le seul à exciter la curiosité de la presse.

157

— Non, en effet, vous ne ressemblez en rien à Jonah. Nous n'avons jamais fait de pique-nique en dégustant de la salade de pâtes de sa sœur !

— Vous dîniez chez *Jean-Louis* au Watergate, ou je ne sais quel restaurant français à la mode. Vous assistiez aux premières au *Kennedy Center*. Vous fréquentiez les cocktails chics dans le quartier de Beltway et les brunchs entre amis le dimanche.

Il marqua une pause.

— Je me trompe ?

— Non. C'était à peu près cela.

En plein dans le mille, oui !

— Aujourd'hui, vous êtes loin de Beltway. Tant pis pour lui.

— Il ne s'en sort pas trop mal, apparemment.

— Vous l'aimiez ?

— Je ne sais plus, avoua-t-elle malgré elle. Je l'ai cru, sans doute, sans quoi je n'aurais jamais accepté de l'épouser. Il était séduisant, brillant, il avait de l'esprit. Et il s'est révélé fidèle comme un chat de gouttière. Dieu merci, je m'en suis rendu compte avant le mariage. Mais cette expérience m'a permis d'apprendre certaines choses sur moi-même. Entre autres, qu'on ne me trompe pas sans en subir les conséquences.

— Vous l'avez émasculé ?

— Pire. Il avait laissé son manteau de cachemire et quelques affaires chez moi. Je m'apprêtais à tout mettre dans un carton quand, brusquement, j'ai attrapé une paire de ciseaux et j'ai coupé les manches, le col, les boutons. L'exercice m'a remplie d'une telle joie que j'ai décidé de ne pas m'arrêter là. J'ai mis ses CD préférés de Melissa Etheridge dans le micro-ondes. C'est une artiste merveilleuse, mais je ne peux plus l'écouter sans avoir des envies de meurtre. Ensuite, j'ai jeté ses chaussures Ferragamo dans la machine à laver. Dur pour mes appareils ménagers, excellent pour mon ego. Dans la foulée, j'ai failli jeter ma bague de fiançailles dans les toilettes, mais la raison a pris le dessus.

— Qu'en avez-vous fait?

— Je l'ai fourrée dans une enveloppe, sur laquelle j'avais écrit *Pour racheter ses péchés*, et j'ai jeté le tout dans la boîte aux aumônes d'une petite paroisse de Georgetown. Mélodramatique à souhait mais, là encore, très satisfaisant.

Cette fois, ce fut Seth qui se pencha vers elle pour l'embrasser.

— Bravo, championne!

— J'étais assez fière de moi, en effet.

Elle replia les genoux et but une gorgée de vin en contemplant la rivière.

— Nombre de mes relations s'imaginent que j'ai quitté Washington à cause de Jonah. Ces gens se trompent. J'ai adoré cet endroit dès la première fois, quand j'y suis venue avec mon grand-père. J'avais besoin de prendre du recul, de recommencer de zéro, j'ai essayé de m'imaginer dans différents lieux, différents pays. Chaque fois, c'est ici que je revenais mentalement. Ce n'était pas un acte impulsif. J'ai tout planifié pendant des années. C'est ainsi que je fonctionne, étape par étape.

Elle se tut, posa le menton sur ses genoux en dévisageant Seth.

— De toute évidence, avec vous, j'ai raté une marche, sans quoi je ne serais pas là à déguster un verre de vin un dimanche après-midi en vous racontant ma vie... Vous savez écouter. C'est un don. Une arme, aussi.

— Je ne vous veux aucun mal.

— Les personnes saines ne se lancent pas dans une relation avec l'intention de se blesser mutuellement. Et cependant, cela arrive. Peut-être que c'est moi qui finirai par vous faire du mal.

— Voyons voir, murmura-t-il.

Il glissa une main légère sur sa nuque, se pencha pour frôler ses lèvres.

— Non... aucun bleu à signaler pour l'instant.

Puis, se rapprochant, il encadra son visage des deux mains et l'attira à lui jusqu'à ce que leurs lèvres se rencontrent de nouveau.

Leurs bouches se cherchèrent avec voracité. Il taquina sa langue en une danse folle, tandis que ses doigts exploraient le contour de sa gorge, la courbe de ses épaules.

Il sentit l'odeur du vin qui s'était renversé quand sa main s'était détachée de son verre. Son souffle court l'excitait autant qu'un gémissement de plaisir.

Il la coucha sur la couverture, s'étendit sur elle comme elle nouait les bras autour de son cou.

Elle voulait sentir son poids sur elle. Ses mains. Sa bouche. Un frémissement la parcourut lorsqu'il effleura sa clavicule du bout des doigts, s'aventura sur ses seins.

Il murmura son prénom avant de lui mordiller le menton.

Un flot brûlant se répandit en elle, l'invitant à prendre et à donner. À se laisser aller. Au lieu de quoi, elle le repoussa doucement.

— Attends. Seth.

Il l'étreignit furieusement.

— Laisse-moi te toucher. Il faut que je te touche.

— Attends.

Il ravala un juron, posa son front sur celui de Dru, tenta de se maîtriser. Il sentait leurs corps vibrer l'un contre l'autre et comprit que leur désir était réciproque.

— D'accord, d'accord, réussit-il à articuler. Pourquoi?

— Je ne suis pas prête.

— Trésor, plus prête, je meurs!

— Avoir envie de toi, ce n'est pas forcément être prête.

Malheureusement, elle avait peut-être raison.

— Je ne voulais pas que cela arrive, pas ainsi. Je ne veux pas faire l'amour avec un homme dont le cœur est déjà pris.

— Pris par qui? Seigneur, Dru! Je viens de rentrer, et depuis mon retour je n'ai vu que toi.

— Tu la connais depuis bien plus longtemps que moi.

Il paraissait si désemparé, si frustré qu'elle faillit rire. Cependant, elle resta ferme.

— Audrey.

— Quoi, Audrey?

Il lui fallut plusieurs secondes pour comprendre.

— *Audrey*? Audrey et moi... Non, mais tu plaisantes?

Il aurait éclaté de rire, si cette idée ne l'avait pas tant choqué.

— Qu'est-ce qui a pu te faire croire ça?

— Je ne suis pas aveugle.

Irritée, elle le repoussa.

— Bouge-toi, tu veux.

— Je ne suis pas amoureux de... Ce n'est pas ça du tout! Dru, Audrey est ma sœur!

— Faux.

— Ma nièce, alors.

— Non plus. Et si tu ignores ce qu'il y a entre vous – ce qui m'étonne de ta part –, je doute que ce soit le cas d'Audrey.

— Je ne la considère pas de cette manière.

— Pas consciemment, peut-être.

— Pas du tout ! s'exclama-t-il, paniqué. Pas plus qu'elle.

Dru défroissa sa jupe.

— En es-tu sûr ?

— Oui !

Mais la graine était semée.

— Oui, répéta-t-il. Et si tu as l'impression que nous trompons Audrey, c'est absurde.

— Ce que je pense, répondit Dru d'un ton très calme, c'est que je ne veux pas d'une liaison avec un homme que je suspecte d'être attiré par quelqu'un d'autre. Peut-être aurais-tu intérêt à mettre la situation au clair avec Audrey avant que nous n'allions plus loin. En attendant, je propose qu'on s'en tienne là pour aujourd'hui. Est-ce que ça t'ennuie si je jette un coup d'œil sur le tableau ?

— Oui, grogna-t-il. Oui, ça m'ennuie. Tu le verras quand il sera achevé.

— Très bien.

« Tiens ! tiens ! L'artiste a du tempérament », nota-t-elle.

— Je range tout dans la glacière, fit-elle, joignant le geste à la parole Je suppose que tu voudras au moins une séance de pose supplémentaire. Je peux t'accorder quelques heures dimanche prochain.

Il se leva, baissa les yeux sur elle.

— Tu es un cas. Un crétin t'a trompée, conclusion, tous les mecs sont des tricheurs.

— Non. Au contraire, je te crois foncièrement honnête. Je n'envisagerais pas de passer un moment avec toi si je n'en étais pas persuadée. Mais je te l'ai dit, je ne suis pas encore prête à sauter le pas avec toi, et je me méfie de tes sentiments envers une autre – et des siens envers toi.

Elle leva enfin les yeux sur lui.

— J'ai été la victime d'une autre femme, Seth. Je n'infligerai cela à personne.

— Tu me parlais d'être marqué, tout à l'heure, il semblerait que ce soit toi qui le sois.

Elle se redressa lentement.

— C'est possible. Puisque tu as décidé de bouder, je te laisse.

Il la saisit par le bras avant qu'elle ne s'éloigne et la fit pivoter vers lui avec une telle brusquerie qu'elle eut peur.

— Continue à procéder étape par étape, trésor. Ce sera plus long, mais la chute sera tout aussi rude.

— Lâche-moi, s'il te plaît.

Il la libéra et lui tourna le dos pour rassembler son attirail. Plus ébranlée qu'elle ne voulait l'admettre, Dru s'efforça de regagner la maison sans hâte.

N'empêche, reconnut-elle, elle battait tout de même en retraite.

9

Ah, les femmes ! Seth jeta la glacière dans le coffre de sa voiture, cala le panier à côté. Dès qu'on croyait les avoir comprises, elles se transformaient en extraterrestres. Des extraterrestres qui avaient le pouvoir de changer un homme normal, raisonnable, en un parfait idiot.

C'était complètement décourageant.

Il balança la couverture, flanqua un grand coup de pied dans le pneu, ressortit la couverture, la déplia sur le siège passager. Il fixa la maison de Drusilla avec un grognement de rage.

Il repartit au pas de charge chercher son chevalet et sa toile en jurant entre ses dents.

Elle était là, endormie sur la couverture rouge, sa fine silhouette tachetée de soleil. Avec ses longues jambes minces et son visage de fée.

— Je sais quand même mieux qu'elle qui m'attire ou pas, marmonna-t-il en attrapant le tableau inachevé. Un type se révèle un salaud, et on va tous au diable ?

Il disposa son œuvre sur la couverture et grimaça.

— Tant pis pour toi, c'est ton problème, après tout, sœurette.

« Sœurette », pensa-t-il avec un pincement au cœur. Comment avait-elle pu semer le doute dans son esprit à propos d'Audrey ? Ça n'avait rien à voir. Rien du tout.

Forcément.

Il aimait Audrey. Bien sûr qu'il l'aimait. Mais il n'avait jamais imaginé... à moins que... ?

— Tu vois ? *Tu vois* ? s'emporta-t-il en pointant l'index sur la toile. Vous êtes toutes pareilles ! Vous fichez la pagaille si bien qu'on ne comprend plus rien à rien. Eh bien, avec moi, n'y compte pas !

Il finit de ranger ses affaires sans décolérer. Il démarra, manœuvra pour pendre la direction de chez lui, se ravisa soudain, appuya sur l'accélérateur.

— On va régler ça tout de suite, déclara-t-il. Une fois pour toutes. On verra bien qui est l'imbécile dans cette histoire.

Il se gara dans l'allée devant chez Audrey, sauta de sa voiture et se rua vers l'entrée. Il ne frappa pas. Personne n'aurait compris.

Le salon, comme le reste, était joliment décoré, juste assez encombré pour être confortable, et d'une propreté irréprochable. Grace avait le don pour ça.

Autrefois, elle avait gagné sa vie de mère célibataire en faisant des ménages chez les autres. À présent, elle dirigeait sa propre affaire, une agence de nettoyage à domicile, et employait une vingtaine de personnes.

Sa maison était sa meilleure publicité – et pour l'heure, le silence y régnait.

— Audrey ? hurla-t-il en direction de l'escalier. Il y a quelqu'un ?

— Seth ?

Grace surgit de la cuisine. Pieds nus, en pantalon corsaire, les cheveux tirés, elle semblait beaucoup trop jeune pour avoir une fille dont une femme croyait – à tort – qu'il était amoureux.

Mais, merde, il avait été son *baby-sitter* !

— Suis-moi, ordonna Grace après l'avoir embrassé. Ethan et Deke sont derrière, ils réparent la tondeuse. J'étais en train de préparer une citronnade.

— Je passais juste voir Audrey, à propos de…

Non. Il ne pouvait pas parler de cela avec Grace.

— Elle est dans les parages ?

— Le dimanche après-midi, elle joue au base-ball.

— Ah, oui, c'est vrai marmonna Seth en fourrant les mains dans ses poches. C'est vrai.

— Ça ne va pas ? Vous vous êtes disputés, tous les deux ?

— Non, non. Il faut que je lui parle de… quelque chose.

— Elle devrait rentrer d'ici une heure. Emily aussi ; elle est sortie avec son petit ami. Pourquoi ne pas rejoindre Ethan et Deke dans le jardin ? Tu dîneras avec nous. Nous avons prévu un barbecue.

— C'est sympa, mais je… Il faut que j'y aille.

— Mais…

Il s'enfuit précipitamment.

Anna avait raison, songea Grace en poussant un soupir. Leur Seth avait des soucis.

Lorsqu'il arriva sur le terrain, ils en étaient à la huitième manche, deux batteurs sur les bases, deux autres éliminés. L'équipe d'Audrey, les Blue Crabs, avait un point de retard contre son ennemi juré, les Rockfish.

Les spectateurs engloutissaient leurs hot dogs et leurs sodas en hurlant les insultes ou les encouragements de rigueur. On était au mois de juin, et le printemps n'était plus qu'un lointain souvenir. Le soleil inondait le stade, la chaleur était moite.

Seth grimpa dans les gradins.

Il aperçut Junior Crawford, une casquette protégeant son crâne chauve et son visage ridé de gnome.

Un petit garçon de trois ans à peine était perché sur ses genoux.

— Seth! Salut! s'exclama Junior en se poussant pour lui laisser une place. Comment se fait-il que tu ne sois pas dans la partie?

— Je suis arrivé trop tard pour les sélections.

Il scruta les alentours, repéra Audrey sur la plate-forme, tandis que le batteur tentait son troisième coup. Il gratifia le garçonnet d'un clin d'œil.

— Qui est ce petit bonhomme?

— C'est Bart, répondit Junior. Mon arrière-petit-fils.

— Arrière-petit-fils?

— Ouais! On a huit arrière-petits-enfants plus celui-ci.

Junior reporta son attention sur le match.

— Hors jeu, grommela-t-il. Tends les bras, Jed Wilson! aboya-t-il. Nom de nom!

— Jed Wilson? C'est le petit-fils de Mme Wilson?

— En personne. Un gentil garçon, mais une merde à la batte.

— Une merde à la batte, répéta Bart, enchanté.

— Tttt! le réprimanda Junior en riant tout bas. Si tu dis ça devant ta maman, je vais me retrouver dans la niche du chien.

— Merde à la batte! Pappy! s'écria Bart.

Il tendit son hot dog déchiqueté vers Seth.

— T'en veux?

— Avec plaisir.

Soulagé par cette diversion, Seth se pencha en avant et fit semblant d'en croquer un gros morceau.

À la quatrième balle, la foule explosa, et Junior poussa un hurlement de joie.

— Ouais! Ça y est, vous allez voir ce que vous allez voir, Rockfish de mes deux.

— Rockfish de mes deux! fit Bart en écho.

— Enfin un peu d'action!

— Au-*drey* ! Au-*drey* ! scandèrent les fans des Blue Crabs, alors que celle-ci prenait la relève.

— Allez, Audrey ! s'époumona Junior avec un tel enthousiasme que Seth craignit un instant qu'il ne succombe à une hémorragie cérébrale. Tu vas voir ! ajouta-t-il en enfonçant le coude dans les côtes de son voisin. Tu vas voir, elle va le réduire en bouillie, ce salaud !

— Réduire en bouillie ce salaud ! insista Bart en agitant son sandwich.

Seth prit l'enfant sur ses genoux.

C'était un vrai plaisir de regarder Audrey. Aucun doute. Cette silhouette solide, athlétique. Cette féminité incontestable, malgré – ou peut-être à cause de – son maillot de joueur.

Mais ce n'était pas pour autant qu'il la considérait… de cette façon.

Elle trépignait d'impatience. Il y eut un bref échange entre elle et le lanceur, des piques, probablement, se dit Seth. Elle s'échauffa un peu. Remua le derrière.

Seigneur ! Qu'est-ce qui lui prenait de regarder ses fesses ?

Elle réussit dès la première tentative.

Comme un seul homme, les spectateurs bondirent sur leurs pieds en hurlant. Audrey fonça vers la première base tel un boulet de canon.

Puis l'allégresse diminua, et elle revint à la plate-forme en trottinant : hors-jeu.

Elle ramassa la batte, recommença son manège : échauffement, mouvement de l'arrière-train.

Elle frappa. Quand l'arbitre annonça le deuxième coup, elle se tourna vers lui. Seth voyait ses lèvres remuer ; il imaginait les mots.

Raté, mon cul ! Un peu plus, et la balle atterrissait en Virginie !

« Du calme, la prévint-il mentalement. Ne va pas par là, tu risques de te faire sortir. »

Avait-elle appris à se maîtriser ces dernières années, ou était-ce la recommandation silencieuse de Seth ? Toujours est-il qu'Audrey lança un dernier regard noir à l'arbitre avant de se remettre en position.

Les encouragements repartirent de plus belle, l'estrade vibrait sous les trépignements. Le petit Bart serra ce qui restait de son hot dog dans son poing.

— Flanque-lui la pâtée !

Ce qu'elle fit.

Dès que la balle heurta la batte, Seth sut que c'était bon. Audrey aussi, de toute évidence, car elle demeura immobile, les épaules en avant, une jambe devant l'autre telle une danseuse, tandis que la balle s'envolait.

Au comble de l'excitation, la foule l'applaudit. Elle jeta sa batte à terre et courut tranquillement d'une base à l'autre.

— C'est pas vrai ! Elle lui a fichu la raclée ! gémit Junior, un sanglot dans la voix. Cette fille est une sacrée perle !

— Sacrée perle ! renchérit Bart en s'inclinant pour embrasser son arrière-grand-père sur la joue.

Les Rockfish ne marquèrent aucun point dans la neuvième manche. Seth descendit sur le terrain, tandis que les spectateurs se dispersaient. Il vit Audrey en train de boire une rasade de soda au goulot.

— Belle partie, la Frappeuse.

— Salut !

Elle passa la bouteille à l'un de ses coéquipiers et rejoignit Seth.

— Je ne savais pas que tu étais là.

— Je suis arrivé au milieu de la huitième, juste à temps pour te voir flanquer une raclée à ce crétin des Rockfish.

— Balle rapide. Très basse, un peu en biais. Tant pis pour lui. Je croyais que tu tirais le portrait de ta fleuriste, aujourd'hui.

— Ben, on a déjà fini la séance.

Elle haussa les sourcils, se frotta le nez.

— Qu'est-ce qu'il y a ? J'ai de la terre sur la figure ?

— Non, ce n'est pas ça. Écoute, il faut que je te parle.

— Vas-y, je t'écoute.

— Non. Pas ici.

Il se voûta. Ils étaient cernés par les joueurs, les spectateurs, les mômes. Des dizaines de visages familiers. Des gens qui les connaissaient tous les deux. Seigneur ! Combien d'entre eux s'imaginaient qu'entre lui et Audrey… ?

— C'est… euh… privé.

— Si quelque chose ne va pas…

— Je n'ai pas dit ça.

Elle poussa un soupir.

— Il suffit de voir ta tête. Je suis venue avec Joe et Alice. Je vais les prévenir que je rentre avec toi.

— Super. On se retrouve à la voiture.

Il posa la couverture et le tableau sur la banquette arrière, puis il attendit, appuyé contre le capot. Il se redressa, tourniqua. Lorsque Audrey se dirigea vers lui, son gant de cuir à la main, sa batte sur l'épaule, il s'efforça de la regarder comme s'il ne l'avait jamais vue.

En vain.

— Tu m'inquiètes, Seth.

— Il n'y a pas de quoi. Donne-moi tes affaires, je vais les mettre dans le coffre.

Elle obtempéra, puis jeta un coup d'œil dans la voiture.

— Waouh ! s'exclama-t-elle.

Fascinée, elle ouvrit la portière pour examiner l'aquarelle.

— Je comprends que tu aies eu envie de la peindre. C'est superbe ! Vraiment, tu m'impressionnes.

— Ce n'est pas fini.

— Je le vois bien, commenta-t-elle, pince-sans-rire. C'est sexy, mais tout en douceur. Et intime.

Elle croisa son regard. Seth se demanda s'il éprouvait le moindre frémissement de désir pour elle, comme c'était le cas quand Drusilla le dévisageait.

Il n'osait même pas y penser, tellement c'était gênant.

— C'est ce que tu cherches ?

— Pardon ?

— Tu sais… doux, sexy, intime.

— Euh…

— Je parle de ton tableau, précisa-t-elle, perplexe.

— Le tableau, murmura-t-il, en proie à la nausée. Oui, c'est ça.

Il se précipita pour lui ouvrir la portière avant.

— On est pressés ? s'enquit-elle, l'air vaguement surpris.

— Ce n'est pas parce que tu as flanqué une raclée au lanceur qu'on ne doit pas être galant avec toi. Si Will ne te traite pas avec un minimum de respect, tu ferais mieux de le jeter.

— Holà ! Will n'a rien à se reprocher. Qu'est-ce qui te prend ?

— Je ne veux pas en parler tout de suite.

Il démarra. Audrey le laissa ruminer. Elle le connaissait suffisamment bien pour savoir qu'il se réfugiait dans le silence quand il avait un problème.

Lorsqu'il se sentirait prêt, il parlerait.

Il se gara sur le parking devant le hangar à bateaux, plaqua les mains sur le volant.

— On fait un tour sur le quai ?

— D'accord.

Mais lorsqu'il descendit, elle resta assise tranquillement, jusqu'à ce qu'il vienne lui ouvrir la portière d'un geste brusque.

— Qu'est-ce que tu fabriques ?

— J'attendais juste que tu me traites avec un minimum de respect, rétorqua-t-elle en papillonnant des cils.

Puis, avec un éclat de rire, elle sortit un paquet de chewing-gums de sa poche et lui en offrit un.

— Non, merci.

— Qu'est-ce qu'il y a, Seth ?

— J'ai un service à te demander.

— Lequel ?

Il s'avança jusqu'au quai, fixa l'horizon.

— Il faudrait que je t'embrasse.

Elle leva les mains.

— C'est tout ? Mon Dieu ! Je croyais que tu allais m'annoncer qu'il ne te restait que six mois à vivre, ou un truc de ce genre. Seigneur, Seth, tu m'as embrassée des centaines de fois. Où est le problème ?

— Non.

Il croisa les bras, laissa retomber les mains le long de son corps, et finit par les fourrer dans ses poches.

— Je veux dire... je ne t'ai pas embrassée vraiment.

— Hein ?

— Comme un amoureux.

Elle lui tapota le bras, l'air compatissant.

— Seth, tu es tombé sur la tête, ou quoi ?

— Je sais que ça peut te paraître bizarre. Mais mets-toi un peu à ma place. Imagine ce que je ressens d'avoir mis le sujet sur le tapis.

— Ce que je ne comprends pas, c'est comment tu en es arrivé là.

Il s'éloigna, revint sur ses pas.

— Dru s'est mis dans le crâne que je… que nous… enfin… que je suis attiré par toi. Et vice versa. Probablement.

Elle cligna des yeux lentement, tel un hibou.

— Elle croit que je suis amoureuse de toi ?

— Aud…

— Elle est convaincue qu'il se passe quelque chose entre toi et moi, alors elle t'a jeté.

— Plus ou moins.

— Donc, c'est à cause d'elle que tu veux m'embrasser ?

— Oui. Non. Merde, je ne sais plus.

La situation pouvait-elle être plus embarrassante ? Était-il possible de se sentir plus ridicule ?

— Elle m'a fourré cette idée dans le crâne. Je n'arrive pas à m'en débarrasser. Et si elle avait raison ?

— Si elle avait raison ? répéta Audrey en ravalant un fou rire. Reviens sur terre, Seth !

— Écoute, écoute, insista-t-il en la prenant par les épaules. Ça ne va pas te tuer de m'embrasser.

— Très bien. Allons-y.

— Bon, souffla-t-il.

Il baissa la tête, la releva.

— Je ne sais plus comment m'y prendre. Donne-moi une minute.

Il s'écarta, tourna le dos, tenta désespérément de s'éclaircir les idées.

— On va essayer comme ceci.

Il s'approcha d'elle, posa les mains sur ses hanches pour l'attirer contre lui. Plusieurs secondes passèrent.

— Tu pourrais mettre tes bras autour de mon cou, proposa-t-il.

— Oh, pardon ! Comme ça ?

— Parfait. C'est parfait. Rehausse-toi un petit peu.

Elle se hissa sur la pointe des pieds. Il effleura ses lèvres, et elle éclata de rire.

— Pour l'amour du ciel !

— Désolée, gloussa-t-elle.

Elle recula, pliée en deux de rire. Seth demeura figé jusqu'à ce qu'elle se maîtrise.

— Excuse-moi. Bon, on y va... Merde ! Une seconde.

Elle sortit consciencieusement son chewing-gum de sa bouche et l'enveloppa dans un vieux papier.

— Tant qu'à faire...

— Arrange-toi pour contrôler tes grognements de cochon.

— Leçon gratuite, mon vieux : quand tu t'apprêtes à embrasser une femme, évite ce genre de comparaisons.

Une fois de plus, elle noua les bras autour de son cou, se colla à lui et prit les devants avant que l'un ou l'autre ait le temps de réfléchir.

Ils demeurèrent ainsi enlacés, caressés par la brise du large. Une voiture passa sur la route. Un chien la poursuivit derrière un enclos en aboyant comme un fou jusqu'à ce qu'elle disparaisse.

Leurs lèvres se séparèrent, leurs regards se rencontrèrent. Le silence se prolongea.

Puis ils se mirent à rire.

Sans se lâcher, ils se balancèrent de droite à gauche, hilares. Seth posa son front contre celui d'Audrey et soupira profondément.

— Ainsi, tu me désires ? le taquina-t-elle en lui pinçant les fesses.

— Boucle-la, Audrey, riposta-t-il en la serrant contre lui avec tendresse. Merci, ajouta-t-il.

— Pas de problème. En tout cas, tu te défends !

— Toi aussi... Et on ne recommencera plus jamais.

— Parole d'honneur !

— Tu n'en parleras à personne, hein ? Ni à ta mère ni à Will. À personne.

174

— Tu plaisantes ? Jamais de la vie. Toi non plus. Promets-le-moi.

Elle cracha dans sa paume et la lui tendit. Seth grimaça.

— Je n'aurais jamais dû t'apprendre ce truc.

Résigné mais respectueux du rite, il cracha à son tour dans la sienne, et ils se serrèrent solennellement la main.

Il était trop agité pour rentrer à la maison. De plus, il avait besoin d'un peu de temps avant de faire face à la famille.

Il mourait d'envie d'aller trouver Drusilla, de lui dire à quel point elle s'était trompée, combien c'était insultant.

Mais la raison prit le dessus ; il n'était pas d'humeur à avoir une conversation raisonnable avec elle.

Elle l'avait fait douter de lui-même, et il en était blessé. Il avait travaillé dur pour atteindre et conserver ce niveau de confiance en lui, en son travail, en son entourage. Aucune femme n'avait le droit de l'ébranler ainsi.

La meilleure solution était de prendre du recul. Il la peindrait, parce qu'il ne pouvait pas faire autrement. Mais ils en resteraient là.

Il n'avait pas besoin d'une femme aussi compliquée, imprévisible et têtue dans sa vie.

L'heure était venue de mettre la pédale douce, de se concentrer sur son œuvre et sa famille. De résoudre ses propres problèmes avant de s'encombrer de ceux des autres.

Il se gara devant l'atelier, monta son matériel. Il se servit de son nouveau portable pour appeler Anna et la prévenir qu'il ne rentrerait pas dîner.

Il mit de la musique et s'installa pour retravailler son aquarelle de mémoire.

Comme lorsqu'il naviguait, toutes ses angoisses, tous ses soucis s'envolèrent. Enfant, il s'était réfugié dans le dessin. Souvent, ç'avait été une question de survie ; d'autres fois, une simple façon d'échapper à l'ennui. Il y avait toujours pris du plaisir.

À la fin de son adolescence, il avait soudain été la proie d'un épouvantable sentiment de culpabilité parce que son art n'avait jamais été source de souffrance.

Quand il l'avait confié à Cam, ce dernier l'avait dévisagé, stupéfait.

— Tu es stupide ou quoi ?

Cette réponse avait suffi à alléger le fardeau de Seth.

Par moments, l'image qu'il avait dans la tête refusait de se concrétiser sur la toile. C'était frustrant et ça le déconcertait.

Mais le plus souvent il se laissait emporter, sans réfléchir.

Quand le crépuscule tomba et qu'il dut allumer la lumière, il s'écarta de l'aquarelle et l'examina avec attention. Il n'avait pas perdu son après-midi.

Les couleurs étaient vibrantes, le vert de l'herbe et des feuillages, le soleil ambré sur la rivière, le rouge écarlate de la couverture, contrastant avec la blancheur laiteuse de sa peau. Les fleurs sur la jupe offraient un contraste hardi avec la transparence de l'étoffe drapée sur sa cuisse.

Il y avait la courbe de l'épaule, l'angle du bras, le carré strict du plaid. Et la lumière diffuse sur ses traits au repos.

Il ne pouvait s'expliquer comment il avait fait cela. Pas plus qu'il n'avait su dire à Dru à quoi il pensait quand il peignait. Les aspects techniques étaient nécessaires, essentiels, mais ils intervenaient à un niveau inconscient.

Quant à expliquer comment le sujet pouvait prendre vie sur la toile, c'était un pur mystère.

Il ne chercha d'ailleurs pas à le comprendre. Il s'empara de son pinceau et se remit à l'ouvrage.

Plus tard, il se laissa tomber sur le lit tout habillé et sombra dans un sommeil profond, où flottait la vision de Drusilla assoupie.

— Comment vas-tu l'intituler ? demanda Stella.

Ils étaient devant le tableau. Ils le contemplaient à la lumière ingrate des néons.

— Je n'en sais rien. Je n'y ai pas réfléchi.

— *Beauté endormie*, proposa Stella.

Vêtue d'une chemise ample et d'un jean trop large, chaussée d'espadrilles plates, elle semblait avoir marché pendant des kilomètres. Lorsqu'elle glissa le bras sous celui de Seth, il huma le parfum citronné de son savon.

— Nous sommes fiers de toi, tu sais. Pas tant de ton talent : c'est un cadeau du ciel. Mais de ton intégrité. Le respect de ce que tu as et de ce que tu es, voilà ce qui fait la différence.

Elle s'écarta, regarda autour d'elle.

— Tu pourrais faire un peu de ménage. Ce n'est pas parce que tu es un artiste que tu dois vivre dans la crasse.

— Je m'en occuperai demain matin.

Elle lui jeta un coup d'œil sceptique.

— C'est curieux, j'ai déjà entendu ça. Tiens ! Celle-ci, enchaîna-t-elle en désignant la jeune femme alanguie du tableau. Impeccable. Peut-être trop – ce qui est loin d'être ton cas. Elle apprécie l'ordre. Le désordre la met mal à l'aise, surtout lorsqu'il s'agit

177

de ses propres émotions. Il faut que tu te rendes compte qu'elle ne sait pas très bien où elle en est, en ce qui te concerne.

Il haussa une épaule, et Stella sourit.

— J'ai décidé de mettre un frein à cette histoire. Trop compliqué.

— Mmm, murmura Stella. Tu essaies de t'en persuader, mon garçon.

Il n'avait pas envie d'aborder ce sujet. Il était trop désemparé.

— Cam m'a dit de te demander si tu te rappelais le pain aux courgettes.

— Ah, oui ? Il pense peut-être que j'ai oublié. Tu pourras lui répondre que j'ai beau être morte, je n'ai pas perdu l'esprit. J'étais une cuisinière déplorable. En général, Ray s'occupait des repas à ma place. Mais de temps en temps, je m'y mettais. Un jour, à l'automne, j'ai eu envie de préparer un pain aux courgettes. Nous les avions plantées, et Dieu sait que nous en avions plus qu'il ne nous en fallait. D'autant qu'Ethan avait horreur de ça. Donc, j'ai sorti mon livre de recettes et j'ai tenté le coup. Quatre pains. Je les ai posés sur une grille pour qu'ils refroidissent. J'étais très fière de moi.

Elle marqua une pause, inclina la tête comme pour se remémorer ce souvenir.

— Une demi-heure plus tard, je reviens dans ma cuisine. Il ne restait plus que trois pains. J'ai tout de suite pensé : les garçons sont passés par là. J'étais ravie, évidemment. Jusqu'au moment où j'ai jeté un coup d'œil par la fenêtre. Et qu'ai-je vu, à ton avis ?

— Aucune idée.

— Je vais te le dire, répliqua-t-elle en avançant le menton. Mes fils et mon adorable mari étaient là, dehors, et se servaient de mon pain aux courgettes, confectionné avec amour et patience, en guise de ballon de football. Je me suis précipitée sur eux, bien décidée à les étrangler. Au même instant, Phil l'a lancé, Ethan a bondi pour le rattraper. Et Cam – toujours rapide comme l'éclair – a voulu l'intercepter. Il a raté son coup. Il a reçu le gâteau en plein front. Il en est tombé sur les fesses. Un gâteau dur comme une brique.

Elle rit, se balança d'avant en arrière.

— Ethan s'en est emparé, il a enjambé Cam, qui était au bord de l'évanouissement, et a marqué un but. Le temps que je rejoigne Cam, il s'était relevé, et tous les quatre étaient pliés de rire. Tu peux être sûr que je n'ai jamais renouvelé l'expérience. Cette époque me manque. Terriblement.

— Je regrette de ne pas t'avoir connue. J'aurais voulu passer du temps avec toi et avec Ray.

Elle s'approcha de lui, repoussa la mèche qui lui barrait le front. Un geste si tendre qu'il en eut le cœur serré.

— Est-ce que je peux t'appeler grand-mère ?

— Bien sûr… Tu es adorable, mon garçon. Elle aura beau tout essayer, elle ne réussira jamais à te détruire. Elle a du mal à le comprendre, c'est pour ça qu'elle continue de te harceler.

Ils ne parlaient plus de Dru, mais de Gloria.

— Je ne veux pas penser à elle. Elle ne peut plus me faire de mal.

— Non ? Tu vas avoir des problèmes. On en a toujours. Sois fort, intelligent, intègre. Tu m'entends ? Tu n'es pas seul, Seth. Tu ne seras jamais seul.

— Ne t'en va pas.

— Tu ne seras jamais seul.

Mais lorsqu'il se réveilla, au lever du soleil, il l'était.

Pire, il aperçut le message, sous sa porte. Il s'obligea à se lever, à le ramasser.

Chez Lucy, *près de l'hôtel* By-Way, *Route 13*
23 heures ce soir.
En liquide.

Tu vas avoir des problèmes. Seth crut entendre
l'écho d'une voix. *On en a toujours.*

10

Audrey ruminait, disséquait, analysait. Et plus elle réfléchissait, plus sa colère s'intensifiait. C'était clair et net, Drusilla Whitcomb Banks avait besoin d'un bon sermon, et c'était à elle, Audrey Quinn, de s'en charger.

Ayant conclu un pacte avec Seth, elle ne pouvait se confier ni à sa mère ni à son père. Elle ne pouvait pas non plus passer chez Sybill lui demander un bilan psychologique de la situation. Pas plus qu'elle ne pouvait s'adresser à Anna, dans le seul but de cracher son irritation et son ressentiment.

Lorsqu'elle quitta l'atelier, aux alentours de 17 heures, elle bouillait de rage.

Elle regagna la ville en répétant son texte. Le discours maîtrisé, bien rodé, qui remettrait à sa place Mlle « Perfection ».

Malheur à quiconque rendait Seth malheureux !

S'en prendre à un Quinn, songea-t-elle en garant sa fourgonnette au coin de la rue, équivalait à agresser le clan tout entier.

En bottes de chantier, tee-shirt sale et jean usé, elle fonça dans la boutique.

Ah ça, d'accord, elle était parfaite ! se dit Audrey en ravalant sa colère, tandis que Dru enveloppait un bouquet de marguerites pour Carla Wiggins. Irréprochable, en chemisier de soie rose à la coupe impeccable et pantalon fluide gris ardoise. En soie aussi, sans doute, râla intérieurement Audrey, d'autant plus agacée qu'elle ne pouvait s'empêcher d'admirer le chic et la simplicité de la tenue.

Dru leva les yeux en entendant tinter la sonnette. Son expression polie et chaleureuse se figea, lorsqu'elle rencontra le regard noir d'Audrey.

Sa présence l'ébranlait, c'était déjà ça.

L'exubérante Carla se retourna.

— Bonjour, Audrey! Quel match, hier! Tout le monde parle de ton coup de maître. Audrey a littéralement mis les Rockfish à genoux, ajouta-t-elle à l'intention de la fleuriste.

— Vraiment?

Dru avait déjà eu droit au récit de ses exploits une demi-douzaine de fois.

— Félicitations.

— Je joue pour gagner.

— J'ai failli avoir une crise cardiaque quand j'ai vu cette balle s'envoler! assura Carla en tapotant sa poitrine étroite. Jed est dans tous ses états. Bref, je reçois ses parents à dîner ce soir – pour organiser le mariage. Je n'ai pas arrêté de courir de la journée et, tout à coup, je me suis rendu compte que je n'avais rien pour mon centre de table. Je vais leur servir des spaghettis bolonaise, le plat préféré de Jed. Simple et convivial. D'après Dru, ces marguerites iront très bien dans mon vase rouge. Qu'en penses-tu?

Audrey haussa une épaule.

— C'est joli. Simple et convivial, je suppose.

— Tout à fait! s'exclama Carla en se recoiffant machinalement. Je ne sais pas pourquoi je suis aussi nerveuse. Je connais les parents de Jed depuis toujours. Mais maintenant, c'est un peu différent, vu que nous nous marions en décembre. J'ai choisi mes couleurs : bleu nuit et argent. Je ne voulais pas tomber dans le classique vert et rouge de Noël... Vous croyez que ça ira ? demanda-t-elle à Dru en se mordillant la lèvre. Pour les fleurs, et tout le reste ?

— Ce sera parfait, affirma Dru en retrouvant son sourire. À la fois joyeux et romantique. Je m'occupe de tout. Vous viendrez me voir avec votre mère pour la décision finale. Ne vous inquiétez pas.

— C'est plus fort que moi ! Je vais les rendre tous cinglés d'ici décembre. Il faut que je file, annonça-t-elle en s'emparant du bouquet. Ils arrivent dans une heure !

— Bonne soirée, dit Dru.

— Merci. À plus, Audrey !

— Oui. Bonjour à Jed.

La porte se referma derrière Carla, le carillon se tut, l'atmosphère se tendit.

— Je doute que vous soyez là pour acheter des fleurs, commença Dru en croisant les mains. Que puis-je pour vous ?

— Vous pourriez cesser de torturer Seth et de me coller le rôle de l'autre femme ? attaqua Audrey, bille en tête.

— En fait, c'est moi qui avais peur de tenir ce rôle, et cela m'était désagréable.

Le discours si bien préparé d'Audrey semblait ridicule.

— Vous n'y êtes pas du tout ! Seth ne vous draguerait pas si quelqu'un d'autre l'intéressait. Pour qui le prenez-vous ? Il ne vous aurait jamais fait des avances s'il avait en tête une autre fille. Il n'est pas comme ça, et si vous ne l'avez pas encore compris, c'est que vous êtes stupide.

— Si vous me traitez de tous les noms, cette conversation est inutile.

— J'ai plutôt envie de vous donner un bon coup de poing dans la figure.

Dru avait pris un air hautain, et Audrey lui concéda un point pour ça, ainsi que pour le ton sarcastique.

— Est-ce ainsi que vous résolvez tous vos différends ?

— Parfois. C'est plus rapide. Et je vous en veux pour vos remarques style «la blonde pulpeuse en noir».

Dru tressaillit, mais rétorqua d'un ton calme :

— Un commentaire idiot ne fait pas de moi une idiote. Cependant, vous avez raison, c'était mal venu. Je vous en demande pardon. J'imagine que cela ne vous arrive jamais de proférer des paroles que vous regrettez aussitôt.

— Ça m'arrive tout le temps ! répliqua Audrey, soudain enjouée. J'accepte vos excuses. Mais ça ne règle pas le problème concernant Seth. Vous avez semé le doute dans son esprit, et il en souffre. De mon point de vue, c'est infiniment plus grave qu'un coup de poing dans la figure.

— Ce n'était pas mon intention, avoua Dru, submergée par un sentiment de culpabilité.

Cela ne la dérangeait pas de l'agacer, mais jamais elle n'avait cherché à le rendre malheureux. Elle continuait cependant à penser qu'elle avait agi pour le bien de tous.

— Je ne veux pas être un pion entre les mains d'un homme, même s'il n'en est pas conscient. Je vous ai vus ensemble. J'ai vu la façon dont vous m'avez observée hier, quand je suis passée à l'atelier. Et si, aujourd'hui, vous êtes prête à me sauter à la gorge, c'est à cause de ce que vous êtes l'un pour l'autre.

— Vous voulez savoir ce que nous sommes l'un pour l'autre ? explosa Audrey en se penchant sur le comptoir. Nous sommes de la même famille. Et je vous plains si vous ne savez pas que, dans une famille, on s'aime et on se défend les uns les autres, on s'inquiète quand un proche déprime. Et si la manière dont je vous regarde vous met mal à l'aise, tant pis. Je continuerai, parce que je ne suis pas certaine que vous puissiez le rendre heureux.

— Moi non plus, déclara solennellement Dru, coupant l'herbe sous le pied d'Audrey. Là-dessus, nous sommes d'accord.

— Je ne vous comprends pas. Mais Seth, je le connais par cœur. Il tient beaucoup à vous. Je le connais depuis... depuis toujours, et je sais quand il est attiré par une fille. Hier, vous l'avez offensé, et je ne supporte pas de le voir triste.

Baissant les yeux, Drusilla s'aperçut qu'elle avait agrippé le comptoir. Elle s'obligea à se détendre.

— Permettez-moi de vous poser une question. Si vous étiez intéressée par un homme – à un moment de votre existence où vous n'y tenez pas spécialement, mais voilà, ça vous tombe dessus malgré tout – et que vous appreniez que cet homme a une relation avec une autre femme – une femme ravissante, vive, intéressante –, une relation que vous ne parvenez pas à définir, sinon qu'elle vous paraît particulière et intime, qu'éprouveriez-vous ?

Audrey ouvrit la bouche, la referma. Elle marqua une pause avant de répondre :

— Je n'en sais rien. Merde, Dru, je l'aime. Je l'aime tant que, lorsqu'il est parti pour l'Europe, c'était comme si j'avais perdu un membre. Mais ça n'a rien de sexuel ou de romantique. Seth est mon meilleur ami. Mon frère. C'est mon Seth.

— Je n'ai jamais eu de meilleur ami, ni de frère. Ma famille n'a pas la... vitalité de la vôtre. Peut-être est-ce pour cela que j'ai du mal à comprendre.

— Vous auriez eu un indice si vous nous aviez vus, hier, nous tordre de rire après avoir échangé un baiser. C'est du Seth tout craché. Vous avez planté la graine du doute, il l'a cultivée : « Quoi ? Je flirte avec elle et ça fait du mal à mes proches ? Comment réparer ? » Résultat : il vient me trouver, il m'annonce la couleur, me dit qu'il a besoin de m'embrasser – un vrai baiser d'amant – pour être certain qu'il ne passe pas à côté de la vérité.

— Seigneur ! souffla Dru en fermant les yeux. C'était insultant pour vous !

— Non.

Surprise, et plutôt satisfaite que Dru envisage la question sous cet angle, Audrey s'accouda sur le comptoir.

— Je ne me suis pas sentie offensée, parce qu'il était dans tous ses états. Nous avons tenté notre petite expérience. Remarquez, il est doué en la matière.

— En effet.

— On était tous les deux très soulagés, car la terre n'avait pas tremblé. Pas même un frémissement. On a ri comme des malades, et tout est rentré dans l'ordre. Je n'avais pas l'intention de vous raconter cette partie-là, avoua Audrey. Je voulais vous faire mariner un peu. Mais comme vous m'avez dit que j'étais ravissante, vive et intéressante, j'ai décidé d'interrompre la torture.

— Merci. Je suis désolée. Ça commençait à me… Peu importe, acheva Dru en secouant la tête.

— Au point où nous en sommes, allez-y…

— Très bien. Ce qui se passe entre Seth et moi m'inquiète un peu. Autrefois, j'ai été éprise d'un homme qui m'a trompée. Soudain, je me suis vue dans le rôle de la maîtresse, non sans indulgence, d'ailleurs. Ça ne m'a pas plu. Une maîtresse, je préfère la détester.

— Normal, acquiesça Audrey. Détendez-vous. La voie est libre. J'espère que c'est clair maintenant ?

— Oui, oui. Merci d'être venue m'en parler, et de m'avoir épargné le coup de poing.

— Ça n'aurait rien arrangé. Seth aurait été furieux, quant à mes parents… Bon, il faut que j'y aille.

— Audrey…

Dru hésita, terrifiée comme chaque fois qu'elle cédait à une impulsion.

— Je ne me lie pas facilement. C'est un de mes gros défauts. Je suis la championne des relations superficielles, des conversations mondaines. Mais je n'ai pas d'amis.

Elle prit une profonde inspiration.

— Je ferme un peu plus tôt aujourd'hui. Il me faut quelques minutes pour ranger la boutique. Êtes-vous pressée, ou accepteriez de venir boire un verre ?

« Seth est cuit », songea Audrey. Jamais il ne résisterait à ces signes de vulnérabilité dissimulés derrière la façade irréprochable.

— Vous avez du bon vin, chez vous ?

— Oui.

— Je fonce à la maison prendre une douche. Je vous retrouve là-bas.

De la fenêtre de son atelier, Seth regarda Audrey regagner sa camionnette. Il l'avait vue se ruer dans la boutique une trentaine de minutes plus tôt. Et, bien qu'il n'ait pas pu distinguer son expression, il avait su aussitôt qu'elle était d'une humeur de chien.

Son corps parlait pour elle : elle était prête pour la bagarre.

Il n'était pas descendu. Tant qu'il n'aurait pas rencontré Gloria, tant qu'il ne se serait pas débarrassé de ce problème, il se tiendrait à l'écart de la famille.

Il avait guetté les cris ou le fracas du verre brisé. Si Audrey en était venue aux mains, il se serait précipité pour les séparer.

Apparemment, tout s'était arrangé, nota-t-il, tandis qu'Audrey s'engouffrait d'un bond souple dans son véhicule et démarrait tranquillement.

Un souci en moins, se dit-il en se dirigeant vers la cuisine pour consulter la pendule. Plus que cinq heures à attendre. Il irait trouver Gloria, lui donnerait l'argent qu'il avait retiré de son compte.

Et sa vie reprendrait son cours normal.

Dru franchissait à peine le seuil de sa maison quand Audrey se gara dans l'allée. Elle n'eut donc pas le temps de sortir les chips et le fromage qu'elle comptait servir, ni de laver la grappe de raisin qu'elle avait achetée en chemin.

L'invitation avait beau être impromptue, elle était accoutumée à recevoir selon certaines règles. Elle n'était pas du tout habituée à voir ses invités surgir, lui coller un sac en papier dans les bras et examiner les lieux en sifflant d'admiration.

— Cool! Ça mériterait la couverture *de Maison et Jardin*! s'exclama Audrey avec un sourire espiègle. Sans blague. Ma mère adorerait. Ça la démange de venir jeter un coup d'œil. Vous faites appel aux services d'une société de nettoyage?

Audrey passa l'index sur une table. Pas un grain de poussière.

— Non, je m'occupe de tout, et je ne…

— Vous devriez, l'interrompit Audrey. Une femme qui travaille, blablabla… Maman connaît le couplet par cœur.

Sans y être invitée, elle commença à se balader dans la pièce.

— Moi aussi, quand j'aurai mon indépendance, je veux une grande maison. De quoi m'étaler sans complexe. Ça me changera. Par moments, j'ai l'impression d'habiter avec un million de personnes. Mais je suis sûre que très vite je me sentirai seule. Ils me manqueront tous, et je passerai la moitié de mon temps chez mes parents.

Elle leva les yeux.

— C'est très haut de plafond. Ça doit vous coûter bonbon de chauffer tout cet espace, en hiver.

— Je peux vous montrer les factures, si vous voulez, répliqua Dru avec flegme.

Audrey éclata de rire.

— Plus tard, peut-être. Je préfère boire un verre de vin. Ah! Dans le sac, ce sont des gâteaux. Confectionnés hier par ma mère. Cookies aux pépites de chocolat. Ils sont divins! La cuisine, c'est par ici?

— Oui, soupira Dru.

Elle lui emboîta le pas, résignée à suivre le mouvement.

— Vous êtes une vraie pro de la propreté! déclara Audrey avant d'ouvrir la porte donnant sur le jardin. Ça alors! C'est génial. Un petit paradis privé. Vous n'avez jamais peur, toute seule, vous qui venez de la ville?

— Non. Au début, je me suis posé la question, répondit Dru en sortant une bouteille de Pinot Grigio. Mais non. J'aime écouter le bruit de l'eau, les oiseaux, le vent. Je suis bien, ici. J'en ai assez des grandes métropoles. Le premier matin, en me réveillant avec le soleil et le silence, je me suis rendu compte que je ne les avais jamais aimées. On me les avait imposées.

Elle remplit les verres.

— Vous voulez vous asseoir dans le patio?

— Excellente idée. J'apporte les gâteaux.

Elles dégustèrent leur vin blanc et leurs biscuits en contemplant le soleil couchant.

— À propos! dit soudain Audrey, la bouche pleine. Il faut que vous le sachiez : Seth et moi, on s'est promis de ne parler à personne de notre petite expérience.

— Votre... ah !

— Vous ne comptez pas, puisque c'était votre idée. Enfin, plus ou moins. Mais maintenant que je vous ai tout raconté, j'ai deux solutions : soit je vous tue, soit vous me jurez de garder ça pour vous.

— Ce serment exige-t-il que je vous donne un peu de mon sang ?

— En général, je préfère cracher.

Dru réfléchit environ deux secondes.

— Ma parole vous suffira peut-être ?

— Oui, assura Audrey en engloutissant un autre gâteau. Les gens comme vous tiennent toujours parole.

— Les gens comme moi ?

— Oui. Question d'éducation... Vous êtes carrément pur sang !

— Je suppose que c'est un compliment ?

— Bien sûr ! Vous avez un air de « je suis trop cultivée et trop bien élevée pour en faire toute une histoire ». Vous êtes toujours impeccable. Je trouve ça admirable, même si ça me tape sur les nerfs. Cela dit, vous n'êtes pas du genre chichiteuse. Vous êtes chic et simple. Classe, quoi !

Audrey se tut, la bouche pleine. Elle avala rapidement.

— Hé, dites, je ne vous fais pas la cour ! J'aime les garçons.

— Je vois. Dans ce cas, inutile d'envisager une « petite expérience » entre nous.

Dru marqua une pause avant de s'esclaffer. Elle riait si fort qu'elle dut se tenir les côtes.

— Si vous aviez vu votre tête ! reprit-elle. Impayable ! C'est la première fois que vous ne trouvez rien à répondre !

— Excellent, concéda Audrey en opinant. Vraiment excellent. Au fond, vous ne me déplaisez pas tant que ça.

Elle saisit son verre de vin.

— Bon, vous avez l'intention d'acheter l'aquarelle de Seth, quand il l'aura terminée ?

— Je n'en sais rien.

L'achèverait-il ? Ou était-il trop furieux contre elle pour s'y remettre ? Non, il la finirait. L'artiste en lui n'avait pas le choix.

— À votre place, je m'arrangerais pour qu'il me l'offre.

— Je serais gênée d'accrocher mon propre portrait chez moi. Du reste, il ne me l'a pas montré. Il était trop furieux.

— Ah ça, quand il est en colère, il n'est pas à prendre avec des pincettes. Écoutez ! enchaîna Audrey en s'accoudant sur la table. Je vous donne un tuyau. Surtout, ne pleurez pas. Ravalez courageusement vos larmes. Vous savez, les yeux brillants, le menton qui tremble. Tenez le coup.

Elle se redressa, ferma les paupières, aspira deux grandes bouffées d'air. Puis elle fixa Drusilla avec de grands yeux humides, l'air pitoyable.

— Mon Dieu ! murmura Dru, fascinée. Vous êtes vraiment très douée.

— Je ne vous le fais pas dire, acquiesça Audrey en reniflant. Vous pouvez en laisser couler une si vous voulez, mais c'est le maximum. Si vous craquez, il va vous tapoter le bras ou vous tendre un de ses chiffons pleins de peinture avant de se refermer comme une huître. Et ce sera fichu. Mais faites-lui le coup du regard trop brillant et des lèvres frémissantes, il sera à vos pieds. Ça le *détruit* !

— Où avez-vous appris ça ?

— Je bosse avec des mecs, riposta Audrey en essuyant l'unique larme qui roulait sur sa joue. À force, on affûte ses armes. N'hésitez pas à vous mordre la langue, si vous avez du mal à démarrer. Chez moi, c'est naturel. À propos d'hommes, si vous me parliez de votre ex-fiancé, qu'on s'amuse un peu à l'éreinter.

— Jonah? Directeur assistant de la communication chez West Wing, bras droit du président. Brillant, stylé, superbe.

— Ce n'est pas avec ça que je vais le haïr. C'est le côté sordide qui m'intéresse.

— Inutile de creuser profond. Il fréquente les cercles mondains de Washington – mon grand-père en est une figure importante, et notre famille y est influente. Très active du point de vue social. Nous nous sommes rencontrés au cours d'un cocktail. Notre relation s'est développée à son rythme. Nous avions plaisir à être ensemble, nous nous plaisions. Nous partagions les mêmes intérêts, les mêmes amis, la même philosophie. J'ai cru que nous nous aimions.

Lorsqu'elle y repensait, elle n'éprouvait jamais de la colère, mais une très grande tristesse.

— Peut-être était-ce le cas. Nous sommes devenus amants...

— Comment était-il? Au lit.

Dru hésita, remplit son verre. Elle n'abordait jamais ce genre de sujet. Évidemment, elle n'avait jamais eu l'occasion de rencontrer quelqu'un avec qui le faire.

Avec Audrey, c'était d'une facilité déconcertante.

— Eh bien, il était habile. Cela se passait bien entre nous mais, là encore, les amants tombent dans la même catégorie que les amis : j'en ai peu.

— C'est d'autant plus dur quand ça ne marche pas.

— C'est vrai. J'avais l'impression que Jonah et moi formions un couple uni, entre les draps comme ailleurs. Quand il m'a demandé de l'épouser, j'étais prête. Cela me paraissait dans la logique des choses. J'y avais déjà longuement réfléchi.

Sa curiosité éveillée, Audrey inclina la tête.

— Si vous avez dû y réfléchir, c'est peut-être que vous ne l'aimiez pas.

— C'est possible.

Dru détourna le regard, fixa l'envol d'un papillon, écouta le bourdonnement d'un bateau à moteur sur la rivière.

— C'est dans ma nature. Plus l'enjeu est important, plus je pèse le pour et le contre. Je n'étais pas certaine de vouloir me marier. L'exemple de mes parents n'était guère encourageant. Je me disais qu'avec Jonah, ce serait différent. Nous ne nous disputions jamais.

— Jamais ? répéta Audrey, ahurie. Vous ne vous êtes jamais bagarrés ?

— Non, confirma Dru avec un demi-sourire, consciente que, pour une Quinn, cela devait paraître sinistre. Quand nous n'étions pas d'accord, nous discutions.

— Ouais, chez nous, on essaie. On discute de nos différends. En hurlant de toutes nos forces. Donc, vous aviez plein de points en commun, vous vous entendiez bien au lit et vous ne vous disputiez jamais. Qu'est-ce qui s'est passé ?

— Nous nous sommes fiancés. Nous avons enchaîné les cocktails et commencé à planifier la cérémonie pour l'été suivant. En juillet, parce que c'était ce qui nous convenait le mieux. Il était très pris par son travail et, de mon côté, je me laissais traîner par ma mère dans toutes les boutiques de mariage. Nous avons cherché une maison, Jonah et moi, ma mère et moi, mon père et moi.

— Ça fait beaucoup.

— Vous n'imaginez pas à quel point. Puis, un soir, nous étions chez lui. Nous nous sommes couchés. Pendant que nous faisions l'amour, j'ai été gênée par quelque chose qui me grattait le dos. En plaisantant, je lui ai demandé de faire une pause. J'ai soulevé le drap, et je suis tombée sur une boucle d'oreille.

— Aïe !

— Je l'ai même reconnue. J'avais rencontré sa propriétaire à une soirée. Ironie du sort, j'avais admiré ses boucles d'oreilles. C'est sans doute la raison pour laquelle elle l'a laissée là, pour être sûre que je la découvrirais au pire moment.

— La salope !

— Comme vous dites. Mais elle l'aimait, et c'était le moyen le plus discret et le plus efficace pour se débarrasser de moi.

— Pas d'excuses ! décréta Audrey. Elle était avec l'homme d'une autre, même si cet homme ne vaut pas un clou. Elle était aussi coupable que lui.

— Vous avez raison. Ils se méritent.

— Et après ? Vous lui avez coupé les roubignolles, ou quoi ?

Dru poussa un profond soupir.

— J'aimerais être comme vous, ne serait-ce qu'une seule journée. Non. Je me suis levée, je me suis habillée, pendant qu'il bégayait de vagues explications. Il m'aimait, ce n'était qu'une histoire physique qui ne signifiait rien.

— Beurk ! s'écria Audrey. Qu'est-ce qu'ils manquent d'originalité, tous autant qu'ils sont !

— Il avait des besoins que je ne satisfaisais pas. Il avait simplement voulu se défouler un peu, avant qu'on ne s'installe. En clair, si j'avais été plus sexy, plus active ou imaginative au lit, il n'aurait jamais regardé ailleurs.

— Et il court toujours, marmonna Audrey. Vous l'avez laissé faire.

— Je me suis vengée, protesta Dru avant de lui raconter l'épisode de la destruction de toutes ses affaires.

— Ah ! Vous avez mis ses CD dans le micro-ondes ! Génial ! J'adore ! Mais plutôt que de découper son manteau en cachemire, vous savez ce que j'aurais fait ? J'aurais rempli les poches de, je ne sais pas, moi, d'un mélange d'œufs crus, d'huile de moteur, avec un peu de farine pour lier le tout et peut-être une pointe d'ail. Puis je l'aurais plié très soigneusement dans le carton. Vous imaginez sa tête, quand il l'aurait sorti ?

— Je garde l'idée en réserve, au cas où.

— D'accord. Mais les CD et les mocassins, ça me plaît. S'il est aussi maniaque que Phil pour ses chaussures, il a dû souffrir le martyre. Que diriez-vous d'une petite balade ? Ensuite, on pourrait commander un plat chez le Chinois ?

Au fond, songea Dru avec surprise, ce n'était pas si difficile de se faire des amis.

— Volontiers !

Le restaurant était minable et quasiment désert. Seth prit place sur une banquette en vinyle rouge tout au fond de la salle. Gloria n'était pas là. Elle serait en retard.

Elle était toujours en retard. Sa façon à elle de lui montrer qui dominait qui.

Il commanda un café, tout en sachant qu'il ne le boirait pas. Mais il avait besoin de prendre une contenance. Les dix mille dollars en liquide étaient dans un vieux cabas, à côté de lui.

Au comptoir, un type bâti comme une armoire à glace était perché sur un tabouret. Son cou était rougi par le soleil, ses cheveux coupés à ras. Il portait un jean, et la boîte à tabac qu'il devait avoir du matin au soir dans sa poche avait laissé une trace blanche sur le denim délavé.

Il mangeait une tarte aux pommes avec la concentration d'un chirurgien effectuant une intervention majeure.

Le juke-box dans un coin crachait une chanson de Waylon Jennings.

Derrière le comptoir, la serveuse en tenue rose bonbon portait son prénom brodé au-dessus du sein droit. Elle s'empara du pot à café, s'approcha du mangeur de tarte, se déhancha en remplissant sa tasse.

Seth regretta de ne pas avoir emporté son carnet de croquis.

Pour passer le temps, il dessina dans sa tête. La scène du comptoir – en couleurs vives, primaires. Et le couple à trois tables de là, visiblement harassé par un long voyage. Ils dévoraient leur repas sans un mot. À un moment, la femme passa le sel à l'homme, qui la remercia en lui pressant brièvement la main.

Il l'intitulerait *Les Routiers*. Ou encore *Au bord de la Route 13*. Ce petit exercice le détendit considérablement.

Gloria apparut, et l'image de son œuvre future s'estompa.

Elle était maigre à faire peur. Ses clavicules étaient visibles, les os de ses hanches pointaient sous son pantalon moulant. Elle portait des mules à talons fins qui claquaient sur le linoléum usé.

Ses cheveux blonds décolorés, presque blancs, courts et hirsutes, accentuaient la minceur de son visage. Son maquillage ne parvenait pas à masquer les rides qui se creusaient autour de sa bouche, ni les cernes sous ses yeux.

Elle devait être furieuse, quand elle se regardait dans une glace.

Elle n'avait pas encore cinquante ans, mais elle en paraissait dix de plus.

Elle s'assit en face de lui. Elle s'était parfumée – un parfum fort, fleuri. C'était peut-être destiné à couvrir l'odeur du whisky, à moins qu'elle n'ait décidé d'attendre la fin du rendez-vous pour commencer à boire.

— Tu avais les cheveux plus longs, la dernière fois, remarqua-t-elle avant de se tourner vers la serveuse. Qu'est-ce que vous avez comme tartes ?

— Pommes, cerises, citron.

— Donnez-moi une part de tarte aux cerises avec une boule de glace à la vanille. Et toi, Seth, mon chéri, tu prends quelque chose ?

Rien que le son de sa voix le hérissait.

— Non.

— Comme tu voudras. Vous avez de la sauce chocolat ?

— Oui. Vous en voulez ?

— Oui, sur la glace. Et un café. Bien ! enchaîna-t-elle à l'intention de Seth en se calant sur la banquette, le bras sur le dossier. Je croyais que tu resterais en Europe, que tu continuerais à t'amuser avec les belles Italiennes. Je suppose que tu as eu le mal du pays. Comment vont les Quinn ? Et ma chère sœur Sybill ?

Seth ramassa le cabas et le posa sur la table. Lorsqu'elle tendit la main pour le saisir, il serra le poing autour de la poignée.

— Tu prends ça et tu te tires. Un signe à un membre de la famille, et tu le paieras plus cher que ce qu'il y a dans ce sac.

— Ce n'est pas une façon de parler à sa mère.

— Tu n'es pas ma mère. Tu ne l'as jamais été.

— Je t'ai porté dans mon ventre pendant neuf mois, non ? Je t'ai mis au monde. Tu me dois ça.

Il tira sur la fermeture Éclair pour qu'elle puisse inspecter le contenu du sac. L'expression satisfaite qui se peignit sur son visage l'écœura.

— Voilà ton paiement. Et ne t'avise pas de nous approcher, ni moi ni les miens.

— Toi et les tiens, toi et les tiens. Comme si tu avais quelque chose à voir avec cette bande de salauds dont je me fous éperdument. Tu te prends pour un grand artiste, maintenant, hein ? Un type à part. Mais tu n'es rien.

197

Elle avait haussé le ton, au point d'attirer l'attention de l'homme sur le tabouret et de la serveuse. Seth se leva, sortit un billet de dix dollars de son porte-monnaie, le jeta sur la table.

— Possible, mais en tout cas, je vaux mieux que toi.

Elle crispa le poing tandis qu'il sortait. Puis elle agrippa le cabas et le cala contre elle sur la banquette.

Un acompte, se dit-elle. De quoi couvrir ses frais, le temps de planifier la suite

Elle était loin d'en avoir terminé avec Seth.

11

Il se terra dans son atelier. Sa peinture devint son refuge, un prétexte, un moyen de canaliser sa frustration.

Il savait que les membres de sa famille s'inquiétaient pour lui. Il les avait à peine vus depuis trois jours. Après sa rencontre avec Gloria, il s'était senti incapable de leur rendre visite.

Pour rien au monde il ne l'introduirait dans leur foyer, dans leur existence. Elle était le singe sur son épaule, et il ferait tout ce qui était en son pouvoir pour l'empêcher de sauter sur les autres.

L'argent n'était rien s'il lui permettait de se débarrasser d'elle. Elle reviendrait, certes. Elle revenait toujours. Mais si dix mille dollars suffisaient à lui acheter un espace de paix, c'était une aubaine.

Il travaillerait donc jusqu'à ce que sa colère s'apaise.

Il avait sorti une immense toile vierge de la chaufferie et s'était jeté dessus avec l'énergie du désespoir. Au fur et à mesure que le mélange désordonné d'émotions et d'images prenait forme, il se vidait de sa rage.

Il mangeait quand il avait faim, dormait quand sa vision se brouillait. Il peignait comme si sa vie en dépendait.

Ce fut l'impression de Dru, lorsqu'elle se présenta à sa porte. Il avait engagé un véritable combat entre la vie et la mort, l'équilibre et la folie. Son arme : un pinceau.

Celui qu'il tenait à la main semblait éperonner le tableau, le déchiqueter. Il en avait un autre entre les dents, en réserve. La musique, un violent riff à la guitare électrique, évoquait un cri de guerre. Il y avait de la peinture partout, sur son jean, son tee-shirt, ses chaussures. Sur le sol aussi.

Pareille à du sang, songea-t-elle en serrant contre elle le vase qu'elle portait.

Il ne l'avait pas entendue frapper, à cause de la musique, mais à le voir là, elle se rendit compte qu'il n'aurait pas davantage réagi si elle avait hurlé son prénom dans le silence.

Il n'était pas dans la pièce. Il était dans son œuvre.

Elle se dit que le mieux serait de faire demi-tour, de refermer la porte, car elle pénétrait sans autorisation sur son territoire privé. Elle s'en découvrit incapable.

Le spectacle avait quelque chose de fascinant, d'intime, d'étrangement érotique. Elle était littéralement séduite par la passion qui émanait de lui, une passion qui non seulement allait au-delà de tout ce qu'elle pouvait comprendre, mais était aussi éloignée de son univers que la Lune l'était de la Terre.

Elle resta donc clouée sur place, tandis qu'il substituait un pinceau à un autre et jetait les couleurs sur la toile. Des traits tour à tour audacieux, presque agressifs ou délicats, qui semblaient exprimer une fureur à peine contenue.

Les fenêtres étaient ouvertes, mais malgré la brise, il transpirait abondamment. Une ligne sombre fendait le dos de son tee-shirt, ses bras et sa gorge luisaient de sueur.

200

Il lui avait affirmé que son art ne lui était pas source de souffrance. Il s'était trompé. Une activité qui vous consumait si totalement ne pouvait que vous faire souffrir.

Lorsqu'il recula de quelques pas pour examiner son tableau, elle songea qu'il le contemplait comme s'il venait d'apparaître brusquement. Il laissa retomber sa main, ôta le pinceau entre ses dents, le posa. Puis, machinalement, il frotta les muscles de son bras droit et remua les doigts.

Dru commença à battre en retraite, mais au même instant il pivota vers elle, et la fixa comme s'il émergeait d'une transe. Il paraissait épuisé, un peu étourdi, terriblement vulnérable.

Elle avait raté l'occasion de s'éclipser discrètement. Sans réfléchir, elle entra, se dirigea vers la chaîne stéréo, baissa le son.

— Je suis désolée. Tu ne m'as pas entendue frapper.

Elle ne regarda pas la toile. Elle n'osait pas. Elle le dévisagea.

— Je t'ai interrompu dans ton travail.

— Non, murmura-t-il en repoussant une mèche sur son front. Je crois que j'ai terminé.

Il l'espérait, parce qu'il n'avait plus rien à donner. Enfin, il était libéré.

Il s'approcha de l'établi et entreprit de nettoyer ses pinceaux.

— Qu'en penses-tu ? lui demanda-t-il en indiquant le chevalet d'un signe de tête.

C'était une tempête sur l'océan. Brutale, sauvage, étonnamment réaliste. Les couleurs étaient sombres, féroces : des bleus, des verts, des noirs, striés de jaune vif.

Elle perçut le sifflement du vent, la terreur de l'homme qui luttait désespérément pour sauver son bateau face à la muraille liquide.

L'eau se soulevait, les éclairs zébraient le ciel en furie. En transparence dans les nuages qui déversaient des torrents d'eau, elle décela des visages. Elle se rapprocha prudemment, en découvrit d'autres dans la mer.

Le bateau, l'homme étaient seuls face à un monstre de la nature.

Mais au loin, il y avait la terre et la lumière. Là, dans l'angle, un petit bout de ciel d'un bleu limpide.

— C'est très puissant, hasarda-t-elle. Et douloureux. Tu ne montres pas la figure du marin, et je me demande ce qu'elle exprime : la détermination, l'excitation, la peur ? C'est bien le but, n'est-ce pas ? C'est à nous de décider ce que nous éprouverions, seuls face à nos démons.

— Tu ne te demandes pas s'il va s'en sortir ?

— J'en suis sûre, parce qu'il doit rentrer chez lui. Ses proches l'attendent.

Elle se tourna vers lui. Il massait sa main droite.

— Ça va ?

— Pardon ? Ah... euh... oui. Parfois, quand j'y suis depuis trop longtemps, j'ai des crampes.

— Depuis quand es-tu sur ce tableau ?

— Je n'en sais rien. Quel jour sommes-nous ?

— C'est à ce point ? J'imagine que tu es pressé de rentrer chez toi te reposer.

Elle ramassa le vase de fleurs qu'elle avait déposé près de la chaîne.

— Je t'ai apporté ceci. Une offre de paix.

— Merci. C'est joli.

— Je ne sais pas si je dois être soulagée ou déçue que tu ne sois pas resté enfermé tout ce temps à ruminer à propos de notre désaccord.

Il huma le parfum du bouquet.

— C'est ainsi que tu l'appelles ?

— Disons que nous n'étions pas d'accord. J'avais tort. C'est très rare.

— Vraiment ?

— Très rare, insista-t-elle. Quand je me rends compte que je suis dans l'erreur, c'est toujours un grand choc. Mais je préfère l'admettre, demander pardon et repartir de zéro le plus vite possible.

— Très bien. Et si tu m'expliquais à quel sujet tu t'étais trompée ?

— Sur ta relation avec Audrey. Non seulement j'en ai fait une interprétation fausse mais, en plus, j'ai eu tort de faire une montagne d'une histoire qui ne regardait que toi.

— Hmm… Donc, tu t'es trompée deux fois.

— Non. J'ai commis une erreur en deux parties. Et je le regrette.

Il plaça le vase sur l'établi, fit jouer ses épaules engourdies.

— Comment sais-tu que tu avais tort ?

Elle aurait dû se douter qu'il ne se contenterait pas de simples excuses.

— Audrey est passée à la boutique l'autre jour et m'a expliqué la situation très clairement. Ensuite, elle est venue chez moi, et nous avons bu du vin et mangé chinois.

— Une seconde ! Moi, je t'explique la situation, et tu me jettes…

— Je ne t'ai jamais…

— Métaphoriquement parlant. Mais quand Audrey s'y met, tout est pour le mieux dans le meilleur des mondes ?

— Eh bien… oui, avoua-t-elle avec un petit rire.

— Tu l'as crue sur parole, et tu t'es ruée sur un plateau de nems ?

— C'est ça ! Dans la mesure où elle ne cherchait pas à m'attirer dans son lit, elle n'avait aucune raison de me mentir. Si elle avait été amoureuse de toi, elle n'aurait pas eu intérêt à m'ouvrir la voie. Conclusion : je me suis trompée, et je te demande pardon.

— Je ne sais pas pourquoi, murmura-t-il au bout d'un moment. Je n'arrive pas à mettre le doigt dessus, mais ça m'énerve encore. J'ai envie d'une bière. Tu en veux une ?

— Est-ce à dire que tu acceptes mes excuses ?

— J'y réfléchis ! lança-t-il de la cuisine. Reviens donc sur cette affaire d'« ouverture de voie ». Ça pourrait me calmer.

Elle accepta la bouteille qu'il lui tendait lorsqu'il revint.

— Je ne te connais pas, pas très bien, en tout cas.

— Mon cœur, je suis un livre ouvert !

— Non. Moi non plus, d'ailleurs. Mais il me semble que j'aimerais te connaître mieux.

— Qu'est-ce que tu dirais d'une pizza ?

— Pardon ?

— On pourrait commander une pizza : je crève de faim. Et j'aimerais passer du temps avec toi. Tu as faim ?

— Eh bien… euh…

— Tant mieux ! Où est ce fichu téléphone ?

Il repoussa les accessoires sur son établi, fourragea dans les étagères, puis finit par dénicher l'appareil sous un oreiller, sur le lit.

— J'ai tous les numéros importants en mémoire, annonça-t-il en pianotant sur l'appareil. Bonsoir, ici Seth Quinn… Très bien, merci, et toi ?… Oui… Une extra-large, bien garnie.

— Non !

Il fronça les sourcils.

— Une seconde ! aboya-t-il dans le combiné. Non, quoi ?

— Pas de garniture.

— Pas de garniture ? répéta-t-il, stupéfait. *Aucune ?* Qu'est-ce qui t'arrive, tu es malade ?

— Pas de garniture, insista-t-elle, l'air pincé. Quand je veux une salade, je mange une salade ;

quand je veux de la viande, je mange de la viande ; quand je veux de la pizza, je mange de la pizza.

— Ça alors ! souffla-t-il en se grattant le menton, comme le faisait souvent Ethan. Bon, d'accord. Une moitié bien garnie, l'autre sans rien, dit-il dans le combiné. Oui, c'est ça… Chez moi au-dessus de la fleuriste. Merci.

Il coupa la communication, jeta l'appareil sur le lit.

— Ce ne sera pas long. En attendant, il faut que je me lave.

Il plongea le bras dans un carton, en extirpa un jean propre.

— Je prends une douche. Fais comme chez toi, j'arrive tout de suite.

— Je peux regarder tes autres tableaux ?

— Bien sûr ! Vas-y.

Ô miracle, ils avaient retrouvé leur bonne entente. «Fais comme chez toi», lui avait-il dit, comme s'ils étaient amis.

C'était incroyable, mais elle sentait qu'ils l'étaient. Amis. Quoi qu'il arrive – ou pas –, ils le resteraient.

Cependant, elle attendit qu'il ait fermé la porte et fait couler l'eau, pour se diriger vers la toile tournée vers la fenêtre.

Sa gorge se serra. Sans doute était-ce une réaction classique lorsqu'on se voyait en sujet d'un tableau, cet instant de surprise et d'émerveillement, de fascination face à sa propre image vue à travers le regard d'un autre.

Elle ne s'imaginait pas ainsi. À la fois romantique, détendue et sexy. Hardie par les couleurs, rêveuse dans la lumière diffuse, sensuelle avec sa jupe remontée sur la cuisse.

Il était achevé. Parfait.

Seth avait su la rendre belle. Désirable, aussi, et cependant distante, parce qu'elle était si visiblement seule – par choix.

Elle lui avait dit qu'elle le connaissait mal. À présent, plus que jamais, elle se rendait compte à quel point c'était vrai. Mais était-il possible de le connaître réellement ? De comprendre un homme si complexe, qui était capable de peindre un tableau si plein de rêves et de douceur, puis un autre, passionné et farouche ?

Pourtant, plus le temps passait, plus elle avait envie d'en savoir davantage sur lui.

Elle s'approcha des piles de toiles, se laissa tomber sur le sol, posa sa bière et entreprit de satisfaire sa curiosité.

Ici, des scènes de la vie à Florence, avec ses toits en tuiles rouges et ses murs ocre, ses ruelles pavées, étroites et sinueuses. Là, une explosion de couleurs et de mouvements – Venise et sa foule de touristes.

Une route déserte se faufilant à travers des prés verdoyants. Une femme nue, aux yeux ténébreux, les cheveux cascadant sur les épaules, et en arrière-plan, dans le carré de la fenêtre, la splendeur de Rome.

Un champ de tournesols écrasé de chaleur, et le visage rieur d'une fillette qui le traversait en traînant derrière elle un ballon rouge.

Bonheur, amour, tristesse et mélancolie, désir et désespoir.

Il voyait tout.

Lorsqu'il reparut, elle était toujours au même endroit. Sa bière était intacte.

Il la rejoignit, ramassa la bouteille.

— Tu préfères un verre de vin ?

— Peu importe, murmura-t-elle, incapable de détourner les yeux du tableau qu'elle tenait sur ses genoux.

C'était une aquarelle, faite de mémoire, par un jour pluvieux en Italie. Il avait le mal du pays.

Il avait donc peint de mémoire les marais qu'il avait explorés enfant, les chênes et les caoutchoucs entrelacés, les roseaux, à la lueur de l'aube.

— Cet endroit n'est pas loin de la maison, expliqua-t-il. On y accède par ce petit chemin.

Sans doute était-ce celui qu'il avait emprunté dans son imagination quand il l'avait peint.

— Tu me le vends ?

— Si tu continues à venir ici, je vais pouvoir me passer de mon agent. Pourquoi celui-ci ?

Il s'accroupit près d'elle.

— Il me donne envie de marcher là, dans la brume. De la regarder s'évaporer au-dessus de la rivière tandis que le soleil apparaît. Je sens…

Les mots moururent sur ses lèvres tandis qu'elle levait les yeux vers lui.

Il n'avait pas mis de chemise, quelques gouttes d'eau scintillaient encore sur son torse. Il portait son jean bas sur les hanches et n'avait pas fermé le bouton du haut.

Elle éprouva soudain le désir d'y glisser la main.

— Qu'est-ce que tu ressens ?

Elle le désirait, pensa-t-elle, paniquée. C'était absurde. Irrationnel.

— Euh…

Au prix d'un effort énorme, elle revint au tableau.

— … une certaine solitude, je suppose. Mais ça n'a rien de triste, parce que l'endroit est magnifique.

Il se pencha sur la toile. Il sentait le savon, et une soudaine chaleur envahit les membres de la jeune femme.

— Où l'accrocherais-tu ?

Désir ? Luxure ? Dru ne savait plus où elle en était. Jamais elle n'avait éprouvé une émotion comme celle-ci.

— Dans mon bureau, chez moi. Je pourrai ainsi

l'admirer quand j'en aurai assez de travailler sur ma comptabilité. Et m'y promener à ma guise.

Elle s'écarta, replaça la toile contre les autres.

— Alors ? Tu me le vends ?

— Probablement.

Ils se redressèrent en même temps, et leurs corps se frôlèrent. À en juger par la lueur dans ses prunelles, il était tout à fait conscient de son état.

— Tu as vu ton portrait ?

— Oui.

Le prétexte était idéal pour mettre une certaine distance entre eux. Elle s'en approcha.

— Il est superbe.

— Mais tu ne veux pas l'acheter ?

— Il n'est pas pour moi. Comment vas-tu l'intituler ?

— *Beauté endormie*, fit-il, puis, se rappelant tout à coup son rêve, il marmonna : Le ballon de football aux courgettes.

— Pardon ?

— Rien, rien. Un flash. Ah ! voilà la pizza ! s'exclama-t-il en entendant frapper.

Il attrapa son porte-monnaie sur l'établi et alla ouvrir.

— Salut, Mike ! La vie est belle ?

— Ça va.

L'adolescent boutonneux tendit le carton à Seth, puis son regard se posa sur Dru. Son expression trahit sa surprise. Les rumeurs ne tarderaient pas à faire le tour de la ville, songea Dru, et Seth et elle en feraient les frais.

— Euh… salut ! Y a des serviettes en papier et des couverts en plastique, balbutia-t-il en fourrant un sac en papier dans les bras de Seth.

— Super. Tiens, Mike, garde la monnaie.

— Oui. Bon… euh… à plus.

— On dirait que tu as une touche avec Mike, commenta Seth après avoir refermé la porte.

— À mon avis, il va courir répandre la nouvelle que nous passons une soirée torride en tête à tête.

— J'espère qu'il ne se trompe pas, rétorqua Seth en posant le carton sur le lit. Tu veux une assiette ?

Le cœur de Dru fit un petit bond, mais elle acquiesça.

— Oui, s'il te plaît.

— Allons, allons ! Détends-toi. Je t'apporte un verre de chianti.

— Je peux boire de la bière.

— Tu le pourrais, riposta-t-il en retournant dans la cuisine, mais tu préfères le vin. Je boirai la bière. Quant aux ragots, mon trésor, si tu veux les éviter, il ne fallait pas t'installer dans une petite ville comme celle-ci.

— Ça ne me dérange pas plus que ça.

Ici, les gens étaient nettement moins méchants qu'à Washington.

— Ça ne me gêne même pas, enchaîna-t-elle, qu'ils en parlent avant qu'il se soit passé quoi que ce soit. Tiens ! ajouta-t-elle en farfouillant dans son carton à vêtements. Mets ça.

— À vos ordres, madame. Acceptes-tu de manger sur le lit si je te promets de ne pas te sauter dessus ?

Elle s'y installa, se servit d'un des couteaux en plastique fournis par la maison pour découper les parts.

— Tu sais, on sort ensemble depuis un bout de temps maintenant...

— Il ne s'agit pas d'un rendez-vous galant. Nous partageons une pizza.

— Oui. Bref...

Il s'assit en tailleur, sans prendre la peine de boutonner sa chemise.

— Nous ne nous sommes pas posé les questions essentielles pour savoir si nous pourrons nous entendre.

— Exemple ? s'enquit-elle.

— Exemple : un week-end à deux. À la montagne ou à la mer ?

— À la montagne. On habite au bord de la mer.

— Je suis d'accord. Musicien préféré : Eric Clapton ou Chet Atkins ?

— Chet qui ?

Il pâlit.

— C'est pas vrai ! grimaça-t-il. Passons. C'est trop pénible. Le film le plus terrifiant de l'histoire du cinéma – catégorie classiques : *Psychose* ou *Les Dents de la mer* ?

— Ni l'un ni l'autre. *L'Exorciste*.

— Excellent. À qui ferais-tu le plus confiance si ta vie était en jeu ? Superman ou Batman ?

— Buffy – la tueuse de vampires.

— Tu rigoles ! s'exclama-t-il en avalant une gorgée de bière. Superman. Forcément Superman.

— Une bouffée de Fly-tox, et il a son compte. De plus, ajouta-t-elle en se servant une seconde part, la garde-robe de Buffy est nettement plus intéressante.

Il secoua la tête, épouvanté.

— Continuons. Douche ou bain ?

— Tout dépend de…

— Non, non, non ! Pas de ça. Réponds.

— Bain, trancha-t-elle en se léchant le doigt. Un bon bain chaud, avec plein de bulles.

— Je m'en doutais. Chien ou chat ?

— Chat.

— C'est pas possible !

— Je travaille toute la journée. Les chats sont indépendants, et ils ne mordillent pas vos chaussures.

De nouveau, Seth secoua la tête, visiblement désemparé.

— C'est peut-être le commencement de la fin entre nous. Pouvons-nous sauver cette relation ? Vite ! Frites ou caviar ?

— C'est ridicule ! Frites, bien sûr !

210

— Tu es sérieuse? s'écria-t-il en lui saisissant la main. Tu ne dis pas ça juste pour me mener par le bout du nez?

— J'apprécie le caviar, mais c'est loin d'être un élément essentiel à la vie.

— Merci, mon Dieu!

Il déposa un baiser sonore sur ses phalanges, puis se remit à manger avec un appétit renouvelé.

— Hormis ton ignorance en matière de musique et d'animaux domestiques, tu as plutôt brillamment réussi le test. J'accepte de coucher avec toi.

— Je ne sais pas quoi répondre. Je suis tellement touchée! Parle-moi de la jolie brune du tableau, celle qui pose devant une fenêtre, à Rome.

— Bella? Tu veux encore du vin?

Elle haussa les sourcils.

— Tu te dérobes?

— Oui. Tu veux du vin?

— Volontiers, merci.

Il se leva pour prendre la bouteille, remplit le verre de Dru.

— Tu veux savoir si j'ai couché avec elle?

— Incroyable! Je suis transparente comme du verre. Tu pourrais me rétorquer que ce n'est pas mon problème.

— En effet. Je pourrais aussi te mentir. Elle est guide touristique. Nous nous voyions de temps en temps. Elle me plaisait. J'ai fait son portrait, j'ai fait l'amour avec elle. Nous nous amusions beaucoup ensemble. Ça n'a jamais été plus compliqué que ça. Je ne séduis pas tous mes modèles. Et je ne peins pas toutes mes maîtresses.

— Je me posais la question. Je me demandais aussi si tu me mentirais. C'est une manie, chez moi: je crois toujours qu'on va me cacher la vérité. Je ne suis pas habituée aux hommes comme toi.

— Drusilla...

La sonnerie du téléphone retentit. Il lâcha un juron.

Elle descendit du lit, rassembla le carton à pizza, les assiettes et les couverts.

— Allô? aboya-t-il. Non, ça va. J'étais occupé... Oui, Anna, je vais bien. Je viens de terminer un tableau... Non, je ne me laisse pas mourir de faim. J'étais en train de dévorer une pizza extra-large avec Dru... Mmmm... Oui, oui. Je serai à la maison demain. Sans faute... Moi aussi, je t'aime.

Il raccrocha.

— C'était Anna.

— Oui, j'ai entendu, fit-elle en lui ôtant le téléphone des mains pour le poser sur l'établi. Sais-tu que ton réfrigérateur ne contient que de la bière, du vin, des sodas, et maintenant un reste de pizza?

— Il y avait un vieux sandwich au poulet, mais je l'ai mangé.

— Ah!

Elle se dirigea vers la porte. La verrouilla. Puis elle revint vers lui.

— La dernière fois a été pour moi une expérience humiliante, annonça-t-elle d'emblée. C'était il y a deux ans. Le sexe ne m'a pas vraiment manqué. Il est possible que je me serve de toi, inconsciemment, pour reprendre ce qu'un autre m'a enlevé.

Comme il n'avait pas bougé du lit, elle se glissa sur ses genoux. Elle enroula les jambes autour de sa taille, noua les bras à son cou.

— Ça t'ennuie?

— Pas franchement, fit-il en lui caressant le dos. Mais je te préviens : tu prends un risque.

— Un risque calculé, précisa-t-elle en réclamant ses lèvres.

12

Ses mains couraient sur sa peau, et chaque fibre de son corps tressaillait. Elle était bien, elle avait envie de lui. C'était elle qui avait décidé de venir dans son lit. Mais les battements désordonnés de son cœur étaient, elle le savait, provoqués par la panique autant que par le désir.

Lui aussi, songea-t-elle en s'offrant à ses caresses exquises, avait envie d'elle.

— Détends-toi, chuchota-t-il. Ce n'est pas une opération du cerveau.

— Je ne peux pas.

— D'accord. Mais je veux que tu sois sûre de ton choix.

— Je le suis.

Elle s'écarta légèrement. Elle voulait voir son visage.

— Je suis incapable de faire quoi que ce soit sans l'avoir choisi.

Elle repoussa la mèche de cheveux qui barrait son front.

— C'est juste que… ça fait un moment.

Comment lui avouer qu'elle avait perdu toute confiance en elle sur ce plan ? Si elle le lui disait, elle ne saurait jamais si ce qui allait se passer entre eux serait autant de son fait à elle que du sien.

— On va y aller doucement.

Elle se calma. Elle avait toujours pensé que l'intimité exigeait autant de courage que de désir. Elle avait franchi le pas. Elle avait fermé la porte à clé. Elle était venue à lui. À présent, elle était prête.

Sans le quitter des yeux, elle déboutonna son chemisier, le vit frémir.

— Peut-être, murmura-t-elle. Peut-être pas.

Lorsqu'elle écarta les pans de tissu et les laissa glisser sur ses épaules, le regard de Seth s'opacifia.

Il effleura le doux renflement de ses seins, là où la dentelle du soutien-gorge laisse la place à la peau laiteuse.

— Tu sais ce que j'aime chez les femmes – en dehors de leurs seins, que j'adore ? s'enquit-il d'un ton nonchalant. Ces parures avec lesquelles elles couvrent leurs appas.

Elle eut un rire léger tandis qu'un frisson la parcourait.

— Tu as un faible pour la lingerie féminine ?

— Oh, oui ! assura-t-il en taquinant sa bretelle droite jusqu'à ce qu'elle tombe. Sur une femme, précisa-t-il. Quand j'étais jeune, je piquais les catalogues *Victoria's Secret* d'Anna, et je… Bref.

Il s'attaqua à la bretelle gauche.

— Ce n'est pas le moment de te raconter ça. Tu portes le slip assorti ?

Dru manqua défaillir.

— Il va falloir que tu le découvres par toi-même.

— Je parie que oui, murmura-t-il en se penchant pour lui embrasser doucement l'épaule. Tu es du genre à coordonner. Sais-tu quelle autre partie de ton corps j'adore ?

Ses lèvres exploraient sa gorge, à la fois excitantes et apaisantes.

— J'hésite à te poser la question.

— Ça, là…

214

Il frôla le bas de sa nuque.

— Ça me rend fou. Je te préviens, d'ici quelques minutes, je vais éprouver le besoin irrésistible de te mordre. N'aie pas peur.

— Mmmm...

Ses dents lui frôlèrent le menton, se refermèrent brièvement dessus avant de mordiller sa lèvre inférieure.

Elle retint son souffle.

— Tu commençais à te décontracter... Du calme.

Cette fois, sa bouche fondit sur la sienne, brûlante, avide, insatiable. De taquin il était devenu possessif si brusquement qu'elle ne put que s'agripper à lui.

Au secours! songea-t-elle, en proie au vertige. Comment avait-elle pu imaginer rester maîtresse d'elle-même? Le souhaitait-elle seulement?

Elle serra les jambes autour de sa taille et s'arqua vers lui, répondant à ses baisers avec fougue.

Elle n'avait pas seulement envie de lui, elle avait faim de lui.

Elle le débarrassa de sa chemise, pressée de toucher sa peau nue, de sentir ses muscles sous ses paumes.

Il avait l'impression qu'elle s'était baignée dans un champ de fleurs sauvages. Son parfum lui montait à la tête. Sa délicatesse, la texture soyeuse de sa peau lui embrumaient l'esprit. Ses gémissements étouffés, quand il l'effleurait, quand il la goûtait, le bouleversaient.

La lumière avait changé, s'était adoucie. Il voulait la contempler tandis que les rayons du couchant nimbaient sa silhouette, rehaussaient le vert et l'or de ses iris.

Elle se cambra de nouveau, le souffle court, alors qu'il se délectait de sa gorge comme d'un festin succulent. Et ploya en arrière, telle une fleur gracile, quand sa langue vint agacer ses mamelons.

Luttant pour ralentir le rythme, il leva la tête, la regarda.

— Qu'est-ce que tu es souple !

— Je fais du yoga, souffla-t-elle. Deux fois par semaine.

— Sainte mère de Dieu !

Presque respectueux, à présent, il explora son corps, caressa ses épaules, sa poitrine, ses flancs. Il fit sauter le bouton de son jean, tira lentement sur la fermeture Éclair.

— J'avais raison.

Ses doigts s'insinuèrent sous l'élastique du slip de dentelle blanc. Douce torture.

— Tout est assorti. Et de plus d'une façon.

Calant les mains sous ses reins, il la souleva et blottit son visage dans le triangle de coton.

Elle tressaillit, tous ses sens en émoi. Une spirale de sensations presque douloureuses se déroula en elle. Quand il sentit ses jambes trembler contre ses hanches, il les écarta, l'allongea sur le lit et tira adroitement sur son pantalon.

— Il faut que je me fraye un chemin jusqu'à ta nuque, annonça-t-il, tandis que ses doigts effectuaient une danse langoureuse entre ses cuisses. Ça risque de durer un moment.

Elle poussa un soupir.

— Prends ton temps.

C'est ce qu'il fit. Au fur et à mesure que son plaisir s'intensifiait, elle crispa les poings sur les draps pour ne pas se répandre en supplications.

Elle avait la sensation délicieuse de se noyer dans un océan de volupté.

Quand le bout de sa langue s'immisça sous la dentelle, elle eut un gémissement qui ressemblait à un sanglot. Comme il achevait de la déshabiller, son regard se vida d'un seul coup, et il en éprouva un sentiment de triomphe.

216

Elle s'affaissa. Il la couvrit d'une pluie de baisers. Il voulait qu'elle tremble, qu'elle hurle son prénom, qu'elle se cramponne à lui comme si sa vie en dépendait.

— Laisse-moi faire, murmura-t-elle soudain d'une voix rêveuse tandis que ses mains agrippaient son jean.

Son pouls battait au rythme de la musique, un battement sourd, cadencé, primitif. Elle roula sur le côté en lui arrachant son jean, puis se pressa contre lui, chercha sa bouche.

Plus rien n'existait que ce corps si ferme, si athlétique, si viril plaqué contre le sien.

Elle voulait le sentir en elle, qu'il l'envahisse, qu'ils ne forment plus qu'un. Mais, alors qu'elle s'apprêtait à le chevaucher, il se redressa.

— Pas encore.

Il la retourna sur le ventre.

— J'ai envie de toi, gémit-elle.

— Moi aussi. Seigneur! Moi aussi.

Un cri lui échappa lorsqu'il lui mordilla la nuque. Ses mains se refermèrent autour des barreaux en fer forgé du lit, et elle s'abandonna totalement.

Elle se cabra sous lui, au bord de l'explosion.

— Maintenant! suppliait-elle. *Maintenant!*

Il plongea les doigts en elle, dans sa chaleur et sa moiteur, et l'orgasme la frappa avec une violence inouïe, qui la laissa sans forces, frémissante.

Comme elle lâchait les barreaux, il la fit rouler sur le dos.

— Maintenant, murmura-t-il à son tour en lui écrasant la bouche de la sienne pour avaler son cri alors qu'il la pénétrait.

Il commença à aller et venir en elle, pressé soudain de la faire sienne, leurs respirations haletantes se répondant dans le silence crépusculaire.

Un ultime rayon de soleil caressa le visage de la jeune femme, scintilla dans son regard brillant de larmes de bonheur.

— Seth...

Sa voix était teintée d'émerveillement. Elle lui caressa la joue avec tendresse.

Il se laissa submerger par la beauté de l'instant.

Avant que l'univers ne vole en éclats

Seth appréciait tout particulièrement les moments qui suivaient l'amour. Il y avait quelque chose d'incroyablement doux et poignant, à sentir contre soi le corps d'une femme comblée.

Le soleil avait disparu. Dans la pièce noyée d'ombres, la musique s'était tue. Il n'entendait plus que le souffle du vent qui faisait écho à la respiration tranquille de Drusilla.

Il n'allait pas tarder à pleuvoir. Il sentait l'odeur de l'orage dans l'air.

Il faudrait qu'il pense à fermer les fenêtres. Plus tard.

Il lui caressa paresseusement un sein.

— Que ça te plaise ou non, tu es enfin détendue.

— On dirait, en effet.

Lui l'était, en tout cas, et c'était plutôt bon signe, non ? Elle s'en voulait d'être aussi stupide. De laisser le doute s'insinuer en elle maintenant qu'elle avait repris ses esprits.

Elle n'allait tout de même pas lui demander s'il était satisfait. Elle se ridiculiserait.

Ce qui ne l'empêchait pas de mourir d'envie de lui poser la question.

— Tu as soif ?

— Un peu.

— Mmm, fit-il en se serrant contre elle. J'irai nous chercher quelque chose à boire dès que j'aurai la force de bouger.

Elle caressa ses cheveux. Ils étaient si soyeux, si lisses, pleins de reflets dorés.

— Euh… ça va ?

— Oui. Il va pleuvoir.

Elle jeta un coup d'œil vers les fenêtres.

— Mais non !

— Si, si… La tempête approche. Tu as remonté les vitres de ta voiture ?

Comment pouvait-il lui parler des vitres de sa voiture alors qu'elle venait de vivre une expérience bouleversante ?

— Oui.

— Tant mieux.

Elle fixa le plafond.

— Il faudrait que j'y aille, avant la pluie.

— Oh, non ! Tu vas rester ici près de moi, décréta-t-il en roulant sur le dos, l'entraînant avec lui. Et nous écouterons la pluie tomber en refaisant l'amour.

— Encore ?

— Mmmm ! Sais-tu que tu as une ravissante fossette au creux des reins ? enchaîna-t-il en ouvrant les yeux. Quelque chose ne va pas ?

— Je ne sais pas. Tu crois ?

Il encadra son visage de ses mains et la scruta.

— Je connais cette expression. Tu es légèrement irritée, et bientôt tu seras carrément furieuse. Qu'est-ce qu'il y a ? J'ai été trop brutal ?

— Non.

— Pas assez, alors ? Allez, Dru, insista-t-il en la secouant légèrement. Dis-moi ce qui te tracasse.

— Rien. Rien du tout. Tu es un amant exceptionnel. Jamais je n'ai connu d'homme plus excitant.

Elle s'écarta et s'assit.

— Alors qu'est-ce qui se passe ?

— Rien, répéta-t-elle.

Elle se reprocha aussitôt son ton. D'ici trente secondes, elle allait pleurer. Le premier grondement de tonnerre ne fit qu'accroître sa mauvaise humeur.

— Tu pourrais au moins me dire si je... je ne sais pas, moi, quelque chose, même un cliché du genre : « Mon trésor, c'était génial ! »

— Mon trésor, c'était génial.

Il faillit éclater de rire, mais il comprit à la lueur dans son regard qu'elle n'était pas seulement en colère.

— Attends une seconde ! s'écria-t-il en la saisissant par le bras.

Pour s'assurer qu'elle ne lui échapperait pas, il la fit basculer sur le lit et s'allongea sur elle.

— Que s'est-il passé entre ton ex-fiancé et toi ?

— Ça n'a aucun rapport.

— Si, dans la mesure où tu viens de le mettre dans ce lit, entre nous.

Elle ouvrit la bouche, prête à rétorquer vertement, puis lâcha un soupir.

— Tu as raison. Je suis grotesque. Laisse-moi me relever. Je suis incapable d'avoir la moindre conversation dans cette position.

Il la libéra et se garda de tout commentaire quand elle remonta le drap sur sa poitrine.

Le tonnerre gronda de nouveau. Dru tenta de rassembler ses pensées.

— Il m'a trompée, et comme il prétendait m'aimer, il a prétexté que je n'avais aucune imagination au lit.

— Tu prenais déjà des cours de yoga, à l'époque ?

Elle le fixa, et Seth secoua la tête.

— Ma chérie, si tu l'as cru, tu es stupide.

— J'allais *l'épouser* ! Nous avions commandé les faire-part. Je venais de me soumettre au premier

220

essayage de ma robe. Et là, je découvre qu'il fait des galipettes entre *nos* draps, avec une avocate!

Un coup de vent souleva les rideaux, et un éclair zébra le ciel. Seth ne détourna pas le regard de la jeune femme. Il ne se précipita pas pour fermer les fenêtres.

— Il s'attendait que je comprenne son raisonnement. D'après lui, ce n'était qu'une histoire de sexe, une activité pour laquelle je ne semblais pas spécialement douée.

«Le salaud!» songea Seth. C'était à cause de crétins de ce genre que les types bien jouissaient d'une réputation déplorable.

— Tu trouves qu'un minable pareil méritait ne serait-ce qu'une minute de ton attention?

— Non, sans quoi je ne l'aurais pas quitté et je n'aurais pas plongé ma famille dans l'embarras. Ce n'est pas à lui que je pense, mais à moi.

Sur ce point, elle se trompait, mais il se garda de le lui faire remarquer.

— Tu veux que je te dise ce que j'ai éprouvé avec toi?… C'était magique.

Il se pencha pour effleurer ses lèvres d'un baiser.

— Magique, répéta-t-il.

Lorsqu'il lui prit la main, elle suivit son geste du regard, puis tourna la tête vers les fenêtres.

— Il pleut, chuchota-t-elle.

— Reste un peu avec moi. Nous écouterons la pluie ensemble.

Il pleuvait encore lorsqu'elle se leva. Le crépitement ténu après l'orage rendait l'atmosphère encore plus intime.

— Passe la nuit ici. J'irai chercher des croissants demain matin pour le petit déjeuner.

— Je ne peux pas.

Lui parler ainsi dans le noir était si romantique qu'elle fut tout d'abord déçue quand il alluma la lumière. Avant d'être horrifiée lorsqu'elle s'aperçut qu'elle était nue devant les fenêtres.

— Pour l'amour du ciel ! s'écria-t-elle.

Elle attrapa ses sous-vêtements et se rua dans la salle de bains.

— Comme s'il y avait quelqu'un dehors, par un temps et à une heure pareils !

Parfaitement à l'aise, il se leva à son tour et la suivit. Il parvint tout juste à l'empêcher de lui claquer la porte au nez.

— Sois simple : tu n'auras qu'à descendre l'escalier pour te rendre à ton travail.

— Je n'ai rien de propre. Il n'y a qu'un homme pour imaginer que je puisse me présenter à la boutique dans la même tenue que la veille. Tu peux me passer mon chemisier, s'il te plaît ?

Il s'exécuta, mais insista :

— Demain soir, alors. Tu apporteras de quoi te changer. Je ferai les courses, et je nous préparerai à dîner. À moins que tu ne préfères t'en occuper toi-même, ajouta-t-il devant son haussement de sourcils.

— Je cuisine très mal.

— Nous irons au restaurant, puis nous reviendrons ici. Ou chez toi, ajouta-t-il en l'enlaçant. Peu importe l'endroit. Un rendez-vous galant planifié, pour changer.

— Ce n'était pas un rendez-vous galant, répliqua-t-elle en se tortillant pour boutonner son chemisier.

— Excuse-moi. Nous avons mangé, bu du vin, bavardé et fait l'amour. Ça, mon ange, c'est un rendez-vous galant.

Ses lèvres s'incurvèrent en un sourire.

— Va au diable ! Tu m'as bien eue !

— Exactement.

Il la serra contre lui.

— Dîne avec moi, dors avec moi et réveille-toi auprès de moi.

— Entendu, mais pas avant 20 heures. J'ai mon cours de yoga, demain.

— Tu dis ça uniquement pour me tourmenter. En parlant de yoga, es-tu capable de passer ton pied derrière la tête ?

Elle gloussa et s'écarta.

— Il faut que j'y aille. Il est plus de minuit. Je viendrai vers 20 heures, et tu t'occuperas du repas.

— Formidable ! Au fait, tu veux que je t'encadre l'aquarelle ?

Son visage s'éclaira.

— Je peux l'avoir ?

— Ça dépend. J'accepte d'échanger un tableau contre un tableau.

— Tu as déjà achevé mon portrait.

— J'en veux un autre.

— Tu en as même deux, rétorqua-t-elle en se chaussant.

— Un jour, quand je serai mort et célèbre, et que mes toiles vaudront une fortune, ils appelleront ça ma période Drusilla.

— Intéressant. Si cela te suffit comme règlement, je suis prête à poser de nouveau.

— Dimanche.

— Bien. Que veux-tu que je mette ?

Il s'approcha d'elle, posa les mains sur ses épaules et l'embrassa.

— Tu porteras des pétales de roses.

— Pardon ?

— Des pétales de roses rouges. Tu es fleuriste, tu ne devrais pas avoir de difficulté à t'en procurer.

— Si tu t'imagines que je vais… La réponse est non.

— Tu veux l'aquarelle ?

— Pas assez pour céder à un tel chantage.

Elle pivota, mais il la saisit par la main et la força à se tourner vers lui.

— Tu admires suffisamment mon travail pour vouloir posséder mes œuvres.

— C'est vrai, mais tu ne me peindras pas nue.

— Tu seras couverte de pétales de roses. Chut… Mon but n'est pas de te déshabiller pour t'attirer dans mon lit, puisque c'est déjà fait. Soit dit en passant, je ne me sers pas de mon art pour cela. Mais depuis que je t'ai rencontrée, j'ai une image en tête. Il faut que je la reproduise. Je te propose un pacte.

— Lequel ?

— Je ne montrerai le tableau à personne. Quand il sera fini, c'est toi qui décideras de son avenir.

Elle afficha un air grave, et il sut qu'il avait gagné.

— Moi seule ?

— Je suis honnête avec toi parce que j'ai confiance en toi. Il faut que tu croies en moi, en ce que je vois, ce que je ressens. Alors ?

Elle inclina la tête.

— Des pétales de roses rouges. J'en commande plusieurs douzaines dès demain.

Le lendemain matin, Seth arriva au chantier en sifflotant. Il tenait un carton rempli de beignets frais.

Cam était déjà à l'ouvrage sur une coque.

— Magnifique ! s'exclama Seth en s'approchant. Vous avez dû en baver pour avancer aussi vite.

— Oui. Nous avons quasiment terminé ; il ne reste plus qu'à l'astiquer et à peaufiner quelques détails dans la cabine. Le client passera dimanche.

— Je suis désolé de ne pas vous avoir donné un coup de main ces jours-ci.

— On s'est débrouillés.

Aucun reproche perceptible, mais le sous-entendu était clair.

— Où sont-ils, tous ?

— Phil est là-haut. Ethan et Audrey sont allés ramasser les casiers à crabes. Kevin viendra après ses cours. Dans une semaine, il sera en vacances. Il pourra nous aider plus souvent.

— Déjà ? Quel jour sommes-nous ?

— Tu serais plus au courant si tu daignais passer à la maison de temps en temps.

— J'étais occupé, Cam.

— Ouais… Il paraît…

— Qu'est-ce qui te fiche en rogne ? s'enquit Seth en jetant le carton de pâtisseries sur le pont. Je suis là, non ?

— Tu vas, tu viens selon ton humeur. Tu as décidé de faire une apparition aujourd'hui parce que la chance t'a enfin souri hier soir ?

— Qu'est-ce que ça peut te faire ?

Cam posa sa perceuse et sauta à terre.

— Qu'est-ce que ça peut me faire ? Tu veux savoir ce que ça peut me faire, espèce d'imbécile ? Figure-toi que ça me gonfle quand tu disparais comme ça presque une semaine. Tu erres comme une âme en peine avec le poids du monde sur tes épaules, puis tu te terres dans ton atelier. Ça me gonfle de voir Anna se ronger les sangs parce que tu es incapable de nous dire ce qui te tracasse. Tu t'imagines que tu peux reparaître comme ça, sous prétexte que tu as enfin réussi à te faufiler sous la jupe de Drusilla ?

Le sentiment de culpabilité de Seth se métamorphosa en une explosion de fureur. Sans réfléchir, il poussa Cam contre la coque.

— Je t'interdis de parler d'elle de cette manière. Ce n'est pas une marie-couche-toi-là.

Cam balança un coup à Seth, qui recula d'un pas. Ils étaient nez à nez, à présent. Deux boxeurs surexcités qui se fichaient éperdument du gong.

— Tu n'as pas le droit de traiter ta famille comme ça. Tu veux te battre ? Allons-y ! grogna Cam en serrant les poings.

— Holà ! Holà ! Arrêtez !

Phil bondit vers eux pour les séparer.

— Qu'est-ce qui se passe, ici ? Je vous entends hurler de là-haut.

— Le môme se croit assez fort pour me mettre K-O, gronda Cam. Qu'il essaie donc !

— Pas question ! Si vous voulez vous taper dessus, faites ça ailleurs ! Seth, je te conseille d'aller prendre l'air.

Phil lui indiqua les énormes portes cargo qui donnaient sur le quai.

— Quelques minutes de plus ou de moins, ton absence ne se fera guère sentir.

— Cette histoire est entre Cam et moi.

— Nous sommes sur un lieu de travail. Notre entreprise, ce qui m'autorise à intervenir, déclara Phil. Continue comme ça, et c'est moi qui te cognerai le premier. J'en ai par-dessus la tête de ton attitude !

— De quoi tu parles ?

— Je parle de promesses non tenues, d'engagements non respectés. Tu devais te charger d'un dessin pour une cliente. Où est-il, Seth ?

Ce dernier ouvrit la bouche, la referma. Le sloop de Drusilla. Il l'avait complètement oublié. De même qu'il avait oublié d'acheter le terreau qu'Anna lui avait demandé pour sa nouvelle plate-bande. Et d'emmener Bram faire un tour dans sa voiture neuve.

Penaud, il tourna les talons et s'éloigna.

— Glandeur, marmonna Cam. Il a besoin d'un bon coup de pied aux fesses.

— Lâche-le donc un peu.

Ahuri, Cam se tourna vers son frère.

— Va te faire voir ! C'est toi qui viens de l'engueuler, il me semble, non ?

— Je suis aussi inquiet et en rogne que toi. Mais ça suffit. Il est assez grand pour agir à sa guise. Quand tu avais son âge, tu parcourais l'Europe et tu sautais sur tous les jupons qui passaient.

— J'ai toujours tenu parole.

— C'est vrai, concéda Philip, plus calme.

Il jeta un coup d'œil vers Seth, qui s'était posté au bout du quai.

— Vu son expression, ce n'était pas délibéré. Combien de temps vas-tu le laisser mariner là, à se prendre pour le dernier des minables ?

— Une semaine ou deux, ça devrait aller.

Sentant le regard intransigeant de son frère, Cam laissa échapper un soupir exagéré.

— Merde ! Je dois vieillir. Ça m'énerve. J'y vais.

Seth entendit des pas derrière lui. Il pivota, pour parer à l'attaque.

— Vas-y, tire le premier. Mais tu n'as droit qu'à un coup gratuit.

— Ça me suffit, petit.

— Je suis désolé ! souffla Seth. Navré de t'avoir déçu. Je ferai tout ce que tu veux. Je finirai le dessin aujourd'hui. Je me rattraperai.

— Et merde ! grommela Cam, en se passant la main dans les cheveux.

Lequel des deux se sentait le plus minable, soudain ? se demanda-t-il.

— Tu ne m'as pas déçu, Seth. J'étais inquiet et furieux, mais tu ne m'as pas déçu. Personne ne s'attend que tu consacres tout ton temps au chantier. Ou que tu restes à la maison du matin au soir. Nom de nom ! D'abord, Anna me harcèle parce que tu ne nous quittes pas d'une semelle et qu'à son avis c'est mauvais pour toi. Ensuite, elle pète les plombs parce que tu n'es jamais là. Et moi, pauvre imbécile, je ne sais plus où donner de la tête.

— J'avais des problèmes à régler, c'est tout. Et je travaillais. Je me suis laissé happer par ma peinture, et tout le reste m'a échappé. Je respecte la famille, Cam. C'est un miracle. Si je ne vous avais pas...

— Tais-toi. Il ne s'agit pas du passé, mais du présent.

— Sans vous, je n'aurais pas de présent.

— Sans Ray, tu veux dire. Mais c'est pareil pour nous tous. Passons.

Il fourra les mains dans ses poches et fixa l'horizon.

— C'est sérieux, avec la fleuriste ?

Inconsciemment, Seth imita la posture de son frère.

— Il semble que oui.

— Ça t'aura peut-être assez regonflé pour te donner envie de nous filer un coup de main.

— J'ai de l'énergie à dépenser ce matin.

— Ouais. Ça m'a toujours fait le même effet. Ils sont à quoi, ces beignets ?

«Tout s'arrangeait», se dit Seth, rassuré. D'une manière ou d'une autre, tout s'arrangeait toujours entre eux.

— J'ai pris un assortiment. Celui à la crème pâtissière est pour moi.

— Tant mieux. Personnellement, j'ai un faible pour la gelée de groseille. Grouillons-nous avant que Phil ne tombe dessus.

Ils rebroussèrent chemin, puis Seth s'immobilisa.

— La partie de foot avec le pain aux courgettes.

Cam blêmit.

— Qu'est-ce que tu dis ?

— Le pain aux courgettes. Elle en avait confectionné quatre, et vous en avez utilisé un en guise de ballon de foot.

Cam l'agrippa par les épaules.

— Quand ? Quand l'as-tu vue ?

— Je n'en sais rien. J'ai rêvé. J'ai eu l'impression que je rêvais, en tout cas, murmura-t-il.

Sa gorge se serra, mais ce qu'il éprouvait, ce n'était pas une sensation de malaise, c'était plutôt une sorte de joie.

Il avait bavardé avec Stella. Il avait une grand-mère qui avait partagé avec lui un moment de sa vie.

— C'est la vérité, n'est-ce pas? Et toi... toi, en voulant intercepter une passe, tu l'as pris en pleine tête. Tu as failli tomber dans les pommes. C'est bien cela?

— Oui.

Cam se ressaisit. C'était un bon souvenir. Comme tant d'autres.

— Elle est sortie de la cuisine en criant. Je me suis retourné, et *bam!*, j'ai vu des milliers d'étoiles. Son pain était aussi dur qu'une brique. Stella était un sacré médecin, mais question cuisine, elle était nulle.

— C'est ce qu'elle m'a dit.

— Elle s'est penchée sur moi, elle a vérifié mes pupilles, m'a demandé de compter ses doigts. Là-dessus, elle a déclaré que c'était tant mieux que je sois K-O, parce que ça lui a évité la corvée de me coller un direct elle-même. On s'est tous mis à rire – moi, papa, Phil et Ethan. Une vraie bande de tarés. Maman nous fixait, les mains sur les hanches. Je la vois encore.

Il poussa un profond soupir.

— Ensuite, elle est allée chercher un autre pain pour qu'on puisse poursuivre notre partie. Ça aussi, elle te l'a raconté?

— Non. Je suppose qu'elle voulait que ce soit toi qui le fasses.

13

Une fois les beignets dévorés, Seth retourna à son atelier et s'installa dans un coin pour affiner l'esquisse du sloop de Dru dessinée par Ethan. De son côté, celle-ci avait décidé de tailler les buissons en pots qu'elle avait disposés de part et d'autre de l'entrée du magasin.

L'orage de la nuit avait rafraîchi l'atmosphère. La matinée était claire.

Les eaux de la baie, d'un bleu limpide, étaient encore agitées. Déjà, les bateaux l'avaient envahie : chalutiers, voiliers de location, hors-bord. Les estivants sortaient tôt. Avec raison, songea Dru. Pourquoi gaspiller une seule minute d'une journée aussi parfaite ?

D'ici quelques mois, elle aussi pourrait profiter de matinées semblables, laver le pont, astiquer les cuivres de sa propre embarcation. Posséder un bateau, ce n'était pas seulement s'évader, hisser les voiles et prendre le large. Un tel projet exigeait du temps, de l'énergie et beaucoup d'huile de coude. Cela faisait partie du plaisir. Du moins pour elle.

Elle aimait travailler. Elle s'en était rendu compte au fil des ans. Elle aimait produire, et puisait de la satisfaction dans le travail accompli.

Elle avait plaisir à gérer sa propre affaire. Tenir la comptabilité, commander les fournitures, remplir les bons de commande, calculer les bénéfices, ces activités convenaient à son tempérament rigoureux, tandis que la nature de son commerce comblait son amour de la beauté.

Quand il serait achevé, le bateau serait sa récompense.

Quant à Seth... Elle n'était pas sûre. Ils avaient passé une nuit extraordinaire. Mais une relation avec lui risquait d'être houleuse, et il faudrait savoir garder le contrôle.

Que deviendraient-ils si le vent qui les avait poussés l'un vers l'autre changeait de direction ? Comment réagiraient-ils s'ils rencontraient une grosse tempête, ou s'échouaient, ou, tout simplement – comme tant d'autres –, se lassaient de la promenade ?

Elle regrettait de ne pas savoir profiter de l'instant présent, sans se soucier des problèmes à venir.

Il l'intriguait, il l'agaçait. Il l'excitait et l'amusait. Elle n'avait jamais éprouvé pour personne – pas même pour celui qu'elle avait failli épouser – ce qu'elle ressentait pour lui.

Son assurance, sa loyauté et sa franchise l'attiraient, tandis que ce qu'elle devinait de tourmenté et de passionné derrière la façade la fascinait.

Nul doute qu'il était de loin l'homme le plus attachant qu'elle eût jamais rencontré. Il savait la rendre heureuse. Mais maintenant qu'ils étaient amants, elle songeait déjà aux problèmes à venir.

Cela lui semblait essentiel. Pour ne pas risquer de se prendre les difficultés de plein fouet et de sombrer.

Elle alla poser son sécateur sur une étagère dans l'arrière-boutique. Si seulement elle avait pu se confier à quelqu'un, une autre femme, lui dire l'angoisse et la joie qui la submergeaient. Elle avait envie de s'asseoir avec une amie et de s'épancher.

Quand il lui souriait, son cœur battait plus fort. Quand il la touchait, son corps entier frémissait. C'était à la fois terrifiant et merveilleux d'être avec quelqu'un qui l'acceptait telle qu'elle était.

En fait, elle avait besoin de dire qu'elle était en train de tomber amoureuse.

Aucune de ses anciennes relations ne comprendrait. Elles seraient intéressées, peut-être même l'encourageraient-elles. Mais il ne lui viendrait pas à l'esprit de leur décrire son émoi quand il lui avait mordillé la nuque.

Elle ne pouvait téléphoner à sa mère pour lui annoncer qu'elle venait de faire l'amour comme une folle avec un homme dont elle se croyait éprise.

Ni l'une ni l'autre ne serait à l'aise dans ce genre de conversation.

Audrey ne serait pas choquée. Au contraire. Mais elle était trop proche de Seth. C'était délicat.

Elle ne pouvait donc compter que sur elle-même. N'était-ce pas ce qu'elle avait toujours souhaité ? Mais voilà qu'elle avait un bonheur à partager, que la terre tremblait sous ses pieds, et elle n'avait personne à qui s'adresser.

Elle était seule responsable de cette situation. Elle pouvait soit vivre avec, soit décider de la modifier. S'ouvrir davantage, c'était tendre la main vers une nouvelle amitié.

Elle y travaillerait.

La sonnette de la porte tinta, signalant l'arrivée du premier client de la journée. Dru se redressa. Elle avait déjà prouvé sa capacité à rebondir. Elle recommencerait.

Affichant le sourire poli de la commerçante efficace, elle surgit derrière le comptoir.

— Bonjour. Que puis-je pour vous ?

— Je ne sais pas. Je jette un coup d'œil.

— Prenez votre temps. Quelle magnifique journée, n'est-ce pas?

Dru alla ouvrir la porte et la caler.

— Autant en profiter. Vous êtes de passage à St. Christopher?

— Oui, répondit Gloria. Je suis en vacances.

— Vous avez choisi le bon moment.

Dru se sentit soudain mal à l'aise sous le regard scrutateur de l'inconnue.

— Vous êtes avec votre famille?

— Non. Toute seule.

Gloria tripota les pétales d'un bouquet de roses, sans quitter Dru des yeux.

— Parfois, on a besoin de prendre l'air.

— Je comprends.

Cette femme ne semblait pas du genre à dépenser son argent en fleurs. Elle avait quelque chose de dur, de nerveux – et elle était plutôt vulgaire. Son short était trop serré, trop court, son bustier trop moulant.

De plus, son parfum capiteux masquait à peine une haleine empestant le whisky. Dru se demanda si elle n'allait pas se faire braquer.

Aussitôt, elle se rassura. On ne cambriolait pas une boutique de fleurs, surtout à St. Christopher. Si cette femme était armée, son pistolet devait être minuscule pour être camouflé par une tenue aussi réduite.

De plus, juger quelqu'un sur son apparence n'était pas le meilleur moyen de lier connaissance avec sa clientèle.

— Si vous cherchez quelque chose pour égayer votre chambre d'hôtel pendant votre séjour, je peux vous proposer des œillets: ils sont en promotion cette semaine et demandent très peu de soins.

— Pourquoi pas? Vous savez, j'ai l'impression de vous avoir déjà vue quelque part. Vous n'avez pas l'accent d'ici. Je vous ai peut-être déjà rencontrée. Vous allez souvent à Washington ?

Dru se décontracta.

— J'y ai grandi.

— Ce doit être ça. Dès que je vous ai aperçue, je me suis dit... Attendez une seconde ! Vous êtes la fille de Katherine. Prucilla – non, non – Drusilla.

Dru essaya d'imaginer sa mère en compagnie de cette créature mal fagotée qui empestait le parfum bon marché et le whisky. Puis elle se taxa de snobisme.

— C'est exact.

— Ça alors ! s'exclama Gloria en plaquant les mains sur ses hanches, avec un large sourire. Qu'est-ce que vous fabriquez ici ?

— J'y habite. Vous connaissez ma mère ?

— Oui, bien sûr ! J'ai travaillé avec Kathy sur plusieurs comités. Ça fait un bail que je ne l'ai pas vue. Au moins trois ou quatre ans. La dernière fois, il me semble que c'était pour un bal de charité. Un dîner au *Shorham*, où un écrivain présentait son livre.

L'événement avait été rapporté par le *Washington Post*, et Gloria avait glané des détails supplémentaires sur Internet.

— Comment va-t-elle ? Et votre père ?

Non, songea Dru. Elle n'était pas snob, elle était simplement lucide. Elle répondit d'un ton calme :

— Ils vont tous deux très bien, merci. Je suis désolée, je n'ai pas compris votre nom.

— Glo. Glo Harrow, répondit Gloria, se servant du nom de jeune fille de sa mère. C'est incroyable ce que le monde est petit ! La dernière fois que j'ai parlé avec Kathy, vous étiez fiancée, je crois. Elle nageait dans le bonheur. Je suppose que ça n'a pas marché.

— Non.

234

— Les hommes, c'est comme les bus. Il y en a toujours un qui suit l'autre. Vous savez, ma mère est une amie de votre grand-père.

Ce n'était pas tout à fait faux, bien que le terme «amie» soit exagéré.

— Le sénateur est en pleine forme, reprit Gloria. Une véritable institution.

— C'est un homme étonnant.

À présent, le ton de Dru était froid.

— Admirable! Si actif, à son âge! Mais évidemment, vu la fortune familiale, il n'a pas eu à lever le petit doigt de sa vie, encore moins à se dévouer en politique. De nos jours, même pour un jeune, c'est épuisant. C'est terrible, dans ce milieu, les coups qu'ils peuvent se porter entre eux.

— Ce n'est pas nouveau. Nous n'avons jamais eu pour principe de déléguer le travail sous prétexte que nous avions de l'argent.

— Ouais, comme je le disais, il est admirable.

Un homme pénétra dans la boutique. Dissimulant son irritation, Dru se tourna vers lui.

— Bonjour, monsieur.

— Bonjour. Ne vous occupez pas de moi, finissez avec madame. Je ne suis pas pressé.

— Madame Harrow, avez-vous fait votre choix?

— Oui.

La visite avait duré plus longtemps que nécessaire.

— Je vais prendre ces... c'est quoi, déjà, ce que vous avez en promotion?

— Des œillets, répondit Dru en désignant le seau. Vous souhaitez une couleur en particulier? Un mélange?

— Un mélange.

Gloria lut l'étiquette du prix et se dit que le jeu valait amplement la chandelle. Elle sortit un billet, le posa sur le comptoir.

Maintenant qu'elle avait pris contact, elle n'avait qu'une envie : s'en aller. Elle n'appréciait pas la manière dont le type qui venait d'entrer faisait semblant de ne pas la lorgner.

— Ils devraient durer un certain temps, assura Dru.

— Merci. Mes amitiés à votre mère !

Gloria sortit. Dru se tourna vers son nouveau client. La colère se lisait dans son regard.

— Un problème ?

— Non, non. Pas du tout. Que puis-je pour vous ?

— Pour commencer, je me présente : Will McLean.

Il lui tendit la main.

— Ah ! L'ami d'Audrey.

Non seulement il était « beau mec », comme Audrey le lui avait affirmé, mais Dru décida qu'il était aussi fin observateur.

— Je suis ravie de vous rencontrer.

— Moi aussi. Je sors de l'hôpital, je me suis dit que je passerais voir Audrey – et Seth – avant de rentrer chez moi dormir. Le bouquet que Seth lui a offert il y a quelques semaines a eu un succès fou. Je ne vais pas le laisser prendre le dessus. Qu'est-ce qui pourrait impressionner Audrey, histoire de me faire pardonner mon absence de ces derniers jours ?

— Tout dépend du budget dont vous disposez ?

Il tapota sa poche.

— Je viens de toucher mon chèque. Budget illimité.

— Dans ce cas, ne bougez pas.

Elle marqua une pause, se ravisa.

— Mieux encore, suivez-moi. Si ce que j'ai en tête vous plaît, vous pourrez vous asseoir, le temps que je vous prépare le bouquet.

— J'ai l'air à ce point fatigué ?

— Éreinté. Tenez, prenez une chaise, proposa-t-elle en ouvrant la chambre froide. Livrées ce matin, ajouta-t-elle. Une douzaine de ces magnifiques roses roses, et je vous garantis le résultat.

— Mmm… Elles embaument. Je devrais peut-être en prendre deux douzaines. J'ai dû annuler deux soirées en une semaine.

— Deux douzaines ? Elle va tomber dans le coma.

— C'est parfait.

Elle se dirigea vers le comptoir.

— Votre frère et vous figurez parmi mes meilleurs clients. Il m'a pillé mon stock de roses jaunes, l'autre jour.

— Il s'est fiancé.

— Oui, je sais. Il ne touchait plus terre. Vous êtes tous deux amis de Seth depuis longtemps…

— Depuis l'enfance. C'est terrible, Seth est rentré depuis un mois, et je n'ai pas encore trouvé une minute pour parler avec lui. Cela dit, lui aussi est très pris, entre sa peinture, les bateaux et vous… Oups ! désolé, bredouilla-t-il avec un sourire embarrassé en se frottant les yeux. Quand je marche au radar, ma langue me trahit.

— Ce n'est pas grave. Je ne pense pas que ce soit un secret.

Will étouffa un bâillement.

— Si on arrive à caler nos emplois du temps respectifs, on pourrait peut-être dîner tous les six un de ces soirs.

— Ce serait avec grand plaisir.

— Parfait ! Euh… je peux vous poser une question ? Cette femme qui me précédait, elle vous harcelait ?

— Pourquoi me demandez-vous cela ?

— Je ne sais pas, j'ai eu une drôle d'impression. C'est curieux, il me semble l'avoir déjà vue quelque part. Elle m'a mis mal à l'aise.

— Moi aussi.

Elle le dévisagea. Will était un ami d'Audrey et de Seth. La nouvelle Dru, plus ouverte, le compterait volontiers parmi les siens.

— Elle prétend connaître ma mère, mais c'est faux.

Personne, *personne* n'appelait sa mère Kathy. C'était toujours Katherine et, en de rares occasions, Kate. Mais jamais Kathy.

— Je ne sais pas ce qu'elle voulait, mais j'ai été contente que vous ayez surgi à ce moment-là.

— Vous voulez que je reste un peu, au cas où elle reviendrait ?

— Non, c'est gentil. Elle ne me fait pas peur.

— Vous l'avez appelée Mme Harrow. Ce nom ne me dit rien, mais je suis presque sûr de l'avoir déjà vue quelque part. Si cela me revient, je vous le dirai.

— Merci.

Dru s'était rendu compte immédiatement qu'elle avait commis une erreur en téléphonant à sa mère. Mais la visite de cette étrange cliente, dans la matinée, la tracassait. Le seul moyen de vérifier ses dires, c'était d'interroger Katherine.

Celle-ci lui avait confirmé qu'elle n'avait jamais entendu parler de Glo Harrow, mais qu'en revanche elle avait connu une certaine Laura Harrow, de même qu'une ex-Barbara Harrow. Elle avait ensuite rassuré sa fille : son père et elle s'étaient réconciliés.

Du moins pour le moment.

Malheureusement, la conversation avait vite dévié. Pourquoi Dru ne venait-elle pas passer un week-end à la maison ou, mieux encore, ses vacances d'été ? Et s'ils allaient tous les trois quelques jours dans la demeure familiale de North Hampton ?

Ses arguments furent balayés, ses excuses ignorées, jusqu'à ce qu'elle raccroche, et elle songea alors que sa mère devait être aussi irritée et chagrinée qu'elle-même.

À sa grande surprise, celle-ci surgit dans la boutique dix minutes avant la fermeture.

— Ma chérie! s'exclama-t-elle en se précipitant vers le comptoir, les bras tendus. Comme je suis heureuse de te voir! Tu ne peux pas imaginer!

— Maman.

Dru tapota sa mère dans le dos, tout en se retenant de la repousser.

— Qu'est-ce que tu fais ici?

— Dès que j'ai raccroché, je me suis rendu compte à quel point tu me manquais. Laisse-moi t'admirer.

Katherine caressa ses cheveux.

— Quand vas-tu te décider à les laisser repousser? Ils sont si beaux, c'est dommage de les porter courts. Comme tu es mince! Tu as perdu du poids.

— Pas du tout.

— Je m'inquiète. Est-ce que tu te nourris correctement? Tu pourrais au moins engager une...

— Maman, je me débrouille très bien sans domestique. Je n'ai pas perdu un gramme depuis que nous nous sommes vues le mois dernier. Tu as l'air en pleine forme.

Comme à son habitude. Katherine arborait une élégante veste prune sur un pantalon gris perle, un ensemble parfaitement coupé qui mettait en valeur sa silhouette de rêve, sévèrement entretenue par les régimes et la gymnastique.

— Oh! En ce moment, je me fais l'effet d'être une sorcière.

Dru se radoucit.

— Mais non, tu es superbe.

— Tu es mignonne.

— Tu es venue seule?

— Avec Henry, répondit sa mère, faisant allusion au chauffeur. Je lui ai proposé de se promener pen-

dant une trentaine de minutes. C'est une ville char-
mante, pour y passer des vacances.

— Oui, acquiesça Dru d'un ton aimable. Nous qui
y vivons à longueur d'année, nous sommes enchan-
tés que les touristes s'y plaisent autant que nous.

— Mais comment t'occupes-tu ? Non, non, ne te
fâche pas ! prévint Katherine en agitant la main. Tu
es si loin de Washington, et de tout ce qu'une grande
ville a à t'offrir. Te savoir enterrée ici me brise le
cœur.

— Je ne suis pas enterrée. Et St. Christopher
n'est pas le bout du monde. Si ce qu'une grande
ville a à m'offrir me manquait trop, je pourrais y
être en une heure.

— Je ne parle pas sur le plan géographique. Mais
sur le plan culturel, Dru, social ! Certes, la région
est pittoresque, mais en venant t'installer ici, tu t'es
coupée de ton existence, de ta famille, de tes amis.
Dis-moi, depuis quand n'es-tu pas sortie avec un
bon parti ?

— En fait, pas plus tard qu'hier soir.

— Vraiment ? s'étonna Katherine en haussant les
sourcils. Et qu'avez-vous fait ?

La réponse fusa :

— Nous avons mangé une pizza et fait l'amour.

Katherine arrondit la bouche, effarée.

— Eh bien ! Mon Dieu, Drusilla...

— Mais le problème n'est pas là. Je n'étais pas
satisfaite de ma vie à Washington, j'en ai changé.
Aujourd'hui, je suis heureuse. Je regrette que tu ne
le sois pas pour moi.

— Tout est la faute de Jonah. Je l'étranglerais
volontiers, celui-là.

— Non, il n'est que la goutte d'eau qui a fait
déborder le vase. Maman, je n'ai aucune envie de
ressasser le passé. Je suis désolée que nous ne nous
comprenions pas.

— Je veux ce qu'il y a de mieux pour toi. Tu es toute ma vie.

Dru sentit que la migraine la guettait.

— Je ne tiens pas à l'être, maman. Je ne devrais pas l'être. Papa…

— Oui, ton père aussi, bien sûr, coupa sa mère. Dieu sait comment je le supporte la plupart du temps. Mais il est vrai que nous avons investi vingt-huit années de notre vie dans notre couple.

— C'est tout ce que représente votre mariage à tes yeux ? Un investissement ?

— Comment en sommes-nous arrivées à parler de cela ? Ce n'est pas du tout pour cela que je suis ici.

— Est-ce que tu l'aimes ?

Katherine battit des paupières.

— Évidemment ! Quelle question ! Et quels que soient nos différends, il y a un point sur lequel nous sommes pleinement d'accord : tu es ce que nous avons de plus précieux.

Elle se pencha, embrassa sa fille sur les deux joues.

— J'ai une surprise pour toi. Allons vite chez toi, afin que tu prennes ton passeport et que tu rassembles quelques affaires. Tu n'as pas besoin de t'encombrer, nous compléterons ta garde-robe sur place.

— Où ?

— À Paris. Tout est arrangé. Après notre discussion de ce matin, j'ai réfléchi. J'ai appelé ton père, il nous rejoindra d'ici un jour ou deux. L'avion nous attend à l'aéroport. Nous séjournerons quelques jours chez tante Michelle, nous courrons les boutiques – ah ! nous organiserons un petit dîner, aussi. Ensuite, nous irons dans le Sud passer une semaine à la villa. Nous y serons tranquilles et au frais.

— Maman !

— Après cela, je te propose un week-end entre filles. Nous ne nous voyons pratiquement plus. Je

241

connais un centre de thalassothérapie extraordinaire, non loin de...

— Maman, je ne peux pas partir.

— Ne dis pas de bêtises ! Tout est organisé. Tu n'as aucun souci à te faire.

— Je ne peux pas partir, répéta Dru. J'ai un commerce à tenir.

— Voyons, Dru ! Tu peux sûrement fermer la boutique quelques semaines, ou alors engager quelqu'un pour te remplacer. Il ne faut pas que ce hobby te prive de distractions.

— Il ne s'agit pas d'un hobby, et il ne me prive de rien. Je ne peux pas baisser mon rideau de fer comme ça et m'envoler pour l'Europe.

— Tu ne le veux pas.

— D'accord, je ne le veux pas.

Les yeux de Katherine se voilèrent de larmes.

— Tu ne comprends donc pas à quel point c'est important pour moi de t'offrir ce voyage ? Tu es mon bébé, mon adorable trésor. Je me ronge les sangs de te savoir ici toute seule.

— Je ne suis pas seule. J'aurai bientôt vingt-sept ans. Je dois faire ma vie. Papa et toi avez fait la vôtre. Je t'en supplie, ne pleure pas !

Katherine ouvrit son sac, en tira un mouchoir en papier.

— Je ne sais pas à quel moment j'ai commis une erreur, gémit-elle. Pourquoi refuses-tu de me consacrer un minimum de temps ? Je me sens abandonnée.

— Je ne t'ai pas abandonnée, maman. S'il te plaît...

Quand la sonnette tinta, elle se tourna vers la porte. Seth ! Elle ressentit un immense soulagement.

— J'ai pensé... Oh! pardon, fit-il en apercevant Katherine, je repasserai plus tard.

— Non, non.

Dru s'obligea à ne pas se ruer sur la porte pour lui barrer le chemin. Elle savait qu'il suffisait de le présenter à Katherine pour que celle-ci se console instantanément.

— Je suis contente que tu sois là. J'aimerais te présenter ma mère, Katherine Whitcomb Banks. Maman… Seth Quinn.

— Enchanté.

— Moi de même, murmura Katherine avec un sourire larmoyant. Pardonnez-moi, ma fille me manque beaucoup et le fait de la revoir m'a bouleversée.

Tandis qu'elle se tapotait les yeux, son regard s'aiguisa.

— Seth Quinn… le peintre ?

— Oui ! intervint Dru d'un ton enjoué. Nous avons admiré son travail ensemble, tu te rappelles, maman ?

— Très bien. Très bien. Mon frère et son épouse étaient à Rome l'année dernière. Ils sont tombés amoureux de votre tableau qui représente les marches de la Place d'Espagne. Je leur envie leur trouvaille. Vous avez grandi ici, n'est-ce pas ?

— Oui, madame. Toute ma famille vit à St. Christopher.

— C'est important, la famille, observa Katherine en jetant un coup d'œil navré en direction de Dru. Combien de temps comptez-vous rester dans la région ?

— J'habite ici.

— Je croyais que vous viviez en Europe ?

— J'y ai passé quelque temps. Mais c'est ici que je me sens chez moi.

— Je vois. Vous envisagez d'exposer à Washington ou à Baltimore bientôt ?

— Un jour, certainement.

— Tenez-moi au courant. Je serais ravie de voir le reste de vos œuvres. Cela me ferait très plaisir d'organiser un petit dîner, à la date qui vous convient. Avez-vous une carte de visite, afin que je puisse vous adresser une invitation ?

243

— Une carte de visite ?

Il ne put s'empêcher de sourire.

— Non, désolé. Il vous suffira de prévenir Dru. Elle sait où me trouver.

— Je vois.

En effet, elle commençait à comprendre.

— À bientôt, alors.

— Ma mère part pour Paris, expliqua Dru. Nous verrons cela à ton retour, maman, ajouta-t-elle en la poussant doucement vers la sortie.

— Bon voyage ! lança Seth.

— Merci, mais je ne suis pas sûre que je…

— Maman, va à Paris, coupa Dru en l'étreignant brièvement. Profites-en. Passe de belles vacances romantiques à souhait avec papa. Achète la dernière collection Chanel. Et envoie-moi une carte postale.

— Je ne sais pas. J'y réfléchirai. Je suis enchantée de vous avoir rencontré, Seth. J'espère vous revoir très bientôt.

— Avec plaisir !

Il attendit en pianotant sur sa cuisse que Dru raccompagne sa mère jusqu'à la voiture. À travers la vitrine, il vit Katherine s'engouffrer dans une Mercedes blanc cassé conduite par un chauffeur en uniforme.

Il avait oublié ce détail : Dru était issue d'une famille richissime. Mais elle vivait simplement.

À son retour, elle verrouilla la porte et s'y adossa.

— Je suis navrée.

— De quoi ?

— De m'être servie de toi pour m'extirper d'une situation très inconfortable.

— À quoi ça sert, les amis ?

Il s'approcha d'elle, lui caressa le menton.

— Veux-tu me dire pourquoi elle pleurait, et pourquoi tu avais l'air si désemparé ?

— Elle voulait que je l'accompagne à Paris. Comme ça, sur un coup de tête. Elle avait tout manigancé sans me consulter. Elle est arrivée ici à l'improviste et elle s'attendait que je lui saute au cou, et que je coure faire ma valise.

— J'imagine que certaines personnes n'auraient pas hésité.

— Certaines personnes n'ont pas une affaire à diriger, riposta-t-elle sèchement. Certaines personnes ne sont pas allées à Paris un nombre incalculable de fois. Et *certaines* personnes détestent qu'on régente leur vie comme si elles avaient huit ans.

— Mon chou, murmura-t-il en lui frottant les bras avec tendresse. Je ne dis pas que tu aurais dû saisir l'occasion, mais d'autres l'auraient fait. Elle t'a vraiment énervée, on dirait ?

— Comme d'habitude. C'est affreux, parce que ce n'est pas son intention. Elle croit sincèrement agir pour mon bien. Ils en sont tous deux convaincus, et c'est insupportable. Elle prend des décisions à ma place, et je la blesse systématiquement en refusant de me plier à sa volonté.

— Si ça peut te consoler, j'ai eu droit à un sermon de Cam, ce matin, parce que j'avais disparu de la circulation et négligé quelques promesses.

Dru inclina la tête.

— Il a pleuré ?

— Il a failli… En fait, non. Mais nous étions sur le point de nous bagarrer. C'est Phil qui nous a séparés.

— Je me vois difficilement frapper ma mère. Ça s'est arrangé, avec ton frère ?

— Oui. Il faut que j'aille cajoler Anna, mais je tenais à te déposer le plan du bateau.

D'un signe, il montra le dossier qu'il avait posé sur le comptoir.

— Ah ! Ça t'ennuie si je le regarde un peu plus tard ? Il faut que je ferme, sans quoi je serai en retard à mon cours.

— Ah, c'est vrai, le yoga. À ne pas rater. On se retrouve toujours ce soir ?

— Tu en as envie ?

— Je n'ai pas cessé de penser à toi de toute la journée.

Cet aveu la réconforta.

— Il me semble avoir aussi pensé à toi, pourtant, j'ai été très occupée.

— C'est ce que j'ai entendu dire. Will s'est arrêté au chantier. Audrey a failli avoir une attaque quand il s'est amené avec une forêt de roses.

— Ça lui a plu ?

— Elle a fondu – et ce n'est pas dans ses habitudes. Will, de son côté, avait l'air d'un zombie. Il faut qu'il soit sérieusement accro pour venir ici acheter des fleurs et aller les lui offrir, alors qu'il avait l'air de ne pas avoir dormi depuis une semaine.

— Je les aime bien, son frère et lui. Tu as de la chance d'avoir des amis d'enfance.

— Tu n'en as pas ?

— Non. Juste avant son arrivée, j'ai eu une curieuse visite, enchaîna-t-elle pour changer de sujet. Une femme bizarre. Elle prétendait connaître ma mère, mais j'ai très vite compris qu'il n'en était rien. Non seulement à cause de son discours, mais de son allure aussi. Je sais que ça peut paraître snob, mais ce n'est que pure logique.

— Comment était-elle ?

— Dure, vulgaire ; elle ne ressemblait en rien aux dames de la bonne société que fréquente ma mère. Elle me testait… Ce n'est pas inhabituel quand on vient d'une famille influente.

Un étau se resserra autour de la poitrine de Seth.

— Qu'a-t-elle dit ? Qu'a-t-elle fait ?

— Pas grand-chose. J'avais la sensation qu'elle tâtait le terrain, mais à ce moment-là, Will est entré. Elle a acheté des œillets et elle a disparu. C'est étrange, Will avait l'impression de l'avoir déjà vue quelque part.

Seth eut l'air écœuré.

— Elle t'a donné son nom?

— Mmm? Oui. Harrow. Glo Harrow. Bon, il faut que je me presse un peu.

Elle se figea quand la main de Seth se referma sur son bras.

— Qu'est-ce qu'il y a?

— Si elle revient, appelle-moi tout de suite.

— Pourquoi? Elle cherchait sans doute à me soutirer de l'argent, ou une introduction auprès de mon grand-père. Crois-moi, ce n'est pas la première fois.

— Promets-le-moi. Je suis sérieux. Si elle revient, fonce dans l'arrière-boutique et téléphone-moi.

Elle s'apprêtait à lui rétorquer qu'elle n'avait pas besoin de sa protection, mais sa voix était si tendue qu'elle se ravisa.

— C'est promis.

14

Il dut attendre le matin, que Dru descende à la boutique préparer ses commandes du jour. Il avait mal dormi. Il avait eu beau s'efforcer d'ignorer ses angoisses, il avait à peine fermé l'œil.

Cela lui avait en partie gâché le plaisir d'avoir Dru blottie contre lui.

Il fallait à tout prix qu'il sache.

Une fois de plus, Gloria cherchait à le torturer en s'attaquant à un autre aspect de sa vie privée. Il en était presque sûr. Mais il voulait en avoir la certitude.

Lorsqu'il frappa chez les frères McLean, ce fut Dan qui lui ouvrit, en costume, une tasse de café à la main.

— Salut! Qu'est-ce qui t'amène? Tu as du pot, j'allais partir: j'ai une réunion.

— J'aimerais parler à Will.

— Coup de bol! C'est l'homme mort, dans la chambre du fond. Tu veux un café? D'après moi, il devrait ressusciter aux alentours de midi.

— C'est urgent.

— Franchement, Seth, c'est râpé.

Comme ce dernier franchissait déjà les décombres jonchant le salon, il lui emboîta le pas.

— Non, là, c'est la mienne.

Résigné, Dan désigna une porte sur laquelle était accroché un écriteau :

Prenez deux aspirines et évadez-vous.

Seth entra. Les rideaux étaient tirés. La pièce était minuscule, tout l'espace étant pratiquement occupé par le lit.

Will y était étendu sur le dos, les bras en croix comme s'il s'était effondré dans cette position et n'avait plus bougé. Il portait un caleçon Marvin le Martien et une seule chaussette.

Il ronflait allégrement.

— Attends, je vais chercher ma caméra, murmura Dan. Écoute, Seth, c'est la première fois qu'il peut dormir huit heures d'affilée en deux semaines. Il voulait se rattraper auprès d'Audrey, il n'est rentré qu'à 2 heures du mat', à peine conscient.

— C'est important.

— Tant pis pour toi ! marmonna Dan en allant vers la fenêtre. Il aura sans doute du mal à articuler.

Sur ce, impitoyablement, il tira les rideaux.

Un rayon de soleil inonda le dormeur. Will ne tressaillit même pas. Seth se pencha sur lui, le secoua par l'épaule.

— Réveille-toi !

— Mngenibo.

— Je t'avais prévenu, dit Dan. Tiens ! Voilà comme il faut t'y prendre.

Il colla la bouche à l'oreille de son frère et hurla.

— Code bleu ! Code bleu ! Le Dr McLean est demandé en salle trois !

— Qu'est-ce… ?

Will se redressa brutalement.

— Où est l'électroencéphalo ? Où est…

Son esprit s'éclaircit vaguement, et il fixa Seth d'un air ahuri.

— Et merde! grommela-t-il en se laissant retomber sur le dos.

Seth le saisit par le bras.

— Il faut que je te parle.

— Tu as une hémorragie interne?

— Non.

— C'est ce qui te pend au nez si tu ne sors pas d'ici immédiatement.

Will s'empara d'un oreiller et le plaqua sur son visage.

— Je ne te vois pas pendant des années, et ensuite je n'arrive pas à me débarrasser de toi. Va-t'en, et emmène le crétin qui me sert de frère avec toi.

— Tu es passé à la boutique de Dru, hier.

— Arrête! Tu vas me faire pleurer.

— Will! insista Seth en lui arrachant l'oreiller des mains. La femme qui était dans le magasin quand tu es entré... Tu as dit que tu l'avais vue quelque part.

— Vu mon état, j'aurais du mal à reconnaître ma propre mère. D'ailleurs, qui êtes-vous et qu'est-ce que vous fichez dans ma chambre? J'appelle les flics!

— Décris-la-moi.

— Si j'obtempère, tu me promets de me foutre la paix?

— Oui. Je t'en prie.

— Laisse-moi réfléchir.

Will bâilla ostensiblement, se frotta les joues. Renifla. Renifla encore.

— Du café!

Son regard se posa sur la tasse de Dan.

— Je veux ce café.

— C'est le mien, andouille.

— Donne-moi ce satané café, sinon je dirai à maman que tu trouves que sa robe jaune lui fait un gros derrière. Et alors là, je ne donne pas cher de ta peau.

— File-lui ce foutu café, glapit Seth.

250

Dan s'exécuta.

Will en avala une gorgée, puis deux. Seth se demanda s'il n'allait pas y plonger la tête entière.

— Bon… C'était quoi, déjà, ta question?

Seth crispa le poing, comme pour y enfermer sa rage.

— Cette femme que tu as aperçue dans la boutique de Dru.

— Ah, oui! Je ne sais pas pourquoi, je l'ai trouvée bizarre. Elle était fringuée comme pour faire le trottoir. Cheveux blonds décolorés, anguleuse. Le genre qui a fait la vitrine, comme dirait mon père. Au premier coup d'œil, mon diagnostic serait abus d'alcool et de substances chimiques. Le teint jaunâtre. Lésion du foie, probablement.

— Quel âge?

— La cinquantaine. Peut-être un peu moins. Voix râpeuse de fumeuse. Si elle laisse son corps à la science, on n'aura pas grand-chose à récupérer.

— Mmm, marmonna Seth en se laissant choir sur le matelas.

— Comme je l'ai dit à Dru, elle me rappelait quelqu'un, mais impossible de mettre un nom sur son visage. C'était peut-être son allure. Agressive, nerveuse, plus ou moins… prédatrice. Qu'est-ce qu'il y a? Elle est revenue harceler Dru? J'aurais traîné dans les parages, si j'avais pensé…

Soudain, il ouvrit la bouche.

— Merde! Gloria DeLauter.

Seth pressa les mains sur ses tempes.

— Je suis foutu.

— Attends une minute! Attends une minute! intervint Dan en levant les mains. Si je comprends bien, Gloria DeLauter a rendu visite à Dru hier? C'est impossible. Elle a disparu depuis des années.

— C'était bien elle, confirma Will. Je viens d'avoir le déclic. On ne l'a vue qu'une fois, enchaîna-t-il en s'adressant à Dan, mais je ne suis pas près de l'oublier. Elle hurlait, essayait de forcer Seth à monter dans sa voiture. Sybill l'a frappée. Pataud grognait comme s'il allait lui bouffer le mollet. Elle a changé, mais pas tant que ça, finalement.

— Non, chuchota Seth. Pas tant que ça.

— Qu'est-ce qu'elle fabrique ici ? aboya Will. Tu n'es plus un gamin. Elle ne peut pas te kidnapper dans l'espoir de soutirer une rançon à tes frères, ou ce genre de connerie. Encore moins espérer une réconciliation mère-fils. Alors, quel est son but ?

— Will est un peu lent, expliqua Dan. Sa motivation, c'est l'argent, n'est-ce pas, Seth ? Notre ami ici présent est un artiste connu, il gravit les échelons de la célébrité et de la fortune. Elle a dû entendre parler de son succès. Elle veut une part du gâteau.

— C'est à peu près ça, bougonna Seth.

— Tout de même, c'est incroyable, fit Will en se grattant le crâne. Tu ne lui dois rien.

— Je la paie depuis des années.

— Bon sang, Seth ! C'est pas vrai !

— Elle faisait une apparition de temps à autre. Je lui filais de l'argent pour qu'elle s'en aille. C'était stupide, mais je ne voyais pas d'autre solution pour l'empêcher de harceler ma famille. L'entreprise était en pleine évolution, les naissances se succédaient. Je ne voulais pas qu'elle leur cause des ennuis.

— Ils ne sont pas au courant ? demanda Will.

— Non. Je n'en ai jamais parlé. Il y a quelques mois, elle m'a retrouvé à Rome. J'ai compris alors que ça ne servait à rien de mettre six mille kilomètres entre nous. Et puis, j'avais envie de rentrer à la maison. Elle m'a contacté la semaine dernière. En général, elle espace les rendez-vous d'un an ou deux. Je pensais avoir gagné du temps. Mais si elle est passée voir Dru, ce n'était sûrement pas pour s'offrir un bouquet de fleurs.

— Que veux-tu que nous fassions ? s'enquit Dan.

— Rien. Gardez ça pour vous jusqu'à ce que je trouve une solution. Je vais attendre de voir ce qu'elle mijote.

Mais il fut incapable d'attendre. Il se renseigna dans tous les hôtels, motels et autres chambres d'hôtes de la région, sans savoir ce qu'il ferait s'il tombait nez à nez avec elle.

Il avait entamé ses recherches sans les planifier vraiment. Il n'avait qu'une idée en tête : affronter Gloria, la chasser par n'importe quel moyen. Mais au fil des heures, il se calma. Il se mit à réfléchir comme elle. Froidement.

Si elle pensait que Dru comptait pour lui, elle se servirait de la jeune femme. Outil, arme, victime, probablement les trois. S'il la débusquait, il ferait en sorte de lui dépeindre sa relation avec Dru comme une aventure éphémère.

Car s'il y avait une chose que Gloria comprenait – et respectait –, c'était la manipulation.

Tant qu'elle serait persuadée qu'il profitait de Dru en échange d'un atelier et de quelques parties de jambes en l'air, celle-ci n'aurait rien à craindre.

À une soixantaine de kilomètres de St. Christopher, la chance lui sourit enfin.

La réceptionniste du motel était jeune et vive, sans doute une étudiante ayant accepté ce petit boulot pour l'été.

Il se pencha sur le comptoir et la salua d'un ton affable.

— Bonjour ! Vous allez bien ?

— Très bien, merci. Vous voulez une chambre ?

— Non. Je suis venu voir une amie. Gloria DeLauter.

— DeLauter. Un instant, je vous prie.

Elle se mordilla la lèvre inférieure et pianota sur son clavier.

— Euh… Vous pouvez me l'épeler, s'il vous plaît ?

— Bien sûr.

Elle recommença l'opération, le gratifia d'un regard navré.

— Je suis désolée. Je n'ai personne à ce nom.

— Ah ! Remarquez, elle s'est peut-être inscrite sous le nom de Harrow…

— Gloria Harrow ?

De nouveau, elle consulta son écran, puis elle fronça les sourcils.

— Malheureusement, Mme Harrow nous a quittés.

— Quand ? demanda Seth en se redressant.

— Ce matin. C'est moi qui m'en suis occupée.

— C'est curieux… Une blonde ? Très mince ? À peu près de cette taille ?

— Oui.

— J'ai dû confondre les dates. Merci.

Il se dirigea vers la sortie, se retourna nonchalamment.

— Elle ne vous a pas dit si elle allait à St. Christopher, par hasard ?

— Non. J'ai eu l'impression qu'elle partait dans la direction opposée. Mon Dieu ! J'espère qu'il n'y a pas de problème.

— Non, non, c'est un simple malentendu. Merci de votre aide !

Il se dit qu'elle était partie. Elle avait pris ses dix mille dollars, et s'était tirée. Elle avait rendu visite à Dru, ce qui était inquiétant, mais elle avait probablement éliminé toute idée d'une relation sérieuse entre la fleuriste et son fils biologique.

Lui-même ne savait pas où il en était avec Dru.

Elle n'était pas femme à dévoiler facilement ses sentiments. Mais n'était-ce pas précisément cette réserve qui le séduisait tant ?

Au début, en tout cas. Puis la curiosité et l'attirance s'en étaient mêlées, et sa fascination s'était transformée en un sentiment beaucoup plus profond.

Il n'avait pas envie d'en rester là.

Pour mieux connaître une personne, l'une de ses méthodes préférées, c'était de faire son portrait.

Il savait que Dru redoutait de poser pour lui – surtout dans le décor qu'il avait imaginé. Pourtant, le dimanche matin, il procéda à l'installation comme si elle avait accepté avec enthousiasme.

— Pourquoi refuses-tu que j'achète ton tableau ?

— Je ne veux pas d'argent.

Il disposa sur le lit les draps qu'il avait empruntés à Phil.

L'étoffe était souple, le drapé serait fluide à souhait. Et sa couleur, pâle comme une fleur de chèvrefeuille, mettrait en valeur le rouge audacieux des pétales de roses et la blancheur délicate de la peau de Dru.

Il voulait un mélange de tons et d'atmosphères – du chaud, du brûlant, du froid –, parce qu'à ses yeux, elle était tout cela à la fois.

— C'est pourtant le but, non ?

Elle resserra son peignoir en jetant un coup d'œil embarrassé vers le lit.

— Gagner de l'argent, ajouta-t-elle.

— Ce n'est pas ma motivation principale. C'est un à-côté pratique, mais je laisse cela à mon agent.

— Je ne suis pas modèle.

— Je ne veux pas non plus d'un modèle.

Insatisfait, il souleva, tira, changea l'angle et la position du lit.

— Les professionnels, c'est parfait pour une étude. Mais les autres m'inspirent davantage. D'ailleurs, pour cette toile, je ne peux me servir que de toi.

— Pourquoi ?

— Parce que c'est toi.

Elle siffla entre ses dents, tandis qu'il ouvrait le premier sachet.

— Que veux-tu dire par là ?

— Je te vois, répondit-il en jetant les pétales au hasard. Détends-toi et fais-moi confiance.

— Comment veux-tu que je me décontracte, nue devant toi sur un matelas de pétales de roses ?

— Tu verras, ce ne sera pas difficile.

Il en rajouta quelques-uns, recula de plusieurs pas pour juger de l'effet.

— Nous avons fait l'amour dans ce lit il y a quelques heures, lui rappela-t-elle.

— Justement.

Il se tourna vers elle en souriant.

— Ça m'aiderait si tu y pensais pendant que je travaille.

— Ah ? Tu as donc fait l'amour avec moi uniquement pour me mettre dans l'humeur adéquate ?

— Non, j'ai fait l'amour avec toi parce que j'en avais très envie. Quant à ton humeur, c'est encore un à-côté dont je vais pouvoir profiter.

— Tu sais où tu peux te le mettre, ton à-côté ?

Il s'esclaffa, puis la saisit par le bras avant qu'elle ne coure se réfugier dans la salle de bains.

— Je suis fou de toi.

— Arrête ! protesta-t-elle, tandis qu'il lui mordillait l'oreille. Je suis sérieuse, Seth.

— Complètement fou. Tu es si belle. Ne te dérobe pas.

— Tu ne m'auras pas à force de flatteries ou de cajoleries.

— Cajoleries. Joli mot. Et si tu songeais à mon art ? Essaie, au moins. Accorde-moi une heure, murmura-t-il en effleurant ses lèvres d'un baiser. Si tu es toujours aussi mal à l'aise, nous aviserons. Le corps humain, c'est naturel.

— La lingerie pur coton aussi.

— Surtout quand c'est toi qui la portes.

Malgré elle, elle rit.

— Une heure ? Et en échange tu m'offres le tableau ?

— Promis. Est-ce que cette musique te convient ? Commençons par retirer ceci…

Il dénoua son peignoir, le fit glisser sur ses épaules.

— J'aime te contempler. J'aime tes formes.

Il parlait tout bas en la poussant doucement vers le lit.

— La façon dont ta peau accroche la lumière. Je veux te montrer comment je te vois.

— Comment veux-tu que je me détende si tu continues ainsi à…

— Allonge-toi. Ne pense à rien pour l'instant. Je veux que tu te tournes sur le côté, face à moi. Le bras comme ceci, ajouta-t-il en le plaçant sur ses seins.

Elle fit de son mieux pour ignorer le frisson qui courait sur sa peau à son contact.

— Je me sens tellement… exposée.

— Révélée, rectifia-t-il. C'est différent. Remonte ton genou. L'autre bras, par ici. La paume ouverte. Parfait. Ce n'est pas trop inconfortable ?

— Je n'arrive pas à croire que je suis là. Ce n'est pas moi.

— Si, c'est toi.

Il plongea la main dans le sachet et la saupoudra de pétales, sur les cheveux, sur la courbe du sein, le bras, le long de la cuisse.

— Efforce-toi de garder la pose.

Il s'écarta, laissa errer son regard sur elle. Elle se sentit rougir.

— Seth.

— Essaie de ne pas bouger. Je vais commencer par le corps. La tête et le visage, ce sera pour plus tard. Parle-moi.

Il s'éclipsa derrière le chevalet.

— De quoi ? Du fait que je me trouve absolument ridicule ?

— Si nous allions faire un tour en bateau, ce soir ? On pourrait s'inviter à dîner chez Anna et sortir après.

— Le dîner, c'est encore loin, et je n'ai aucune envie de penser à ta sœur alors que je suis... Il y a des gens qui vont me voir ainsi. Nue !

— Ils admireront le portrait d'une superbe femme.

— Ma mère ! s'exclama Dru, soudain horrifiée.

— Comment va-t-elle ? Elle s'est réconciliée avec ton père ?

— En principe, oui. Ils sont partis pour Paris, mais ils sont furieux contre moi.

— Difficile de contenter tout le monde tout le temps.

Il esquissa le galbe de son épaule, sa nuque, sa gorge gracieuse.

— Quand es-tu allée à Paris pour la dernière fois ?

— Il y a environ trois ans. Pour le mariage de ma tante. Elle y habite. En fait, elle vit en banlieue, mais ils ont un pied-à-terre à Paris.

Il se lança à son tour dans une description de ses propres aventures parisiennes. Lorsqu'il constata qu'elle était totalement à l'aise, il se mit à peindre.

Le contraste du rouge sur sa peau laiteuse, le scintillement de la lumière, le raffinement du drapé, recelant des ombres mystérieuses dans ses plis... Il

258

voulait capter l'élégance de sa main ouverte, la puissance des muscles de son mollet.

Elle bougea légèrement, mais il ne la réprimanda pas. Il continuait de bavarder, cependant une partie de lui s'était détachée du reste. Tout son cœur, toute son âme était à son œuvre.

Il était de nouveau devant sa reine des fées, mais cette fois-ci elle était réveillée. Consciente.

Bientôt, elle oublia la pose, sa gêne. Le regarder travailler était exaltant. Se rendait-il compte de l'intensité de son expression ? Une lueur presque féroce dansait dans ses prunelles, en totale opposition avec ses paroles.

Se voyait-il ? Sûrement. Il ne pouvait qu'être conscient de sa concentration, de l'aisance de son geste qui faisait partie intégrante de sa technique. De la dimension sexuelle de la scène, aussi. Cette beauté, cette puissance, il les communiquait à son modèle, qui se sentait à son tour beau et fort.

Il lui avait demandé une heure, mais elle n'y songeait même plus. Quels que soient ses fantasmes, elle était trop impliquée, maintenant, pour briser l'enchantement.

Le modèle tombait-il forcément amoureux de l'artiste ? se demanda-t-elle. Était-ce naturel de ressentir cette incroyable intimité, ce désir stupéfiant ?

C'était le premier homme, le seul, avec lequel elle voulait s'abandonner. Auquel elle était prête à tout donner. L'amour était-il donc synonyme de renoncement ? Cette pensée l'effrayait.

Que resterait-il d'elle, si elle succombait ?

Un frisson la parcourut.

— Tu as froid ? demanda-t-il d'un ton impatient. Puis, plus doucement :

— Excuse-moi… Tu as froid ?

— Non. Oui. Peut-être un peu. Je m'engourdis.

Il fronça les sourcils, consulta son poignet, mais, une fois de plus, il avait oublié sa montre.

— Ça doit faire une heure.

Elle sourit.

— Au moins.

— Tu as besoin d'une pause. Tu veux un verre d'eau ? Du jus de fruits ? Je ne sais même pas si j'en ai.

— De l'eau, ce sera parfait. Je peux m'asseoir ?

— Bien sûr, bien sûr.

Il ne l'observait plus, il examinait son travail.

— Je peux voir ?

— Mmmm...

Il posa son pinceau, s'empara d'un chiffon. Sans quitter la toile des yeux.

Dru se releva, enfila son peignoir et s'approcha de lui.

Le lit trônait en plein centre. Elle était au milieu.

Il ne s'était pas encore attelé à son visage, elle n'était qu'un corps, longue silhouette fine, ornée de pétales. Son bras recouvrait à demi ses seins, mais c'était davantage un geste de provocation que de pudeur. Une sorte d'invite...

L'ensemble était loin d'être achevé mais, déjà, l'on pressentait le résultat.

— C'est magnifique.

— Ce le sera. Pour un début, ce n'est pas mal.

— Tu savais que je ne résisterais pas, après avoir vu cela.

— Si tu n'y avais pas vu ce que je veux que tu voies, j'aurais échoué, Drusilla.

Elle le dévisagea. Son cœur fit un bond dans sa poitrine quand elle croisa son regard. Un regard intense, vibrant de désir.

— Jamais je n'ai eu envie de quelqu'un à ce point, avoua-t-elle d'une voix sourde. Je ne sais pas ce que cela signifie.

— Je m'en fiche éperdument.

260

Il l'attira à lui et réclama ses lèvres.

Déjà, il lui arrachait son peignoir, l'entraînait vers le lit.

Une partie d'elle-même – la jeune fille de bonne famille, élevée dans le luxe et le raffinement – fut choquée par ce traitement. Une autre le fut plus encore par sa propre réaction. Ce fut cette dernière qui triompha.

Elle tira sur sa chemise alors qu'ils se laissaient tomber sur les draps recouverts de pétales.

— Touche-moi. Caresse-moi, le supplia-t-elle en enfonçant les ongles dans sa chair. Comme tu imaginais me toucher et me caresser pendant que tu peignais.

Les mains de Seth parcoururent son corps, brutales, avides, ranimant le feu incandescent qui couvait en elle alors qu'elle posait nue pour lui. Un sursaut d'énergie la submergea, et elle se sentit emportée dans un tourbillon de désir irrépressible.

Leurs bouches se cherchèrent farouchement.

Il se perdait en elle, pris au piège dans un labyrinthe d'émotions incontrôlables. Envahi par un flot de sensations exquises.

La luxure, en lutte avec l'amour.

Il la serra avec force puis, soudain, roula sur le côté.

L'urgence s'apaisa, se teinta de tendresse.

Leurs bouches se rencontrèrent en un long et somptueux baiser. Leurs mains glissèrent sur leurs corps avec une grande douceur. L'air était empli du parfum des roses, de la peinture, de la térébenthine, brassés par la brise du large.

Elle se hissa au-dessus de lui.

Sa gorge se noua. Son cœur se gonfla. Bouleversée, elle posa ses lèvres sur les siennes.

Ce qu'elle ressentait en cet instant allait au-delà du plaisir ou du désir. Si seulement elle pouvait se laisser aller, son bonheur serait absolu.

Si cela devait la consumer, alors elle se laisserait consumer. Elle le prit en elle, s'abandonnant enfin.

Lentement, leurs deux corps profondément unis, ils commencèrent à se mouvoir en rythme. Ils tremblèrent d'excitation, soupirèrent de satisfaction. Elle eut la sensation que les couleurs audacieuses qu'il avait employées dans son tableau se répandaient en elle tandis que, étroitement enlacés, ils rendaient les armes.

Durant un long moment, ils demeurèrent silencieux. La tête blottie au creux de son épaule, elle contempla le carré lumineux de la fenêtre.

Il avait ouvert une fenêtre en elle, songea-t-elle. Celle qu'elle avait crue définitivement fermée. À présent, l'air et la lumière s'y déversaient à flots.

Comment pourrait-elle jamais la refermer ?

— C'est la première fois que je fais l'amour sur des pétales de roses, murmura-t-elle. Ça m'a plu.

— Moi aussi.

Elle en ôta un qui s'était collé dans son dos.

— Regarde ce que nous avons fait ! L'artiste va nous en vouloir.

— Non, murmura-t-il, flottant sur une vague de pur bonheur. D'ailleurs, il a beaucoup d'imagination.

— Je demande confirmation.

— Donne-moi une heure de plus.

Elle arrondit les yeux.

— Tu vas te remettre à peindre ? Maintenant ?

— Fais-moi confiance. C'est important, vraiment important. Juste pour… Voilà ! fit-il en la faisant basculer sur le dos. Tu te souviens de la pose, ou tu veux que je te replace ?

— Si je… Pour l'amour du ciel, Seth !

Vaguement irritée, elle roula sur le côté et se couvrit les seins.

— Très bien, je m'en occupe.

Enjoué, ayant retrouvé toute son énergie, il la déplaça légèrement, jeta une poignée de pétales frais sur son corps, recula, s'avança pour peaufiner l'ensemble.

— Boude si ça te chante, mais tourne la tête vers moi.

— Je ne boude pas. Je suis trop vieille pour bouder.

— Comme tu voudras.

Il enfila son jean à la hâte.

— Oui… comme ça, le menton en avant. Non ! Pas trop, mon trésor. Là, c'est mieux.

Il attrapa son pinceau.

— Incline un peu la tête… Encore un peu… Impeccable ! Tu es merveilleuse ! Parfaite ! Tu es la meilleure.

— Et toi, tu n'es qu'une merde.

— Quelle insolence ! railla-t-il. Et un peu cru, non, venant de toi ?

— Je peux être grossière si l'occasion se présente. Et ne venait-elle pas de se présenter ?

En ce qui la concernait, être moins considérée que son travail par un homme dont elle venait de tomber amoureuse lui semblait l'occasion idéale.

— Tais-toi. Regarde-moi et écoute la musique.

— Ça tombe bien, je n'ai rien à te dire.

Peut-être, pensa-t-il, mais son visage, lui, en disait long. Et il voulait capter tout cela. L'angle un peu arrogant de la mâchoire, le menton volontaire, les pommettes sculptées, la forme divine de ses yeux, de ses sourcils, la ligne élégante de son nez.

Pour le reste, sa bouche, son regard, il en voulait davantage.

— Ne bouge pas, ordonna-t-il en revenant vers elle. Je veux que tu médites sur le désir que tu m'inspires.

— Pardon ?

— Dis-toi que tu es belle, que tu viens de te réveiller et que tu m'as surpris en train de te contempler. Avec avidité. Tu as tous les pouvoirs.

— Pas possible !

— J'ai envie de toi, désespérément, chuchota-t-il en se penchant sur elle. Tu le sais. Il te suffit d'un signe. D'un sourire.

Il l'embrassa doucement.

— Je suis ton esclave.

Il s'écarta, disparut derrière le chevalet.

— C'est toi, Drusilla. Toi.

Elle incurva les lèvres, une lueur mi-provocante, mi-languide vacilla au fond de ses yeux.

— Ne change rien.

Il ne voyait plus qu'elle, ne sentait plus qu'elle, au point que sa main s'activait sans qu'il s'en rende compte.

Il saisit ce qu'il pouvait, sachant qu'il n'oublierait jamais cette lumière dans son regard. Qu'il pourrait se la remémorer à volonté quand il voudrait achever son travail.

Elle serait là, dans son âme et dans son cœur, dès qu'il se retrouverait seul. Dès qu'il souffrirait de sa solitude.

— J'y arriverai, annonça-t-il en posant son pinceau. Ce sera mon œuvre la plus importante. Tu sais pourquoi ?

L'esprit en déroute, le cœur cognant dans sa poitrine, elle ne put que secouer la tête.

— À cause de ce que tu représentes pour moi. Ce que j'ai deviné dès que je t'ai vu. Drusilla...

Il s'approcha du lit.

— Je t'aime.

— Je sais, souffla-t-elle tandis que son cœur s'arrêtait de battre. Je sais. Je suis terrifiée, Seth. Terrifiée, parce que moi aussi je t'aime.

Elle se redressa brusquement, éparpillant les pétales, et se jeta dans ses bras.

15

L'ouragan Anna déferla sur la maison, et tous les hommes se ruèrent aux abris. Elle tourbillonna dans le salon, ramassant chaussettes, chaussures, casquettes et verres vides. Ceux qui n'avaient pas été assez rapides pour évacuer les lieux durent attraper au vol les objets qui volaient, sous peine de les recevoir en pleine tête.

Lorsqu'elle parvint à la cuisine, les survivants s'étaient tous dispersés. Même le chien s'était terré dans un coin.

Maintenant entre eux une distance de sécurité, Seth s'éclaircit la voix :

— Euh… Anna, c'est juste un dîner.

Elle pivota vers lui. Il pesait au moins vingt kilos de plus qu'elle, pourtant il tressaillit en croisant son regard noir.

— Juste un dîner ? répéta-t-elle. Et je suppose que tu t'imagines qu'il va se préparer tout seul ?

— Non. Mais ce que tu avais prévu conviendra très bien. Dru n'est pas difficile.

— Ah ! Dru n'est pas difficile ! rétorqua Anna.

Elle ouvrit les placards, en sortit toutes sortes d'ingrédients, claqua les portes.

— C'est donc tout à fait normal de m'annoncer une heure à l'avance que nous avons une invitée.

— Ce n'est pas vraiment une invitée. J'ai pensé que nous pourrions grignoter un morceau et...

— Grignoter un morceau! gronda-t-elle en s'approchant de lui d'un pas délibérément lent. On pourrait aussi commander une pizza et lui demander de la prendre en chemin.

Tablant sur le fait qu'elle était trop occupée avec Seth pour le remarquer, Cam se faufila jusqu'au réfrigérateur pour y prendre une bière. Il aurait mieux fait de s'abstenir.

— Et toi! aboya-t-elle. Tu crois vraiment que tu peux te permettre d'entrer dans ma cuisine avec tes chaussures sales? N'envisage pas une seconde d'aller te vautrer sur le canapé à siroter ta bière. Tu n'es pas le roi, ici.

Il dissimula la bouteille derrière son dos, au cas où elle aurait eu une idée en tête.

— Hé, je ne suis qu'un observateur innocent!

— Il n'y a pas d'innocents dans cette maison. Reste ici! hurla-t-elle quand Seth tenta de s'éclipser. Je n'en ai pas terminé avec toi.

— D'accord, d'accord! Écoute, où est le problème? Nous avons toujours du monde à l'improviste. Pas plus tard qu'hier soir, Kevin nous a ramené son copain, le monstre.

— C'est pas un monstre! protesta Kevin depuis le séjour, où il avait trouvé refuge.

— Il avait un anneau dans le nez et il n'arrêtait pas de citer Dylan Thomas.

— Ah, Marcus! Ouais, il est givré. Je croyais que tu parlais de Jerry.

— Tu vois? renchérit Seth en levant les mains. Les gens vont et viennent au point que nous ne savons même plus qui nous recevons.

— Là, c'est différent, décréta Anna en s'emparant d'un énorme couteau.

Cam, le lâche, avait déserté le champ de bataille. Seth renonça à discuter.

— Bon. Je suis désolé. Je vais t'aider.

— Et pas qu'un peu! Patates! ordonna-t-elle en pointant sa lame en direction de l'office. Nettoie-les.

— Oui, madame!

— Quinn!

— Quoi? gémit Cam. Je n'ai rien fait, moi!

Il se présenta de nouveau sur le seuil, sa bière toujours planquée dans le dos.

— Justement. Douche! Ne jette *pas* la serviette par terre. Et rase-toi.

— Me raser? bredouilla-t-il en se frottant le menton, l'air harassé. On n'est pas le matin.

— Rase-toi! insista-t-elle en s'attaquant à une gousse d'ail avec jubilation.

— Au secours! marmonna Cam.

Il grimaça et tourna les talons.

— Jake! Ramasse ton bazar dans le bureau. Kevin! Passe l'aspirateur.

— Pourquoi fais-tu en sorte qu'ils me détestent tous? s'enquit Seth.

Pour toute réponse, il eut droit à un coup d'œil féroce.

— Quand tu auras lavé les pommes de terre, tu les couperas en morceaux. De cette taille, à peu près, précisa-t-elle en écartant le pouce et l'index. Ensuite, tu mettras un essuie-mains propre et un savon neuf dans la salle d'eau du bas. Le premier que je surprends à se servir du savon des invités ou à laisser ses empreintes sur l'essuie-mains aura les doigts tranchés!

Elle jeta des ingrédients dans une terrine et mélangea le tout.

— Il n'y a pas que mon bazar, dans le bureau! déclara Jake en entrant bruyamment.

267

Il gratifia Seth d'un ricanement.

— J'en connais d'autres, aussi coupables que moi !

— Qu'est-ce que tu fais ? glapit Anna, tandis que son fils ouvrait le réfrigérateur.

— J'allais juste prendre un…

— Pas question ! Je veux que tu mettes le couvert.

— C'est le tour de Kevin. Moi, je suis de corvée de vaisselle.

— Ce soir, tu feras les deux.

— Quoi ? En quel honneur ? C'est pas moi qui ai invité une fille à dîner !

— C'est comme ça et pas autrement. Mets le couvert dans la salle à manger. Sors le beau service.

— Hein ? Mais c'est pas Thanksgiving !

— Et les serviettes en lin, ajouta-t-elle. Celles avec les roses. Lave-toi les mains d'abord.

— C'est pas possible ! Tout ça pour une nana. On croirait qu'on attend la reine d'Angleterre !

Il fonça vers l'évier, fit couler l'eau.

— Une chose est sûre, je n'amènerai *jamais* une fille à dîner ici.

— Je te rappellerai ce commentaire dans deux ans.

La perspective de voir son cadet lui présenter un jour une possible fiancée l'avait émue, et elle renifla en répandant sa marinade sur les blancs de poulet.

— Moi-même, j'y réfléchirai à deux fois, bougonna Seth.

— Je te demande pardon ?

Il sursauta.

— Rien, rien. Mais franchement, Anna, ce n'est pas la première fois que je convie une femme à manger. Dru a déjà partagé un repas avec nous, tu n'en as pas fait tout un plat !

— Ce n'était pas pareil. Elle est passée à l'improviste, et tu la connaissais à peine.

— Oui, mais…

— Et c'est la première fois que tu invites une femme dont tu es amoureux. Les hommes ne comprennent rien à rien! Et j'en ai une horde autour de moi! conclut-elle en reniflant de plus belle.

— Ne pleure pas! Oh, non! Mon Dieu! Je t'en supplie, ne pleure pas!

— Je pleurerai si j'en ai envie. Essaie de m'en empêcher!

— Bravo! commenta Jake avant de s'enfuir.

— Je me charge du poulet.

Atterré, Seth abandonna ses pommes de terre et se précipita vers Anna pour lui caresser les cheveux.

— Dis-moi ce que tu veux que j'en fasse. Et pour la suite aussi. Et je laverai la vaisselle, et...

Il recula d'un pas.

— Je n'ai jamais dit que j'étais amoureux de Dru!

— Quoi? Tu me prends pour une idiote ou une aveugle?

Elle saisit au vol l'huile d'olive et la moutarde pour sa vinaigrette.

— Où est la sauce Worcestershire?

Seth la lui prit les mains.

— Je viens à peine de le lui avouer. Comment as-tu deviné?

— Parce que je t'aime, espèce d'idiot. Allez, pousse-toi! Je suis débordée.

Il posa la joue contre la sienne, et soupira.

— Nom d'un chien! lâcha Anna en l'enlaçant. Je veux que tu sois heureux, Seth.

— Je le suis. Et ça m'effraie un peu.

— C'est normal, le rassura-t-elle.

Elle l'étreignit brièvement, puis le libéra.

— Fiche le camp d'ici. Savon neuf, essuie-mains propre. Lunette des toilettes abaissée. Et trouve-toi un jean sans trous.

— Je ne sais pas si j'en ai. Merci pour tout, Anna.

— De rien. Mais tu feras quand même la vaisselle.

— Waouh ! s'écria Jake, de la salle à manger.

— C'est vraiment gentil de me recevoir ainsi, à l'improviste. Merci encore.

Anna choisit un vase bleu foncé pour les fleurs que Dru lui avait apportées.

— Nous sommes heureux de vous avoir.

— Une invitée surprise, à la dernière minute, après une journée de travail, c'est forcément compliqué.

— Pas du tout ! J'ai prévu du poulet. Un repas sans façons.

Anna esquissa un sourire, tandis que Jake levait les yeux au ciel dans le dos de Dru.

— Tu voulais quelque chose, Jake ?

— Je me demandais juste quand on allait passer à table.

— Tu seras le premier prévenu. Va appeler Seth, qu'il vienne ouvrir cette somptueuse bouteille de vin que Dru nous a offerte. Nous en boirons un verre avant le dîner.

— Décidément, on peut crever de faim dans cette baraque, marmonna Jake en sortant.

— Est-ce que je peux vous aider ?

Un arôme exquis flottait dans la cuisine. Quelque chose – le poulet, sans doute – mijotait sur le feu.

— Nous contrôlons la situation, merci.

D'une main agile, Anna souleva le couvercle de la sauteuse, la secoua légèrement, enfonça sa fourchette ici et là, remit le couvercle en place.

— Vous cuisinez ?

— Pas comme vous. Je sais très bien faire bouillir des pâtes et y verser une sauce toute prête.

— Ah ! Brut de décoffrage ! commenta Anna en riant. J'adore. Un de ces jours, je vous expliquerai comment confectionner un coulis de tomates fraîches.

Seth ! Te voilà enfin ! Peux-tu ouvrir cette bouteille et donner un verre à Dru ? Ensuite, tu lui montreras ma nouvelle plate-bande, pendant que je termine ici.

— Je vous donnerais volontiers un coup de main, protesta Dru. Je ne suis pas un cordon-bleu, mais je sais suivre des instructions.

— La prochaine fois. Accompagnez Seth, buvez votre vin. Ce sera prêt dans dix minutes.

Anna les poussa dehors, ravie, se frotta les mains et se remit avec enthousiasme au travail.

Un quart d'heure plus tard, ils s'installaient autour de la table de la salle à manger. Le chien avait été banni de la pièce.

— Cette vaisselle est superbe, fit remarquer Dru.

— Je l'aime beaucoup. Cam et moi l'avons achetée en Italie, pendant notre voyage de noces.

— Si vous cassez une assiette, expliqua Jake en attaquant son poulet, on vous enfermera dans la cave pour que les rats vous dévorent les oreilles.

— Jake ! s'exclama Anna avec un petit rire gêné, en faisant circuler la salade de pommes de terre. Qu'est-ce que tu racontes ? Nous n'avons même pas de sous-sol.

— Papa a dit que c'est ce que tu ferais, quand bien même il te faudrait creuser une cave à mains nues. Pas vrai, papa ?

— Je ne sais pas de quoi tu parles. Mange tes asperges.

— Je suis obligé ?

— Si je le suis, tu l'es aussi.

— Je ne vous force pas, intervint Anna.

— Cool ! Il y en aura plus pour moi ! s'écria Kevin en se ruant sur le plat. Quoi ? geignit-il en accrochant le regard menaçant de sa mère. J'aime ça !

— Dans ce cas, demande, au lieu de plonger sur la table. Nous ne les laissons pas souvent sortir du chenil, ajouta-t-elle à l'intention de Dru.

— J'ai toujours rêvé d'avoir des frères.

— Pourquoi ? demanda Jake. La plupart du temps, ils vous cognent dessus.

— En effet, tu me parais avoir pas mal souffert. J'ai toujours pensé que ce serait agréable d'avoir quelqu'un à qui parler – et sur qui taper. Quelqu'un auprès de qui me réfugier quand mes parents étaient à cran. Quand on est enfant unique, tout vous tombe dessus. Et il n'y a personne pour manger vos asperges si vous n'en voulez pas.

— Oui, mais l'an dernier, Kevin a chipé toutes les friandises de Halloween.

— Tu t'en es pas remis ?

Jake dévisagea son frère.

— Je n'oublie jamais rien. Tout est enregistré dans ma banque de données. Et un de ces jours, espèce de porc, tu paieras.

— Débile !

— Thespien !

— C'est la toute dernière insulte de Jake, expliqua Seth en brandissant son verre à pied. Depuis que Kevin participe à une pièce de théâtre de Thespis.

— Ça rime avec lesbien, précisa Jake, tandis qu'Anna ravalait un grognement. C'est une façon détournée de le traiter de minette.

— Subtil. J'ai beaucoup apprécié votre spectacle du mois dernier, dit Dru à Kevin. La mise en scène était formidable. Tu envisages d'étudier l'art dramatique à l'université ?

— Oui. Ça me plaît. Le théâtre, c'est cool, mais je préfère encore le cinéma. Mes copains et moi, on a tourné des films vidéo incroyables. Le dernier, *Slashed*, est le meilleur. C'est l'histoire d'un tueur psychotique manchot qui poursuit des chasseurs dans les bois. Il les découpe un par un, c'est sa vengeance, parce qu'un d'entre eux lui a tiré une balle dans le bras par accident. Y a plein de flash-back et tout. Vous voulez le voir?

— Volontiers.

— Je ne savais pas que tu avais assisté à la représentation de Kevin.

Dru reporta son attention sur Seth.

— Je m'efforce de me tenir au courant de ce qui se passe en ville. Et j'adore le théâtre amateur.

— Nous aurions pu y aller ensemble.

Elle but une gorgée de vin et lui adressa un sourire qui bouleversa Anna.

— Un rendez-vous galant?

— Dru a la phobie des rendez-vous galants, déclara Seth sans la quitter des yeux. Je me demande pourquoi.

— Parce que je me suis souvent retrouvée avec des hommes qui ne m'intéressaient pas. Mais surtout parce que je n'ai guère eu le temps depuis mon arrivée ici. J'avais d'autres priorités : démarrer mon affaire, gérer la boutique.

— Qu'est-ce qui vous a poussée à choisir ce métier? voulut savoir Anna.

— Je me suis interrogée sur mes capacités, mais aussi sur ce que j'aimais. J'adore les fleurs. J'ai donc suivi des stages, et je me suis rendu compte que je m'en sortais plutôt bien.

— Il faut beaucoup de courage pour se lancer dans le commerce, surtout quand on s'installe dans une ville qu'on ne connaît pas.

— Si j'étais restée à Washington, j'aurais dépéri. Cela peut paraître mélodramatique, mais j'avais besoin de changement. J'ai envisagé toutes sortes de solutions, toutes sortes de lieux; chaque fois, j'en revenais à un magasin de fleuriste à St. Christopher. C'est le commerce idéal.

— Pourquoi cela? s'enquit Cam.

— On se lie tout de suite avec les habitants. Quand on vend des fleurs, on sait qui va fêter son anniversaire, qui est mort, qui vient d'avoir un bébé. Qui est amoureux, qui cherche à se réconcilier après une dispute, qui a obtenu une promotion, qui est souffrant. Dans une petite ville comme celle-ci, on a droit à tous les détails.

Elle marqua une pause, puis enchaîna en prenant l'accent de la région :

— La vieille Mme Wilcox est décédée, elle aurait eu 89 ans en septembre. Elle rentrait du marché, et elle a eu une attaque cérébrale, là, dans sa cuisine, pendant qu'elle rangeait ses conserves. Dommage qu'elle n'ait pas renoué avec sa sœur avant, parce que maintenant c'est trop tard. Elles ne se sont pas adressé la parole depuis douze ans !

— Excellent ! approuva Cam, amusé.

Il s'accouda, le menton sur le poing. Non seulement elle était belle et intelligente, songea-t-il. Mais en plus elle était chaleureuse et elle avait le sens de l'humour. Il suffisait de la mettre à l'aise.

Seth était cuit.

— Moi qui croyais que c'était facile...

— Pas tant que ça. Quand un monsieur surgit, affolé, parce qu'il a oublié l'anniversaire de son mariage, mon rôle n'est pas seulement de choisir le bouquet adéquat, mais aussi de rester discrète.

— Comme un prêtre, suggéra Cam.

Elle rit.

— Si l'on veut. Vous n'imaginez pas les confessions auxquelles j'ai droit !

— Ce travail vous épanouit, murmura Anna.

— C'est vrai. J'aime ce que je fais. À Washington...

Elle se tut, étonnée de se découvrir aussi bavarde.

— ... c'était différent, conclut-elle.

Il la raccompagna chez elle, et ils s'assirent sur les marches de la véranda dans la douceur du soir, pour observer la danse des vers luisants dans l'obscurité.

— Tu as passé une bonne soirée ?

— Excellente. Le repas, ta famille, la promenade en bateau...

— Tant mieux.

Il lui prit la main et la porta à ses lèvres.

— Parce que Anna va passer le mot. Tu vas devoir réitérer ta performance chez Grace, puis chez Sybill.

— Ah.

Elle n'y avait pas pensé.

— Il va falloir que je rende les invitations. Je pourrais vous avoir tous pour...

Elle ferait appel à un traiteur, bien sûr. Elle devrait aussi s'arranger pour que les adolescents ne s'embêtent pas.

— Je ne fais pas le poids, avoua-t-elle. Les dîners que j'ai l'habitude d'organiser ne sont pas de mise, ici.

— Tu veux nous avoir tous ? s'écria-t-il, enchanté par cette idée. Nous achèterons un gril pour faire un barbecue. Steaks et maïs grillés. Simple, mais efficace.

«Nous», nota-t-elle. D'individus, ils étaient devenus *nous*. Elle ne savait trop ce qu'elle en pensait.

— J'ai une question à te poser, dit-il en s'adossant contre la marche pour examiner son profil. Quelle impression cela fait-il de grandir dans un milieu riche ?

Elle haussa les sourcils.

— Nous préférons le terme «fortuné». Bien évidemment, cela présente certains avantages.

— Je m'en doute. Nous avons à peu près compris pourquoi la jeune femme fortunée gère une boutique de fleurs sur le port, mais pourquoi n'emploie-t-elle ni domestique ni assistant ?

— J'ai M. G., et cela me convient parfaitement. Il est souple, je peux compter sur lui, il s'y connaît. Je prévois d'engager une vendeuse à temps partiel. Mais avant cela, je veux être certaine que l'affaire est rentable, et que cela se justifie.

— C'est toi qui te charges de la comptabilité.

— Ça me plaît.

— Et des commandes, et de l'inventaire, et...

— Ça me...

— Oui, j'ai compris, la coupa-t-il, amusé de la voir se raidir. Inutile de te mettre sur la défensive. Tu aimes tenir la barre. Je ne vois rien de mal à cela.

— À propos de barre, le dessin du sloop me convient tout à fait. Je vais prendre contact avec Philip, pour qu'il me prépare un contrat.

— Excellente nouvelle, mais tu ne m'as pas répondu. Pourquoi n'as-tu pas pris une femme de ménage ?

— Si tu cherches à me vendre les services de Grace, je te signale qu'Audrey t'a devancé. Je vais lui en parler.

— Ce n'était pas mon but, fit-il en lui caressant la jambe, mais c'est une bonne idée. Tu pourras ainsi distribuer tes bénéfices, tout en ayant plus de temps pour toi. D'une pierre, deux coups.

— Tu t'intéresses beaucoup à l'argent, brusquement.

— C'est toi qui m'intéresses, rectifia-t-il. Sybill est la seule personne que je connaisse vraiment issue d'un milieu aisé. Mais j'ai dans l'idée que sa famille gagne des clopinettes en comparaison de la tienne. Ta mère se promène en voiture avec chauffeur en uniforme. Et toi, tu refuses d'avoir quelqu'un pour récurer les W-C. Donc, je m'interroge : Est-ce qu'elle aime récurer les W-C ?

— C'est un rêve d'enfance, répliqua-t-elle, pince-sans-rire.

— Si tu veux réaliser ce rêve avec les W-C de l'atelier, tu es la bienvenue.

— Merci. C'est très généreux de ta part.

— Je t'aime. Je fais ce que je peux.

Elle faillit soupirer. Il l'aimait. Il cherchait à la comprendre.

— L'argent – beaucoup d'argent – résout pas mal de problèmes, mais en crée d'autres. D'une façon comme une autre, riche ou pauvre, si tu te tords la cheville, tu souffres. L'argent peut aussi devenir un facteur d'isolement : il est difficile de rencontrer des gens ou de développer des amitiés en dehors du cercle des nantis. Surtout quand on a des parents qui tiennent à vous protéger de tout, à tout prix.

Elle se tourna vers lui.

— Ce n'est pas un discours de « pauvre petite fille riche ». C'est un fait. J'ai bénéficié d'une éducation privilégiée. Je n'ai jamais manqué de rien, je ne manquerai jamais de rien. J'ai fait d'excellentes études, j'ai énormément voyagé. Et si j'étais restée au sein de ce charmant petit cercle, je serais morte à petit feu.

Elle secoua la tête.

— Ça fait un peu drame...

— Non. Il y a toutes sortes de faim. Si on ne se nourrit pas, on crève.

— Disons que j'étais en quête d'un autre menu. Dans notre demeure de Washington, ma mère gère une équipe de seize domestiques. La maison est magnifique. Ici, pour la première fois, je vis seule. Quand je me suis installée à Georgetown, ils m'ont imposé une gouvernante comme cadeau de bienvenue, malgré mes protestations. J'étais coincée.

— Tu aurais pu refuser.

— Ce n'est pas si facile, et je n'avais pas le courage d'affronter encore des conflits, après la bataille que je venais de livrer pour mon indépendance.

D'ailleurs, la gouvernante n'y était pour rien : elle était gentille, efficace, très agréable. Mais je ne voulais pas d'elle. Je l'ai gardée parce que mes parents paniquaient complètement à l'idée que je ne sois plus sous leur toit. Ils s'inquiétaient, ils ne cessaient de me répéter que cela les rassurait de savoir que j'avais quelqu'un de confiance auprès de moi. J'en avais assez de me battre.

— La famille, parfois, c'est redoutable.

— Dans mon cas, certainement. Ça paraît ridicule de se plaindre d'avoir chez soi une personne qui cuisine, fait les courses et tout le reste. Mais, en échange, on renonce à toute intimité. On n'est jamais, jamais seul. Un domestique a beau être aimable, loyal et discret, il est au courant de tout. Il sait si l'on s'est disputé avec ses parents ou avec un amant. Si l'on a mangé, ou pas. Si l'on a dormi, ou pas. Si l'on a fait l'amour, ou pas. Le moindre mouvement, la moindre parole, tout est surveillé.

Un soupir lui échappa.

— Ici, reprit-elle, je n'en veux pas. D'ailleurs, j'aime faire les choses moi-même, veiller sur les détails. Me rendre compte que j'y arrive. Mais je ne suis pas sûre d'être capable d'organiser un dîner pour la horde des Quinn.

— Si ça peut te consoler, Anna était dans tous ses états avant ton arrivée.

— Vraiment ? Ça me rassure. Elle semble toujours si bien maîtriser la situation.

— C'est le cas. Elle nous terrifie.

— Vous la vénérez. Chacun d'entre vous. C'est fascinant. Tu sais, Seth, tout cela est très nouveau pour moi.

— Pour moi aussi.

— Non, réfuta-t-elle en détournant la tête. Qu'elles soient décontractées ou traditionnelles, impromptues ou planifiées, les réunions de famille, pour toi, c'est un terrain connu. Tu n'as pas besoin d'une carte pour t'y retrouver. Tu as de la chance.

— Je sais.

Il pensa à ses origines. À Gloria.

— Je sais, répéta-t-il.

— Vous vous serrez les coudes. Ils m'ont accueillie à bras ouverts parce que tu le leur as demandé. Tu tiens à moi, donc ils s'attacheront à moi. Avec mes parents, ce sera tout le contraire. Si tu les rencontres un jour, tu subiras un interrogatoire poussé, tu seras soigneusement examiné, analysé et jugé.

— Ils veulent ton bonheur.

— Non, c'est plus pour eux que pour moi. Ils se renseigneront sur ta famille. Ton statut social. Ta situation financière – pour s'assurer que tu n'en veux pas qu'à ma fortune. Bien entendu, ma mère sera ravie que je fréquente un homme aussi connu dans le monde des arts. Mais c'est très superficiel.

Il lui ébouriffa les cheveux.

— Ne t'inquiète pas. Je ne vais pas me sentir insulté parce que ma réputation d'artiste a impressionné quelqu'un.

— Tu te sentiras peut-être insulté quand on fouillera discrètement, mais à fond, ton passé, ou quand on vérifiera la solvabilité de l'entreprise Quinn.

L'idée qu'on fouille son passé lui glaça le sang.

— Il faut que tu le saches, enchaîna-t-elle. C'est la procédure normale dans ma famille. Jonah a passé les tests haut la main ; ses relations politiques étaient un plus. C'est pourquoi on m'en a tant voulu quand j'ai annulé le mariage. Je suis navrée. Je sais que je te gâche ta soirée, mais je suis consciente qu'entre nous, les choses évoluent. Je préfère te mettre au courant dès maintenant.

— Très bien. Mais dis-moi, si ce qu'ils découvrent leur déplaît, est-ce que cela signifie que tout sera fini entre nous ?

— Je me suis éloignée d'eux parce que je refusais de vivre comme eux. Je prends mes décisions seule, Seth.

— Alors, n'y pensons plus, murmura-t-il en l'attirant dans ses bras. Je t'aime. Je me fiche de ce que pensent les autres.

Il aurait voulu que ce soit aussi simple.

L'amour était la plus puissante de toutes les forces. Il pouvait venir à bout de l'avidité, de la mesquinerie, de la haine et de la jalousie. L'amour, ça vous changeait la vie.

Il en savait quelque chose.

Qu'il s'exprime à travers la passion ou le renoncement, la furie ou la tendresse, il y croyait.

Mais l'amour était rarement simple. C'étaient ses facettes nombreuses et complexes qui en faisaient la force.

Il aimait Dru. Il n'avait donc d'autre choix que de tout lui raconter. Il n'était pas né à l'âge de dix ans. Elle était en droit de savoir d'où il venait, et comment. Il devait trouver le moyen de lui parler de son enfance. De Gloria.

Bientôt.

Il se disait qu'il méritait un peu de répit. De prendre le temps d'être avec elle, tout simplement, de savourer la fraîcheur de leurs sentiments mutuels. Il s'inventait mille excuses.

Il voulait qu'elle découvre sa famille, qu'elle se sente parfaitement à l'aise parmi eux. Il voulait terminer son tableau. Il voulait s'atteler à la construction de son bateau, afin qu'il leur appartienne un peu à tous les deux.

Après tout, rien ne pressait. Les jours passaient, les semaines, Gloria n'avait pas reparu. Il n'avait pas grand mal à se convaincre qu'elle s'était de nouveau volatilisée. Peut-être pour toujours.

Il tergiversait. Il y penserait après les célébrations du 4 Juillet. Tous les ans, les Quinn organisaient un gigantesque pique-nique. Famille, amis et voisins se réunissaient à la maison, comme à l'époque de Ray et de Stella, pour manger, boire, bavarder, nager dans la baie et admirer le feu d'artifice.

Mais avant la bière et le crabe, ils auraient droit au champagne et au caviar. À contrecœur, harcelée par ses parents, Dru avait fini par accepter d'assister à un gala à Washington en compagnie de Seth.

— Merde ! Regarde-toi ! siffla Cam sur le seuil de sa chambre. Tu en jettes avec ton costume de singe !

— Tu es jaloux, riposta Seth en tirant sur les manches de sa chemise amidonnée. J'ai l'impression que je vais jouer l'« artiste » de la soirée. J'ai failli m'acheter une cape et un béret à la place du smoking. Je me suis retenu.

Il se mit à tripoter son nœud papillon.

— C'est Phil qui l'a choisi. Classique sans être démodé, selon lui.

— S'il le dit. Cesse de maltraiter ce machin ! gronda Cam en venant l'ajuster lui-même. Seigneur ! Tu es plus nerveux qu'une vierge le soir de son bal de fin d'études !

— C'est possible. Je vais nager dans le sang bleu, ce soir. Je ne tiens pas à m'y noyer.

Cam rencontra son regard.

— L'argent ne signifie rien. Tu les vaux largement, tous autant qu'ils sont. Les Quinn ne restent jamais dans l'ombre.

— Je veux l'épouser, Cam.

L'estomac de ce dernier se noua. Décidément, les enfants grandissaient trop vite.

— Oui, j'avais compris.

— Quand on se marie avec quelqu'un, on accepte la famille, les bagages, tout, quoi !

— C'est vrai.

— C'est donnant, donnant. Si je survis à cette épreuve, si elle sort indemne de la folie du 4 Juillet, il faudra… il faudra que je lui parle. De Gloria, de…

— Si tu crains qu'elle ne te repousse, c'est qu'elle n'est pas pour toi. Or, d'après ce que je sais des femmes, elle n'est pas du genre à fuir les problèmes.

— Ce n'est pas ce qui m'inquiète. Je ne sais pas comment elle réagira. Mais il faut que je sois honnête avec elle, qu'elle puisse décider si elle veut continuer ou non. J'ai déjà trop tardé.

— C'est le passé. Mais c'est le tien, et tu lui dois certaines explications. Ensuite, oublie tout.

Cam recula d'un pas.

— Très chic.

Il serra brièvement le biceps de Seth.

— Dis donc, tu fais de la muscu ?

— Ta gueule !

Seth riait en quittant la maison. Il souriait en ouvrant la portière de sa voiture. La panique le frappa en plein cœur quand il aperçut le message sur le siège avant.

Demain soir, 22 heures.
Au Miller's Bar, *St. Michael.*
On discutera.

Elle était donc venue jusque-là, songea-t-il en roulant le papier en boule. Chez lui. À quelques mètres de sa famille.

Elle voulait discuter ? Elle n'allait pas être déçue.

16

Il n'oublia pas de lui dire qu'elle était ravissante. Et elle l'était, en fourreau rouge carmin à fines bretelles.

Il n'oublia pas de sourire, d'entretenir la conversation tout au long du trajet jusqu'à Washington. Il s'efforça de se décontracter. Il réglerait son problème avec Gloria, comme il l'avait toujours fait.

Elle ne pouvait rien lui prendre d'autre que de l'argent, se dit-il.

Mais il se mentait à lui-même, et il le savait.

N'était-ce pas ce que Stella avait insinué, dans son rêve ? Ce n'était pas seulement une question de fric. Gloria cherchait à le tourmenter, à le saigner à blanc.

Elle lui en voulait d'être entier. Au fond, il l'avait toujours su.

— Je te remercie de tes efforts.

Il lui jeta un coup d'œil, effleura sa main.

— C'est normal. Ce n'est pas tous les jours que j'ai l'occasion de me mêler aux grands de ce monde.

— Je préférerais être chez moi sur ma balancelle.

— Tu n'en as pas.

— Je me promets tous les jours d'en acheter une. J'aimerais être installée sur ma balancelle imaginaire, à déguster un verre de vin en admirant le coucher du soleil.

Il avait beau affirmer le contraire, elle sentait qu'il était préoccupé. Elle connaissait son visage par cœur, désormais. Elle aurait pu le dessiner, trait pour trait.

— Nous resterons deux heures, et nous partirons.

— C'est toi qui vois, Dru. Cela ne m'ennuie pas.

— Si j'avais pu, j'aurais évité ce déplacement. Mes parents s'y sont mis à deux, cette fois. Je me demande parfois si un jour je serai assez forte pour résister à leur chantage.

Ces paroles le ramenèrent à Gloria, et la peur lui contracta l'estomac.

— Ce n'est qu'une soirée, mon ange.

— Tu plaisantes! Dans une soirée, on s'amuse, on se détend, on apprécie la compagnie de gens avec qui l'on peut discuter. Je n'ai plus rien en commun avec ceux que nous allons rencontrer. Ma mère veut t'exhiber, et je la laisse faire parce que je suis épuisée de lutter avec elle.

— Avoue que je suis particulièrement beau ce soir.

— C'est incontestable. Tu essaies de me remonter le moral. C'est gentil, je t'en remercie. Je promets d'en faire autant sur le chemin du retour quand ils t'auront tous assommé avec leurs questions.

— Leur avis t'importe?

— Évidemment!

Sortant son poudrier, elle remit un peu de rouge sur ses lèvres. Elle ne vit pas sa mâchoire se crisper.

— Je veux qu'ils bavent, tous autant qu'ils sont. Ceux qui m'ont inondée de leur sympathie mielleuse après ma rupture avec Jonah, ceux qui n'ont eu de cesse d'enfoncer le clou, dans l'espoir que je dirais ou ferais quelque chose qu'ils pourraient raconter le lendemain à leurs amis. Je veux qu'ils se disent: «Tiens, tiens! Dru est retombée sur ses pieds! La voilà au bras du *maestro giovane*.»

La tension commençait à lui raidir la nuque. Il tenta néanmoins de répondre d'un ton léger:

— En d'autres termes, je suis le symbole de ta réussite.

Elle rangea sa trousse à maquillage.

— Mieux qu'un collier de diamants Harry Winston. C'est méchant, futile et lamentablement féminin. Mais je m'en fiche. C'est une révélation de m'apercevoir que je ressemble assez à ma mère pour avoir envie de t'exhiber, moi aussi.

— On ne peut échapper à ses origines. Où qu'on aille.

— Ce que tu dis est déprimant. Si j'en étais convaincue, je sauterais d'une falaise. Crois-moi, je ne finirai *pas* présidente de comités de charité, à offrir le thé à ces dames le mercredi après-midi.

Il demeura silencieux. Dru tendit la main pour lui caresser le bras.

— Deux heures, Seth. Maximum.

— Je tiendrai le coup.

Seth comprit ce qu'avait été l'existence de Dru quelques minutes à peine après avoir pénétré dans la salle de bal.

Les invités bavardaient en petits groupes, au son étouffé d'une musique de fond que jouait un orchestre de douze musiciens. Le décor était patriotique à souhait : fleurs, nappes, serviettes, ballons et guirlandes, tout était rouge, blanc, bleu.

Une immense glace sculptée, représentant le drapeau américain, trônait au milieu du buffet.

La plupart des femmes arboraient du blanc, le plus souvent sous la forme de diamants ou de perles. Les tenues étaient sobres, classiques et très, très luxueuses.

À la fois rassemblement politique, manifestation mondaine et moulin à ragots, songea-t-il.

Il en ferait un tableau à l'acrylique. Tout en couleurs et lumières éclatantes.

— Drusilla !

Katherine se précipita vers eux, resplendissante en bleu acier.

— Comme tu es jolie ! Mais je croyais qu'on s'était mises d'accord sur la robe blanche de chez Valentino ?

Elle embrassa sa fille sur la joue, lui effleura les cheveux.

— Seth ! enchaîna-t-elle en lui tendant la main. Que je suis heureuse de vous revoir ! J'ai eu peur que vous ne soyez coincés dans les embouteillages. J'aurais tellement voulu que vous veniez avec Dru passer le reste du week-end chez nous, pour vous éviter toute cette route.

C'était la première fois qu'il entendait parler de cette invitation, mais il joua le jeu.

— Je vous remercie, mais il m'était impossible de me libérer. J'espère que vous me pardonnerez et me réserverez une danse. Ainsi, je pourrai dire que j'ai dansé avec les deux plus belles femmes présentes à cette soirée.

— Qu'il est charmant ! minauda-t-elle. J'accepte avec plaisir. Venez, que je vous présente. Tout le monde est impatient de vous connaître.

Avant qu'elle se détourne, le père de Drusilla s'approcha. C'était un homme séduisant, aux cheveux noirs striés de fils d'argent et aux yeux brun foncé.

— Ma petite princesse !

Il étreignit Dru avec possessivité.

— Vous arrivez si tard, je m'inquiétais.

— Il n'est pas tard ! protesta Dru.

— Pour l'amour du ciel, laisse-la respirer ! tempêta Katherine en tirant sur le bras de Proctor.

L'espace d'un éclair, Seth revit Dingo, le chien, essayant de s'immiscer entre Anna et quiconque tentait de l'enlacer.

— Proctor, voici le cavalier de Drusilla. Seth Quinn.

— Heureux de vous rencontrer. Enfin.

Proctor lui serra la main, plongea son regard sombre dans le sien.

— Enchanté, répondit Seth.

— Quel dommage que vous ne puissiez rester le week-end !

— Oui, j'en suis navré.

— Papa, ce n'est pas la faute de Seth. Je vous ai expliqué que j'étais débordée. Si je…

— La boutique de Dru est superbe, n'est-ce pas ? interrompit Seth d'un ton enjoué.

Un serveur passa avec un plateau rempli de coupes de champagne. Seth en offrit une à Katherine, à Dru et à son père, avant de se servir.

— Je parle d'un point de vue esthétique. La façon dont elle a utilisé l'espace et la lumière, les mélanges de couleurs et de textures. Votre fille a l'œil d'une artiste. Vous devez être très fiers d'elle.

— Bien sûr que nous le sommes, répliqua Proctor avec un sourire qui signifiait clairement : C'est *ma* fille. Drusilla est notre plus précieux trésor.

— Comment pourrait-il en être autrement ?

— Ah ! Voilà Grand-père. Seth, intervint Dru en l'agrippant par le bras, il faut que je te présente.

— Bien sûr.

Il gratifia ses parents d'un sourire éblouissant.

— Excusez-nous un instant.

— Tu te débrouilles comme un chef, murmura Dru.

— Tact et diplomatie. Je peux remercier Phil. Tu aurais pu me parler de l'invitation.

— Oui, je suis désolée. J'aurais dû. Je pensais nous épargner tous les deux, au lieu de quoi je t'ai mis dans une position délicate.

Tandis qu'ils rejoignaient la table du sénateur Whitcomb, on les arrêta une demi-douzaine de fois. Dru échangea de légers baisers, serra des mains, présenta Seth, avant de poursuivre son chemin.

— Toi aussi, tu es douée, fit remarquer Seth.

— Je baigne là-dedans depuis ma naissance. Bonsoir, grand-père.

Elle se pencha pour embrasser un bel homme, solidement bâti.

Seth lui trouva l'air un peu rude et méfiant. Tel un boxeur qui dominerait la situation autant grâce à son intelligence que grâce à ses muscles. Il avait les cheveux gris, et ses yeux étaient du même vert que ceux de sa petite-fille.

Il se leva, encadra le visage de Dru des deux mains. Il avait un sourire magnétique.

— Voici ma préférée !

— Tu dis cela à toutes tes petites-filles.

— Et je suis toujours sincère. Où est ce peintre dont ta mère me parle sans arrêt ? Ah, le voilà ! Eh bien, vous ne paraissez pas stupide, mon garçon.

— J'essaie de ne pas l'être.

— Grand-père !

— Silence. Vous êtes assez intelligent pour mériter cette merveille ?

— Oui, monsieur, affirma Seth avec un grand sourire.

Dru fit les présentations.

— Le sénateur Whitcomb, Seth Quinn. Grand-père, je t'en prie, tiens-toi !

— C'est le privilège d'un vieux monsieur de plonger ses petites-filles dans l'embarras. J'apprécie assez votre travail, ajouta-t-il à l'intention de Seth.

— Merci, monsieur. Moi aussi, j'apprécie assez le vôtre.

Whitcomb eut une petite moue, puis il sourit.

— Il a l'air d'avoir du cran. Nous verrons. D'après mes sources, vous vivez plutôt bien de votre peinture.

— Chut ! murmura Seth à Dru, alors qu'elle ouvrait la bouche pour protester. J'ai la chance de pouvoir gagner ma vie en exerçant une activité que j'aime. Vous qui êtes un mécène, vous savez ce qu'est la passion de l'art. L'argent est secondaire.

— Vous construisez des bateaux, aussi ?

— Oui, monsieur. Quand c'est possible. Mes frères sont les meilleurs artisans de la côte Est. Si vous passez à St. Christopher, n'hésitez pas à faire un détour par le chantier.

— Je n'y manquerai pas. Votre grand-père était professeur, je crois ?

— C'est exact.

— La plus honorable des professions. Je l'ai rencontré, autrefois, lors d'une réunion politique à l'université. C'était un homme intéressant, exceptionnel. Il a adopté trois garçons, n'est-ce pas ?

— Oui.

— Mais vous êtes le fils de sa fille.

— Si l'on veut. Je n'ai pas eu, comme Dru, la chance de grandir auprès de mon grand-père. Mais l'influence qu'il a exercée sur moi n'en est pas moins profonde.

Dru prit Seth par le bras, sentit combien il était tendu.

— Si vous en avez terminé avec votre interrogatoire, monsieur le sénateur, j'ai envie de danser, intervint-elle. Seth ?

— Bien sûr. Excusez-moi, monsieur.

— Je suis désolée, chuchota Dru dès qu'ils furent sur la piste. Tu ne peux pas savoir à quel point.

— Ne t'en fais pas.

— Il a la manie d'exiger des réponses, si personnelles que soient les questions.

— Il n'a pas eu l'air de vouloir me faire griller vif, comme ton père.

— Non. Il est moins possessif, et plus enclin à me laisser prendre mes propres décisions.

— Il m'a plu.

Et c'était là que le bât blessait. Seth avait découvert un homme rusé et intelligent, qui aimait sa petite-fille et voulait ce qu'il y avait de mieux pour elle.

Ce «mieux» n'était pas un homme qui n'avait jamais connu son père biologique, et dont la mère avait un penchant pour le chantage.

— En général, il est plus subtil. Plus raisonnable, aussi. Mon histoire avec Jonah l'a mis hors de lui. Résultat, il me surprotège. Si nous y allions tout de suite?

— Fuir n'a jamais rien arrangé. Crois-moi, j'ai déjà essayé.

— Tu as raison, et ça m'agace.

La musique cessa. S'écartant légèrement, elle aperçut Jonah par-dessus son épaule.

— Tu te sens toujours d'attaque?

— Plus que jamais.

— Donne-moi du courage.

Elle afficha un sourire froid.

— Bonsoir, Jonah. Et… Angela, c'est cela?

— Dru!

Jonah se pencha comme pour l'embrasser sur la joue. Il se ravisa devant son air glacial et lui tendit la main.

— Tu es superbe, comme toujours. Jonah Stuben, ajouta-t-il en se tournant vers Seth.

— Quinn. Seth Quinn.

— Oui, le peintre. J'ai entendu parler de vous. Ma fiancée, Angela Downey.

— Toutes mes félicitations.

Consciente des dizaines de regards fixés sur elle, Dru garda une expression indéchiffrable.

— Tous mes vœux, dit-elle à Angela.

— Merci, répondit celle-ci, le bras solidement accroché à celui de Jonah. J'ai vu deux de vos toiles à une exposition temporaire au Smithsonian Institute, l'an dernier, ajouta-t-elle en se tournant vers Seth.

L'une d'elles représentait une vieille maison blanche, entourée d'arbres, avec des gens rassemblés
autour d'une table à pique-nique et des chiens dans
la cour. C'était une scène admirable, d'une grande
sérénité.

— Merci.

Ce tableau, il l'avait peint de mémoire, dans un
moment de déprime. Son agent l'avait expédié à la
galerie.

— Et comment se porte ta petite affaire, Dru?
s'enquit Jonah. Et ta vie à la campagne?

— Je suis très heureuse. J'aime vivre et travailler
parmi des gens sains et loyaux.

— Vraiment? fit Jonah avec un sourire nerveux.
À en croire tes parents, j'avais cru comprendre que
tu n'allais pas tarder à rentrer à Washington.

— Tu te trompes. Eux aussi. Seth, j'aimerais
prendre un peu l'air.

— Très bien. Au fait, Jonah, je tenais à vous
remercier d'avoir été un aussi parfait imbécile,
déclara Seth. Je vous souhaite beaucoup de bonheur
ensemble, ajouta-t-il en souriant aimablement à
Angela.

— Là, tu as manqué de tact et de diplomatie, le
sermonna Dru tandis qu'ils s'éloignaient.

— Je peux remercier Cam qui m'a appris à appeler un chat un chat. Quand il a évoqué ta «petite
affaire», je me suis retenu de lui flanquer mon poing
dans la figure. Là, c'est l'influence d'Ethan. Tu veux
aller sur la terrasse?

— Oui, mais... accorde-moi une minute, veux-
tu? Je souhaite rester seule quelques instants, pour
me ressaisir. Ensuite, nous finirons notre tournée
mondaine et nous partirons loin d'ici.

— Excellent programme.

Il la regarda s'éloigner. Katherine se rua sur lui
avant qu'il ne puisse se cacher.

Dehors, Dru inspira longuement avant de boire une gorgée de champagne.

Elle étouffait dans cette ville, songea-t-elle en contemplant les lumières scintillantes. Pas étonnant qu'elle l'ait fuie pour un lieu où l'air était respirable !

Elle aurait souhaité être installée tranquillement dans son jardin, à savourer la soirée après une journée bien remplie. Aux côtés de Seth.

Étrange, cette certitude qu'elle avait de vouloir vivre ainsi jour après jour, année après année. L'existence qu'elle avait menée à Washington lui semblait à des années-lumière. Dans des moments comme celui-ci, elle se souvenait à quel point elle lui avait pesé.

— Drusilla ?

Elle tourna la tête, parvint à retenir un soupir excédé – et un juron – en reconnaissant Angela.

— Inutile de faire semblant, Angela. Nous n'avons rien à nous dire.

— Si, moi, j'ai quelque chose à vous dire. Depuis longtemps. Je vous dois des excuses.

Dru haussa les sourcils.

— Pourquoi ?

— Ce n'est pas facile pour moi. J'étais jalouse de vous. Je vous en voulais de posséder ce que je désirais le plus au monde. Je me suis servie de cela pour justifier ma liaison avec l'homme que vous deviez épouser. Je l'aimais, je le voulais, j'ai pris ce qu'il m'offrait.

— Aujourd'hui, il est à vous. Le problème est résolu.

— Jouer le rôle de la maîtresse m'a dégoûtée. Les rendez-vous furtifs, grappiller des miettes. J'ai réussi à me convaincre que tout était votre faute, qu'il me suffisait de vous écarter pour récupérer Jonah.

— Vous l'avez donc fait exprès, murmura Dru en s'adossant contre la rambarde. Je me suis posé la question.

— En effet. C'était très impulsif, et j'ai toujours regretté mon geste, même si… Bref… Vous ne méritiez pas de l'apprendre ainsi. Vous n'y étiez pour rien. Vous étiez la victime, et c'était moi le bourreau. J'en suis désolée.

— Vous me demandez pardon pour apaiser votre conscience, Angela, ou pour nettoyer le terrain avant d'épouser Jonah ?

— Les deux.

Elle avait le mérite d'être franche.

— Très bien, je vous absous. Allez, et ne péchez plus. Il n'aurait jamais eu le courage de venir me parler ainsi, en face à face, et d'avouer qu'il avait commis une erreur.

— Je l'aime, murmura Angela. Avec ses défauts et ses qualités.

— Oui, c'est ce que je constate. Bonne chance. Sincèrement.

— Merci.

Angela commençait à se détourner quand elle s'immobilisa.

— Jonah ne m'a jamais regardée comme Seth vous regarde. Certaines d'entre nous se contentent de ce qu'elles ont.

« Et d'autres, pensa Dru, obtiennent beaucoup plus que ce qu'elles espéraient. »

Lorsqu'ils rentrèrent chez Dru, il était épuisé. Par la route, la tension, et les soucis qui le taraudaient.

— Je te revaudrai ça.

Il la dévisagea sans comprendre.

— Quoi ?

— Tu as tout supporté, l'interrogatoire de mon grand-père, la suffisance de mon ex-fiancé, les minauderies de ma mère, les sous-entendus, les spéculations.

— Oui, bon… Tu m'avais prévenu, dit-il en ouvrant sa portière.

— Mon père s'est montré grossier à plusieurs reprises.

— Pas tant que ça. Il ne m'aime pas, c'est tout.

Mains dans les poches, Seth se dirigea vers l'entrée.

— J'ai eu l'impression qu'aucun homme ne serait jamais digne de toucher à sa princesse.

— Je ne suis pas une princesse.

— Mon chou, quand on vient d'une famille qui est à la tête de plusieurs entreprises et d'un empire politique, on est une princesse. La différence, avec toi, c'est que tu n'as pas envie de rester enfermée dans ta tour d'ivoire.

— Je ne suis pas celle qu'ils croient. Je ne veux pas de ce qu'ils me proposent. Je ne les satisferai jamais. Ma nouvelle vie est ici. Tu veux bien rester ?

— Cette nuit ?

— Pour commencer.

Il entra avec elle. Que faire de ce désespoir, de cette soudaine terreur qui l'envahissaient et menaçaient d'exploser ?

Il la serra contre lui. Un rire moqueur résonna dans sa tête.

— J'ai besoin… Bon sang. J'ai besoin…

Il blottit son visage au creux de son cou.

— De quoi ? murmura-t-elle en lui caressant le dos. De quoi as-tu besoin ?

De tant de choses, songea-t-il. Bien plus que ce que le destin ne lui accorderait. Mais pour ce soir, il oublierait.

— De toi.

Il la fit pivoter vers lui, la poussa contre la porte d'un mouvement brutal, coupa court à son cri de surprise en s'emparant sauvagement de ses lèvres.

— J'ai besoin de toi, répéta-t-il. Ce soir, je ne te traiterai pas comme une princesse.

Il remonta sa robe jusqu'à la taille, pressa la main entre ses cuisses.

— Seth !

Elle s'accrocha à ses épaules, trop surprise pour le repousser.

— Dis-moi d'arrêter, gronda-t-il en plongeant les doigts en elle.

La panique, l'excitation montèrent malgré elle.

— Non ! Non, n'arrête pas.

— Je prendrai ce que je veux.

Il tira sur les fines bretelles qui retenaient sa robe, et le fourreau glissa sur ses seins.

— Tu n'es peut-être pas prête à me donner ce que je veux.

— Je ne suis pas fragile. Je ne suis pas une poupée... C'est peut-être toi qui n'es pas prêt à me donner ce que je veux.

— Nous n'allons pas tarder à le savoir.

Il la retourna, la pressa contre la porte, lui mordilla la nuque. Elle poussa un cri, les poings crispés.

Ils s'étaient aimés avec passion, à la hâte, avec tendresse. Mais jamais avec cette énergie désespérée, impitoyable, brutale. Elle n'aurait jamais imaginé qu'elle s'en délecterait et répondrait elle-même avec violence. Ni qu'elle pourrait se réjouir de perdre ainsi toute maîtrise.

Il lui arracha littéralement sa robe. Elle portait un soutien-gorge sans bretelles, des bas de soie retenus par des jarretières champagne, des sandales à talons hauts. Il la fit pivoter vers lui. Elle était frémissante, la peau humide, brûlante.

— Emmène-moi jusqu'au lit.

— Non. Je vais te prendre ici.

D'un mouvement preste, il la souleva, dévora sa bouche, tandis que ses mains entamaient une exploration impatiente de son corps.

Il voulait la dévorer, se nourrir d'elle jusqu'à satiété. Perdre l'esprit, s'abandonner à ses pulsions, à ce désir primitif, sauvage qui le consumait.

Lorsqu'elle hurla, il éprouva un sentiment de triomphe.

Elle se laissa aller contre lui en gémissant. Étourdie, affolée, elle tâtonnait, tirait sur sa veste.

— S'il te plaît... Je t'en prie, vite !

Il était encore à moitié habillé quand il l'entraîna avec lui sur le sol. Elle s'arquait vers lui, suppliante, lorsqu'il s'enfonça en elle.

Elle lacéra sa chemise avec ses ongles, chercha sa chair, haletante, à bout de forces.

Le souffle court, le cœur battant, ils succombèrent ensemble à leur frénésie mutuelle.

Ensemble, ils se jetèrent dans l'abîme du plaisir.

Comblée, alanguie, elle s'affaissa sur le parquet ciré, la lueur de la lampe diffusant des joyaux de lumière tout autour. Petit à petit, le bourdonnement dans ses oreilles se calma, et elle perçut les bruits de la nuit par les fenêtres ouvertes.

Le clapotis de l'eau, le hululement des chouettes, le chant des grillons.

Avec indolence, elle lui frotta la cheville du bout du pied.

— Seth ?

— Mmm ?

— Jamais je n'aurais imaginé m'entendre dire une chose pareille, mais je suis contente que nous ayons assisté à cette soirée exaspérante. Si c'est l'effet que provoque sur toi ce genre de manifestation, je crois que nous devrions en accepter au moins une par semaine.

Il tourna la tête vers elle.

— Je ferai arranger ta robe.

— Si tu veux, mais ce ne sera pas facile d'expliquer pourquoi elle est dans cet état.

Il était né dans la violence. Il avait appris à la contrôler, la canaliser. Il savait ce qu'était la différence entre la passion et un châtiment. Il savait que le sexe pouvait être agressif, il savait aussi que ce qui venait de se passer entre eux était à mille lieues de ce qu'il avait vécu et vu dans son enfance.

Et cependant…

— Tu ne sais pas grand-chose de moi, Dru.

— Et inversement. Nous avons tous deux un passé, Seth. Nous ne sommes plus des enfants. Ce que je sais, c'est que je n'ai jamais éprouvé cela avec personne d'autre. Pour la première fois de ma vie, je n'ai pas envie de planifier chaque détail, d'envisager toutes les options. C'est… c'est une libération. J'aime découvrir qui tu es, qui je suis. Qui nous sommes ensemble.

Elle lissa ses cheveux.

— Qui nous serons ensemble. Pour moi, c'est l'une des choses les plus merveilleuses de l'amour. La découverte. Le fait de savoir que nous avons tout le temps devant nous.

Justement, le temps devenait un problème.

— Sais-tu ce que je voudrais ? reprit-elle.

— Quoi ?

— Que tu me portes jusqu'au lit. Je vais te confier un secret : j'ai toujours rêvé qu'un homme fort et séduisant me prenne dans ses bras et me monte dans ma chambre. Ça va à l'encontre de mon esprit rationnel, mais c'est comme ça.

— Un fantasme romantique secret, chuchota-t-il en frôlant ses lèvres. Intéressant. Voyons si je serai à la hauteur.

Il se leva, jeta un coup d'œil à sa tenue.

— Pour commencer, je vais me débarrasser de cette chemise. C'est ridicule, un homme vêtu seulement d'une chemise, en train de porter une femme nue.

— Excellente idée.

Il ôta ses boutons de manchette et jeta le tout près de sa robe. Il la souleva dans ses bras.

— Jusqu'ici, ça va ?

— C'est parfait, assura-t-elle. À toi, maintenant. Avoue-moi quelque chose que je ne sais pas.

Il s'arrêta une demi-seconde, se ressaisit, et commença à gravir l'escalier.

— Depuis quelque temps, je rêve que je suis en compagnie de la femme de mon grand-père. Je ne l'ai jamais rencontrée. Elle est morte bien avant mon arrivée à St. Christopher.

— Vraiment ? Quel genre de rêves ?

— Très détaillés, très précis. Nous avons de longues conversations. Autrefois, j'écoutais mes frères parler d'elle. J'ai toujours regretté de ne pas l'avoir connue.

— C'est joli.

— Seulement, parfois, je me demande si ce sont des rêves. C'est tellement réel...

— Tu crois que c'est son esprit qui te rend visite ?

— Plus ou moins.

— De quoi parlez-vous ?

Il hésita, éluda.

— On évoque la famille. Elle m'a raconté des anecdotes sur mes frères. Qui se sont révélées vraies.

— C'est incroyable ! Tu as tout intérêt à l'écouter, alors.

— Cette femme est intelligente, commenta Stella.

Ils marchaient le long de la rivière, près de chez Dru, dans la chaleur moite de la nuit. La lampe du salon brillait doucement derrière la vitre.

— Elle est aussi forte et complexe.

— Tu ne crois pas qu'elle pense la même chose de toi ?

298

— Tout est arrivé si vite. Un instant, j'étais debout, l'instant d'après, j'étais à terre. Jamais je n'aurais pensé qu'il en serait de même pour elle. Et pourtant, c'est le cas.

— Que comptes-tu faire ?

— Je n'en sais rien.

Il ramassa un galet, le fit ricocher sur l'eau sombre et lisse.

— Si on se met avec quelqu'un, on l'accepte avec ses bagages. J'ai un passé sacrément lourd, grand-mère. Et j'ai le sentiment qu'il va s'alourdir encore.

— Tu t'es menotté à ce passé, Seth. Tu as la clé, tu l'as toujours eue. Il serait temps de t'en servir, non ?

— « Elle » ne me laissera jamais tranquille.

— Sans doute pas. C'est ce que tu fais au sujet de cette histoire qui lui donne un tel poids. Tu es trop têtu pour qu'on t'aide à porter ce poids. Comme ton grand-père.

— Vraiment ? Tu crois que je lui ressemble ?

— Tu as ses yeux, confirma Stella en lui caressant les cheveux. Mais tu le sais déjà. Et tu es aussi obstiné que lui. Il était toujours persuadé d'être capable de se sortir d'affaire tout seul. C'était exaspérant. Il restait très calme, et tout à coup il éclatait. Tu es pareil. Et tu as commis les mêmes erreurs que lui avec Gloria. Tu la laisses utiliser ton amour pour ta famille et pour Dru comme une arme.

— Ce n'est que de l'argent, grand-mère.

— Tu parles ! Tu sais ce qu'il te reste à faire, Seth. Vas-y. Fonce !

Il serra les mâchoires.

— Je refuse de mêler Dru à cette affaire.

— Nom d'un chien, cette fille ne veut pas d'un martyr ! gronda Stella, les poings sur les hanches. Tu es tellement têtu, par moments, que tu en deviens stupide. Comme ton grand-père, marmonna-t-elle.

Sur ces mots, elle disparut.

17

Le bar était un bouge infâme, le genre d'endroit où boire est une occupation sérieuse et solitaire. Un voile épais de fumée bleue ajoutait à l'atmosphère glauque. L'éclairage sombre encourageait les clients à rester dans leur coin et, en prime, dissimulait les taches sur les banquettes.

L'air empestait le vieux tabac et la bière de la semaine précédente.

L'espace détente se réduisait à une sorte de couloir dans lequel on avait réussi à coincer une table de billard. Quelques types avaient entrepris une partie, sous l'œil morne de quelques spectateurs désœuvrés.

L'appareil de climatisation, installé dans une fenêtre, encadré d'une planche de contreplaqué fendillé, était bruyant et ne servait guère qu'à brasser les mauvaises odeurs.

Pour se donner une contenance, Seth s'installa au bout du bar et commanda une Budweiser en bouteille.

Il n'était pas étonné qu'elle lui ait donné rendez-vous dans un endroit pareil. Quand il était enfant, elle l'y avait souvent traîné.

Gloria avait eu beau grandir dans un milieu social privilégié, les bénéfices et les avantages de son éducation n'avaient servi à rien : elle avait toujours cherché – et réussi – à tomber plus bas.

Il avait cessé de se demander ce qui la poussait à haïr tout ce qui était honnête et convenable, ce qui la poussait à se servir de tous ceux qui avaient une raison de l'aimer, à les saigner à blanc ou à les détruire.

Ses dépendances – les hommes, la drogue, l'alcool – n'en étaient pas la cause. Elles n'étaient qu'une manifestation de plus de son profond égoïsme.

Non, décidément, ce lieu de rendez-vous ne le surprenait pas, songea-t-il, bercé par le claquement des boules et le gémissement de la clim', écœuré par les odeurs qui lui rappelaient le cauchemar de ses premières années.

Elle serait venue dans ce genre de bar pour allumer un type, si elle avait eu besoin d'argent. Ou, si elle avait de quoi payer, pour s'enivrer.

Si l'homme était sa cible, elle le ramenait dans le taudis qu'ils habitaient. Rires gras et halètements dans la pièce attenante. Si c'était la boisson ou la drogue, et qu'elle était de bonne humeur, ils s'arrêtaient en route dans un restaurant ouvert toute la nuit, et Seth avait droit à un repas.

Si l'allégresse cédait le pas à la colère, il se ramassait une pluie de coups.

Du moins, jusqu'à ce qu'il devienne suffisamment grand et rapide pour les esquiver.

— Vous allez la boire, cette bière ? Ou vous allez la contempler toute la nuit ?

Seth leva les yeux, et son expression menaçante fit reculer le barman. Le regard rivé sur lui, il sortit un billet de dix dollars de sa poche et le posa sur le bar, près de sa bouteille intacte.

— Ça vous pose un problème ?

Le barman haussa les épaules et se détourna.

Lorsqu'elle entra, deux ou trois joueurs de billard la suivirent du regard. Nul doute que Gloria était flattée par leurs ricanements.

Elle portait un jean coupé en short qui moulait ses hanches osseuses, et dont les franges couvraient à peine le bas de ses fesses. Son bustier rose dévoilait son nombril, orné d'un *piercing* et d'un tatouage en forme de libellule. Les ongles de ses mains et de ses pieds étaient laqués de noir.

Elle se percha sur un tabouret, jeta un coup d'œil provocant à ses «admirateurs».

Seth se rendit compte tout de suite qu'elle avait déjà claqué en cocaïne une partie de la somme qu'il lui avait donnée.

— Un gin tonic, ordonna-t-elle au barman. Beaucoup de gin, très peu de tonic.

Elle sortit une cigarette qu'elle alluma avec un briquet en argent, souffla un filet de fumée en direction du plafond, et croisa les jambes.

— Je suis assez sexy pour toi ? plaisanta-t-elle.

— Tu as cinq minutes.

— Quoi ? Tu es pressé ?

Elle tira sur sa cigarette, se mit à pianoter sur le comptoir.

— Bois ta bière et détends-toi.

— Je ne bois jamais en compagnie de gens que je n'aime pas. Qu'est-ce que tu veux, Gloria ?

— Pour commencer, ce gin tonic.

Elle but longuement.

— Ensuite, peut-être, un peu d'action.

Elle pivota vers les joueurs de billard en s'humectant les lèvres.

— Et depuis peu, je rêve d'une jolie petite maison sur la plage. À Daytona, par exemple.

Elle avala une gorgée d'alcool.

— Toi, tu n'as pas envie d'un chez-toi, n'est-ce pas ? Tu continues à vivre dans cette baraque encombrée de mômes et de chiens. Tu t'encroûtes.

— Laisse ma famille tranquille.

— Sinon ? minauda-t-elle avec un sourire aussi étincelant et noir que ses ongles. Tu iras me dénoncer à tes frères ? Tu crois que les Quinn me font peur ? Ils sont ramollis et stupides, comme tous ces imbéciles qui s'enterrent dans un trou perdu, qui mènent une vie sans intérêt, élèvent des mômes insupportables et passent toutes leurs soirées comme des zombies devant la télé. La seule chose intelligente qu'ils aient faite, c'est de te recueillir pour mettre la main sur le fric du vieux – juste comme l'autre crétin, qui a épousé ma mollassonne de sœur pour la même raison.

Elle vida son verre, frappa des doigts sur le comptoir pour attirer l'attention du serveur. Elle bougeait sans arrêt : remuait le pied, pianotait sur le zinc, secouait la tête.

— Le vieux, c'est mon sang, pas le leur. Cet argent aurait dû me revenir.

— Tu l'as saigné avant sa mort. Mais tu n'en as jamais assez, n'est-ce pas ?

— Pas possible ! s'exclama-t-elle en rallumant une cigarette. Après toutes ces années, tu as enfin un peu de plomb dans la cervelle. Tu es bien tombé, hein ? Drusilla Whitcomb Banks. Waouh ! Chic. Riche. Et tu l'as dans la poche. Bravo !

Elle s'empara de son verre à l'instant où le barman le posa devant elle.

— Évidemment, tu t'en sors plutôt bien avec tes dessins. Mieux que je ne pensais.

Elle croqua un glaçon.

— J'ai du mal à comprendre comment les gens peuvent gaspiller autant de fric pour décorer des murs. Enfin ! Il en faut pour tous les goûts.

Il avança la main et serra doucement les doigts autour de son poignet, jusqu'à ce qu'elle tressaille.

— Que ce soit clair et net : si tu t'approches de ma famille ou de Dru, si tu touches à quelqu'un que j'aime, tu découvriras de quoi je suis capable. Ce sera bien pire que le jour où Sybill t'a fichu des coups de pied au cul, il y a quelques années.

Elle se pencha vers lui.

— Tu me menaces ? Mon *fils* ?

— Je t'en fais la promesse.

Malgré son état, elle se rendit compte qu'il était sérieux. Comme le barman un peu plus tôt, elle se rétracta.

— C'est ton dernier mot ?

— C'est mon dernier mot.

— Voici le mien.

Elle libéra son poignet d'un geste sec, saisit sa cigarette dans le cendrier.

— On joue au rabais depuis des lustres, toi et moi. Tu ratisses le fric avec tes tableaux, et tu sautes une héritière. Je veux ma part du gâteau. On se met d'accord une fois pour toutes sur un gros paquet, et je disparais. C'est ce que tu veux, non ? Que je disparaisse.

— Combien ?

Satisfaite, elle aspira une bouffée de fumée et la lui souffla en plein visage. Il avait toujours été une proie facile.

— Un million.

Seth ne cilla pas.

— Tu veux un million de dollars.

— J'ai mené mon enquête, mon chou. Les gogos paient des sommes faramineuses pour tes tableaux. Tu as ramassé un pactole en Europe. Qui sait combien de temps ça va durer ? Sans compter ta copine.

Elle changea de position, recroisa les jambes. Le mélange d'alcool et de drogue lui donnait l'impression d'avoir du pouvoir. D'être *vivante*.

— Elle roule sur l'or. En plus, c'est une vieille fortune. De ces fortunes qui n'aiment pas les scandales. Tu imagines le tapage si la presse apprend que la petite-fille du sénateur écarte les cuisses pour un bâtard? Un bâtard qu'on a arraché des bras de sa mère quand elle est venue trouver le père qui ne l'avait jamais aidée. Je peux la jouer de plusieurs façons, ajouta-t-elle. Les Quinn et toi en sortirez salis quoi qu'il arrive. Et la merde éclaboussera aussi ta copine.

Gloria fit signe au barman de lui apporter un troisième verre.

— Elle te laissera tomber aussi sec. Et je doute qu'on veuille acheter tes tableaux quand on aura entendu ma version des faits. Oh! minauda-t-elle, c'est moi qui lui ai offert sa première boîte de peinture. Sniff. Sniff.

Elle renversa la tête et éclata de rire. Les joueurs de billard se figèrent.

— Les journalistes boiront du petit-lait. En fait, je devrais vendre l'histoire, ça me rapporterait un bon paquet. Mais je préfère te la proposer d'abord. Considère ça comme un investissement. Tu me paies, et je disparais pour toujours. Tu ne me paies pas, et c'est l'autre qui te lâchera.

Pendant tout son discours, il s'était efforcé de demeurer sans expression. Elle ne méritait même pas son dégoût.

— Ton histoire, c'est des foutaises!

— Bien sûr! concéda-t-elle. Mais les gens s'en gavent, de ce genre d'histoires, surtout quand ça ne les concerne pas directement. Je t'accorde une semaine pour m'apporter la somme en liquide. Mais je veux un acompte. Dix mille. Tu viendras me le remettre ici demain soir, 22 heures. Si tu ne te présentes pas, je commencerai à passer quelques coups de fil.

Il se leva.

— Si tu continues à le dépenser en coke à ce rythme, Gloria, tu seras morte dans l'arrière-boutique d'un bouge comme celui-ci bien avant d'avoir entamé ton million.

— C'est mon problème. Paie les boissons.

Il pivota sur ses talons et se dirigea vers la sortie.

Il ne pouvait pas rentrer à la maison, alors qu'il avait la ferme intention de s'asseoir dans le noir et de s'imbiber consciencieusement.

Il savait qu'il avait tort. Que c'était un refuge, un moyen stupide de s'apitoyer sur son sort. S'enivrer délibérément, c'était une béquille, une illusion.

Il s'en fichait complètement. Il se versa une nouvelle rasade de whisky et en étudia la couleur ambrée à la lueur de l'unique lampe allumée dans l'atelier.

Ses frères lui avaient fait goûter son premier whisky lors de son vingt et unième anniversaire. Ils étaient tous les quatre, se rappela Seth, assis autour de la table de la cuisine. Les femmes et les enfants étaient partis.

C'était l'un de ces souvenirs forts qu'il n'oublierait jamais. L'arôme puissant du cigare. La brûlure du whisky sur sa langue, dans sa gorge, qui s'atténuait petit à petit. Les voix graves de ses frères, leurs rires, et la certitude absolue qu'il avait d'appartenir au clan.

Le goût de l'alcool ne lui avait pas spécialement plu. C'était d'ailleurs toujours le cas. Mais c'était l'artifice idéal pour sombrer dans l'oubli.

Il ne s'interrogeait plus depuis longtemps sur Gloria DeLauter, sur ce qu'elle était, comment elle en était arrivée là. Il portait une partie d'elle en lui, et l'acceptait, telle une marque de naissance. Mais il ne croyait pas au péché des pères – ou des mères – censé retomber sur leurs enfants. Chacun de ses frères venait aussi d'un monde de l'horreur, et c'étaient les hommes les meilleurs qu'il connût.

Le respect, la fierté, la compassion que lui avaient inculqués les Quinn avaient eu raison de l'héritage qui lui venait de Gloria, quel qu'il fût.

Peut-être était-ce la raison pour laquelle elle le détestait – les haïssait tous. C'était sans importance. Elle était son lot, à lui de s'en débrouiller.

D'une façon ou d'une autre.

Assis près de la lampe, au milieu de ses toiles et de son matériel de peinture, il continua de boire. Il avait pris sa décision, il irait au bout. Mais pour l'heure, il noierait son avenir dans le whisky irlandais au son du blues.

Quand son téléphone portable sonna, il l'ignora. Il ramassa la bouteille et remplit son verre.

Dru raccrocha. Elle avait essayé de contacter Seth une demi-douzaine de fois. À force d'arpenter la pièce, elle allait finir par creuser un sillon dans le parquet. Le cauchemar durait depuis plus de deux heures. Depuis qu'Audrey avait appelé, parce qu'elle le cherchait partout.

Il n'était donc pas avec Audrey, comme il l'avait prétendu. Il n'était pas davantage avec Dru – comme il l'avait dit à Audrey et à sa famille.

Où diable était-il passé ?

La veille, elle l'avait trouvé préoccupé. Même avant la soirée. Avant de prendre la route. Elle avait cru déceler en lui une violence difficilement contenue. Il s'était défoulé en la prenant sauvagement.

Après cet épisode, alors qu'ils se reposaient, tendrement enlacés, elle avait senti en lui des turbulences souterraines. Elle ne s'en était pas inquiétée. Elle était d'une nature discrète. Elle ne supportait pas que ses parents dissèquent ses moindres humeurs. Après tout, chacun avait droit à son jardin secret.

Seth avait menti. Or, elle en avait l'intime conviction, ce n'était pas dans ses habitudes.

S'il avait un problème, elle voulait l'aider. N'était-ce pas aussi cela, l'amour ?

Elle consulta sa montre, se retint de se tordre les mains de dépit. Il était plus de minuit. Et s'il était blessé ? S'il avait eu un accident ?

Et s'il avait tout simplement eu envie d'une soirée en solitaire ?

— Si c'était ça, il me l'aurait dit, marmonna-t-elle en fonçant vers la sortie.

Elle connaissait un endroit où il avait pu se réfugier. Elle voulait en avoir le cœur net.

Sur la route, elle se sermonna. Sa relation avec Seth ne signifiait pas qu'il devait lui rendre compte de chaque minute de son emploi du temps. Ils avaient chacun leur vie, leurs intérêts, leurs obligations. Elle ne craignait pas de passer des moments seule.

Mais cela ne justifiait pas le mensonge. Si seulement il avait décroché son satané téléphone, elle ne serait pas en train de le pourchasser en pleine nuit, comme ces héroïnes minables des feuilletons de série B.

Elle avait la ferme intention de l'étrangler pour lui avoir fait jouer un tel rôle.

Lorsqu'elle gara sa voiture derrière le bâtiment, sa rage avait atteint son comble. Elle faillit faire demi-tour et repartir aussitôt. Pourquoi ne lui avait-il pas dit, ainsi qu'aux autres, qu'il voulait travailler ? Pourquoi n'avait-il pas…

Elle écrasa les freins.

Et s'il n'avait pas pu attraper son téléphone ? S'il était inconscient, ou malade ?

Elle descendit du véhicule et grimpa l'escalier au pas de charge.

Elle s'attendait tellement à le découvrir, gisant sur le sol, qu'elle n'en crut pas ses yeux quand elle fit irruption dans la pièce et le vit, assis sur son lit, en train de remplir son verre.

— Tu es là! s'écria-t-elle, soulagée, genoux flageolants. Oh, Seth! J'étais si inquiète!

— Pourquoi?

Il posa la bouteille et la dévisagea d'un air détaché.

— Personne ne savait où tu étais et... Ma parole, mais tu es ivre!

— J'y travaille. Je suis encore loin du compte. Qu'est-ce que tu fais ici?

— Audrey m'a appelée il y a plusieurs heures. Elle te croyait chez moi. Comme tu ne décrochais pas, j'ai été assez stupide pour me faire du souci.

Il était encore trop sobre. Suffisamment sobre pour constater que sa colère lui faciliterait la tâche.

— Si tu as couru jusqu'ici dans l'espoir de me surprendre dans les bras d'une autre, je suis désolé de te décevoir.

— Il ne m'est jamais venu à l'esprit que tu pouvais me tromper! protesta-t-elle, aussi déconcertée que furieuse.

S'approchant du lit, elle remarqua le niveau du whisky dans la bouteille.

— Il ne m'est pas non plus venu à l'esprit que tu pouvais me mentir. Ni t'enfermer ici tout seul pour te saouler.

— Je t'avais prévenue, trésor: il y a beaucoup de choses que tu ne sais pas. Tu en veux? Les verres sont dans la cuisine.

— Non, merci. À quoi devons-nous ce marathon alcoolique en solitaire?

— Je suis un grand garçon, Dru. Inutile de m'asticoter parce que j'ai un peu trop bu. Je préfère ça à quelques coupes de champagne dans une soirée mondaine ennuyeuse à mourir. Si ça te gêne, c'est toi que ça regarde.

Cette pique la blessa.

— J'étais obligée d'assister à ce gala. Pas toi. Tu as choisi de m'y accompagner. Si tu veux te noyer dans une bouteille de whisky, c'est aussi ton choix. Mais je ne tolère pas que tu me mentes. Que tu me ridiculises.

Il haussa les épaules et se resservit, bien décidé à aller jusqu'au bout. Encore quelques coups d'épée dans son amour-propre, et elle disparaîtrait.

— Tu sais ce qui m'ennuie, avec les femmes ? On couche avec elles deux ou trois fois, on leur dit ce qu'elles ont envie d'entendre. On les gâte, on les cajole. Aussitôt, elles vous envahissent. On respire un petit coup, et elles vous sautent dessus comme des poux sur un singe. Je savais bien que je n'aurais jamais dû t'accompagner hier soir. Je me doutais que ça te donnerait des idées.

— Des idées ? répéta-t-elle, horrifiée. *Des idées ?*

— Tu ne lâches jamais, hein ? poursuivit-il d'une voix pâteuse en avalant une longue gorgée. Il faut toujours que tu penses à la suite. Qu'est-ce qui va se passer demain, la semaine prochaine ? Tu complotes notre avenir, mon trésor, et ça ne me convient pas du tout. Tu es formidable quand tu te laisses aller, mais il vaudrait mieux en rester là.

— Tu... tu me jettes ?

— Allons, mon cœur, n'exagérons rien. On a juste besoin de freiner un peu.

Le chagrin la submergea, l'engourdit.

— Alors, tout ça, ce n'était que pour... quoi, le sexe et l'art ? Je n'arrive pas à y croire. Non.

— On ne va pas en faire tout un plat.

Il saisit la bouteille. Ajouta du whisky sur du whisky. Tout, n'importe quoi, pour ne plus la regarder, ne plus voir ses yeux brillants de larmes.

— J'avais confiance en toi. Je t'ai donné mon corps et mon âme. Je ne t'ai jamais rien demandé. Tu me devançais chaque fois. Je ne mérite pas d'être traitée ainsi, et que tu me rejettes uniquement parce que je suis tombée amoureuse de toi.

À cet instant, il releva la tête. Son expression à la fois digne et triste le bouleversa.

— Dru...

— Je t'aime, dit-elle calmement — pendant qu'elle en était encore capable. Mais ça, c'est mon problème. Je te laisse avec le tien, et ta bouteille.

— Attends ! Attends ! Ne pars pas ! s'écria-t-il alors qu'elle se dirigeait vers la porte. Dru, je t'en supplie, ne t'en va pas.

Il posa le verre sur la table, cacha son visage dans ses mains.

— Je ne peux pas faire ça. Elle n'a pas le droit de me voler ça, en plus de tout le reste.

— Tu crois que je vais rester plantée là devant toi à sangloter ? T'adresser la parole, alors que tu es ivre et odieux ?

— Pardon. Mon Dieu ! Pardonne-moi.

— Tu es pitoyable...

La main de la jeune femme trembla sur la poignée de la porte, et une larme roula sur sa joue.

— Tout ce que je te souhaite, c'est d'aller directement en enfer !

— Je t'en prie, ne passe pas cette porte. Je ne le supporterai pas.

L'effroi, la culpabilité, la haine et l'amour se bousculaient en lui, lui serraient la gorge à l'étouffer.

— J'ai cru que c'était plus malin de me débarrasser de toi avant que tu ne sois tirée vers le bas. Mais je ne peux pas. C'est insupportable. Je ne sais pas si c'est égoïste de ma part ou raisonnable, mais je ne peux pas te laisser t'en aller. Pour l'amour du ciel, reste !

Elle le dévisagea longuement, vit son visage ravagé par le chagrin et le désespoir. Son cœur, déjà fissuré, se brisa.

— Seth, s'il te plaît, dis-moi ce qui ne va pas. Dis-moi pourquoi tu souffres.

— Je n'aurais pas dû t'insulter comme ça. C'est ignoble.

— Dis-moi pourquoi tu l'as fait. Pourquoi tu es ici, tout seul, à t'imbiber jusqu'à t'en rendre malade.

— J'étais déjà malade avant d'acheter la bouteille. Je ne sais par où commencer, balbutia-t-il en se tripotant les cheveux d'une main nerveuse. Par le commencement, je suppose.

Il pressa les doigts sur ses paupières.

— Je suis à moitié saoul. Je vais avoir besoin de café.

— Je le prépare.

— Dru...

Il leva les mains, les laissa retomber mollement.

— Tout ce que je t'ai dit depuis que tu es entrée est un mensonge.

Elle respira profondément. Pour l'instant, elle ravalerait sa colère et sa douleur. Elle l'écouterait.

— Très bien. Je t'apporte du café, et tu me diras la vérité.

— Ça remonte à très loin, commença-t-il. Avant mon grand-père. Avant que Ray Quinn n'épouse Stella. Avant qu'il ne la connaisse. Dru, pardon de t'avoir fait tant de mal.

— Raconte. On parlera de ça plus tard.

Il avala une gorgée de café.

— Ray a rencontré une femme, et ils ont eu une liaison. Ils étaient jeunes et célibataires, pourquoi pas ? Mais ce n'était pas le genre d'homme dont elle rêvait. Il était professeur, plutôt de gauche, tandis qu'elle penchait plutôt à droite. Elle venait d'une famille comme la tienne. Ce que je veux dire, c'est que...

— Je sais. Elle avait un certain statut social et des aspirations.

— Oui. C'est ça. Elle a rompu et disparu. Elle était enceinte, et d'après ce que j'ai compris, pas vraiment ravie. Peu de temps après, elle a rencontré un autre homme, qu'elle a décidé d'épouser.

— Sans jamais parler à ton grand-père de l'enfant.

— Non, elle ne le lui a pas dit. Quelques années plus tard, elle a eu une autre fille. Sybill.

— Sybill ? Mais… Oh ! je vois. La fille de Ray Quinn, la demi-sœur de Sybill, c'était ta mère.

— Exactement. Elle… Gloria, elle s'appelle Gloria. Elle n'est pas du tout comme Sybill. Gloria la détestait. Dès sa naissance, elle a haï tout le monde. Elle n'était jamais contente.

Il était pâle, il avait les traits tirés. Dru dut résister à son envie de le serrer contre elle pour le réconforter.

— Certaines personnes sont ainsi.

— Oui. Un beau jour, elle s'est enfuie avec un type, qui l'a engrossée. Le bébé, c'était moi. Ils se sont mariés, mais c'est sans importance. Je ne l'ai jamais connu.

— Ton père…

— Un donneur de sperme, corrigea Seth. Je ne sais pas ce qui s'est passé entre eux. Ça ne m'a jamais empêché de dormir. Quand Gloria s'est retrouvée à court d'argent, elle est rentrée chez ses parents avec moi. Je n'en ai aucun souvenir. Ils ne l'ont pas accueillie à bras ouverts. Gloria a une affection particulière pour la bouteille et les euphorisants chimiques. Pendant quelques années, elle a fait des allées et venues. Un jour, à l'époque où Sybill avait un appartement à New York, Gloria m'y a laissé. Tout ça est assez vague dans mon esprit. J'avais deux ans. Sybill m'a offert un chien en peluche. Je l'ai baptisé «À Toi». Tu sais, parce que quand je lui ai demandé à qui il était, elle m'a répondu...

— À toi, termina Dru en lui caressant les cheveux. Elle a été gentille avec toi.

— Elle était formidable. Je ne me rappelle pas grand-chose, sinon qu'avec elle, je me sentais en sécurité. Elle nous a recueillis, logés, nourris. Quand Gloria s'absentait quelques jours, elle s'occupait de moi. En guise de remerciement, Gloria lui a volé tout ce qu'elle a pu, et s'est enfuie avec moi.

— Tu n'avais pas le choix. Les enfants n'ont jamais le choix.

— Je ne sais pas pourquoi elle ne m'a pas abandonné là. Peut-être parce que entre Sybill et moi, il y avait...

— ... de l'amour, chuchota Dru en lui prenant la main avec tendresse. Elle vous en voulait à tous les deux.

Il ferma brièvement les yeux.

— Tu comprends tout. Ça m'aide.

— Tu avais peur du contraire.

— Je n'en sais rien. Elle me bousille; c'est ma seule excuse.

— Ne t'excuse pas. Continue.

Il mit sa tasse de côté. Le café n'apaisait en rien sa migraine et ses nausées, mais, au moins, il avait l'impression de retrouver un semblant de lucidité.

— On a vécu dans toutes sortes d'endroits, très peu de temps chaque fois. Elle collectionnait les hommes. J'ai appris ce que c'était que le sexe avant de savoir écrire mon prénom. Elle buvait, elle se droguait. J'étais livré à moi-même la plupart du temps. Quand elle avait épuisé ses fonds, qu'elle ne pouvait plus acheter sa dose, elle s'en prenait à moi.

— Elle te battait.

— Elle me frappait quand l'envie lui en prenait. Ou bien elle décidait de ne pas me nourrir, et je cre-

314

vais de faim. Elle faisait des passes pour payer sa came. Je les entendais, dans la pièce d'à côté. À six ans, j'avais à peu près tout vu.

Dru était atterrée, effondrée. Mais si elle voulait aider Seth, elle devait rester forte.

— Pourquoi les services sociaux ne sont-ils pas intervenus ?

Il la dévisagea un instant comme si elle parlait une langue étrangère.

— On évitait les endroits où les adultes dénoncent les mères indignes et signalent les enfants maltraités. Elle était cruelle, mais elle n'a jamais été stupide. J'ai pensé faire une fugue, et j'ai commencé à économiser une pièce de cinq cents par-ci, une pièce de vingt-cinq par là. Quand j'ai eu six ans, elle m'a mis à l'école. Ça lui laissait plus de temps pour draguer. J'ai adoré l'école. Je ne l'aurais jamais avoué, je serais passé pour un nul, mais j'adorais ça.

— Aucun de tes instituteurs ne s'est rendu compte de ce que tu vivais ?

— Je n'en ai pas parlé. C'était la vie, point à la ligne. Mais surtout, j'avais peur d'elle. Et puis... la première fois, je devais avoir sept ans... Un des types qu'elle ramenait à la maison...

Les mots moururent sur ses lèvres. Il secoua la tête, se leva. Après toutes ces années, ces souvenirs lui donnaient encore des sueurs froides.

— Certains d'entre eux avaient un faible pour les petits garçons.

Le cœur de Dru fit un bond.

— Oh, non !

— Je leur échappais toujours. J'étais vif et agressif. Je me cachais. Mais quand l'un d'entre eux essayait de poser la main sur moi, je savais ce que cela signifiait. Après cela, pendant longtemps, je n'ai pas supporté qu'on me touche. Je ne vais jamais pouvoir terminer si tu pleures.

Elle ravala un sanglot, vint vers lui. Sans un mot, elle l'enlaça.

— Pauvre Seth, murmura-t-elle en le berçant contre elle. Pauvre, pauvre petit garçon.

Il pressa son visage contre son épaule. Elle sentait si bon.

— Je ne voulais pas que tu saches tout cela.

— Tu craignais que je t'aime moins?

— Je ne voulais pas que tu saches, c'est tout.

— À présent, je sais. Tu crois que je suis incapable de comprendre, à cause de mes origines. Tu te trompes. Elle ne t'a pas détruit, Seth.

— Elle aurait pu, s'il n'y avait pas eu les Quinn. Laisse-moi finir.

— Viens t'asseoir.

Ils s'installèrent au bord du lit.

— Au cours d'une scène avec sa mère, Gloria a appris l'existence de Ray. Une personne de plus à détester, à rendre responsable de toutes les injustices dont elle se croyait la cible. Il était professeur à l'université quand elle l'a débusqué. Stella était déjà morte, mes frères étaient adultes et avaient quitté la maison. Cam était en Europe, Phil, à Baltimore, et Ethan avait sa propre maison à St. Christopher. Elle a fait chanter Ray.

— Comment? Il n'avait jamais été au courant de sa naissance.

— Aucune importance. Elle a exigé de l'argent, il a payé. Elle en voulait davantage: elle s'est précipitée chez le doyen de la faculté et a inventé une histoire de harcèlement sexuel. Elle a essayé de me faire passer pour le fils de Ray. Ça n'a pas marché, mais ça a semé le doute. Il a conclu un marché avec elle. Il voulait me prendre chez lui. S'occuper de moi.

— C'était un homme bon. Chaque fois que j'entends parler de lui, à St. Christopher, c'est avec infiniment d'affection et de respect.

— C'était le meilleur de tous, et elle le savait. Elle m'a vendu.

— C'était bien la première fois qu'elle te rendait service.

— Oui, convint-il. Tu as raison. Je ne savais pas qui il était. Je savais seulement que ce vieux monsieur me traitait… bien, et que j'avais envie de rester dans cette grande maison au bord de l'eau. Quand Ray faisait une promesse, il la tenait. Il m'obligeait à respecter des règles, mais ça ne me posait pas de problème dès lors qu'il s'agissait des siennes. Il avait un chiot, et je savais que je n'aurais plus jamais faim. Et surtout, j'étais loin d'elle. Pour toujours. Il m'assurait que je ne retournerais jamais chez elle, et je l'ai cru. Mais c'est elle qui est revenue.

— Elle s'est rendu compte de son erreur.

— Elle s'est dit qu'elle m'avait soldé. Elle l'a menacé de m'emmener s'il ne lui donnait pas plus d'argent. Il a cédé. Un jour, en revenant d'un rendez-vous avec elle, il a eu un accident. Cam est rentré d'Europe. Je me rappelle la première fois que je les ai vus tous les trois, autour du lit de Ray, à l'hôpital. Ray leur a fait promettre de s'occuper de moi. Il ne leur a rien dit de Gloria, ni de ce qui les liait. Il n'y a peut-être pas pensé. Il était mourant. Il voulait juste s'assurer que ses fils me protégeraient.

— Il avait confiance en eux.

— Plus que moi. Quand il est mort, je me suis dit qu'ils allaient m'envoyer dans un foyer. Je n'ai pas cru un instant qu'ils me garderaient. Après tout, je n'étais rien pour eux. Mais ils avaient donné leur parole à Ray. Ils ont bouleversé leur existence pour lui, et pour moi. Ils ont voulu recréer un foyer – assez délirant au début, je dois dire, avec Cam à la tête de la maisonnée.

Son humeur s'allégeait enfin. Une pointe d'humour imprégna sa voix.

— Tu n'imagines pas tout ce qu'il a fait exploser dans le micro-ondes, le nombre de fois où il a inondé la cuisine. Il n'y connaissait rien. J'étais un petit dur. Je m'attendais qu'ils me jettent dehors ou qu'ils me cognent. Mais pas du tout. Ils m'ont soutenu, et quand Gloria a ressurgi, ils m'ont défendu. Même avant de découvrir que j'étais le petit-fils de Ray, j'étais devenu un des leurs.

— Ils t'aiment, Seth.

— Je sais. Je ferais n'importe quoi pour eux. Y compris succomber au chantage de Gloria, comme c'est le cas régulièrement depuis mes quatorze ans.

— Elle est revenue.

— Oui. Elle est même ici en ce moment. C'est avec elle que j'étais, ce soir. Elle voulait me faire part de ses toutes dernières exigences. Elle est passée à ta boutique. Je suppose qu'elle voulait te voir avant de finaliser son plan.

— Cette femme…

Dru se raidit, glacée.

— Harrow. Elle m'a dit qu'elle s'appelait Glo Harrow.

— En fait, c'est DeLauter. Harrow doit être son nom de jeune fille. Elle connaît ta famille. La fortune, les relations, les implications politiques. Elle a ajouté tout ça au mélange. Elle se débrouillera pour te salir si je ne lui donne pas ce qu'elle veut.

— C'est du chantage! Elle se sert de ton amour comme d'une arme.

Un frémissement le parcourut, et l'écho de la voix de Stella résonna dans sa mémoire.

— Qu'as-tu dit?

— Elle se sert de ton amour comme d'une arme, et tu joues son jeu. Il faut que ça cesse. Tu dois en parler à ta famille. Vite! Tout de suite!

— Dru, je ne sais même pas si c'est une bonne chose de tout leur avouer, encore moins à 2 heures du matin !

— Tu sais pertinemment que c'est la seule chose à faire. Tu crois qu'ils se soucieront de l'heure ?

Elle se dirigea vers l'établi, sur lequel il avait jeté son téléphone.

— À mon avis, il vaut mieux contacter Anna d'abord. Elle préviendra les autres. Veux-tu lui dire que nous arrivons, ou préfères-tu que ce soit moi ?

— Tu es sacrément autoritaire, tout à coup.

— Il y a des moments où c'est nécessaire. Tu crois que je vais rester là sans bouger ?

— Je ne veux pas qu'elle s'en prenne à toi ou à ma famille. Je veux vous protéger de cela.

— Me protéger ? Tu as de la chance que je ne t'assomme pas avec cet appareil ! Ta seule solution, c'était de me chasser. Je ne veux pas d'un sacrifié !

Il faillit sourire.

— Un martyr, tu veux dire ?

— C'est ça.

Il lui tendit la main.

— Ne me frappe pas. Passe-moi juste le téléphone.

18

Chez les Quinn, les réunions de famille avaient toujours lieu dans la cuisine. On y discutait, célébrait de petites fêtes, prenait les décisions importantes, planifiait divers projets. Les reproches comme les compliments s'échangeaient autour de la vieille table que personne n'aurait jamais envisagé de remplacer.

C'était là qu'ils s'étaient rassemblés. Le café chauffait, toutes les lumières étaient allumées. Dru avait l'impression qu'ils étaient trop nombreux pour tenir dans un espace aussi petit. Mais ils s'étaient serrés, et lui avaient fait une place.

Ils étaient tous venus sans hésiter, tombant du lit et sortant leurs enfants des leurs. Ils étaient inquiets. Pourtant, aucun d'entre eux n'assaillait Seth de questions. Une tension presque palpable imprégnait l'atmosphère.

On avait confié à Emily la responsabilité de coucher les plus jeunes à l'étage. Dru songea que les spéculations devaient aller bon train, là-haut, entre ceux qui avaient du mal à se rendormir.

— Je suis désolé, commença Seth.

— Pour nous tirer du lit à 2 heures du matin, tu dois avoir une bonne raison, intervint Phil en pressant la main de Sybill. Tu as commis un meurtre ?

Parce que s'il s'agit de faire disparaître le corps avant le lever du jour, on a intérêt à s'y mettre tout de suite.

Cette tentative d'humour soulagea Seth, qui secoua la tête.

— Pas cette fois. Remarque, ç'aurait peut-être facilité les choses.

— Crache le morceau, Seth ! ordonna Cam. Plus vite nous serons au courant, plus vite nous pourrons régler le problème.

— Ce soir, j'ai eu un rendez-vous avec Gloria.

Il y eut un long silence. Seth observa Sybill à la dérobée.

— Je regrette, j'espérais ne pas avoir à vous en parler, mais je n'ai plus le choix.

— Pourquoi ? s'insurgea Sybill, visiblement bouleversée. Si elle est dans les parages et qu'elle te harcèle, il est normal que nous le sachions.

— Ce n'est pas la première fois.

— Ce sera la dernière ! trancha Cam. Qu'est-ce qui se passe, Seth ? Elle est déjà revenue, et tu ne nous en as jamais rien dit ?

— Je ne voulais pas vous ennuyer – comme je m'apprête à le faire à présent.

— Conneries ! Quand ? Quand a-t-elle commencé ?

— Cam...

— Si tu as l'intention de me demander de me calmer, Anna, glapit-il en se tournant vers sa femme, tu gaspilles ton souffle. Seth, réponds-moi.

— Depuis que j'ai quatorze ans.

— La salope !

Cam repoussa brutalement sa chaise, et Dru eut un frémissement. Jamais elle n'avait été témoin d'une telle rage.

— Elle t'a poursuivi pendant toutes ces années, et tu n'as pas été fichu de nous en parler ?

— Inutile de lui crier après, intervint Ethan en s'accoudant sur la table.

Le ton était calme, mais une lueur menaçante dansait dans ses prunelles. Apparemment, il pouvait être tout aussi violent que son frère.

— Elle t'a soutiré du fric, Seth ? reprit-il.

Ce dernier ouvrit la bouche pour répondre, puis haussa les épaules.

— Vas-y, Cam, tu peux l'engueuler, marmonna Ethan.

— Tu l'as payée ? s'écria Cam, outré. Tu lui as donné de l'argent ? Ma parole, mais tu es complètement cinglé. On aurait envoyé balader cette pétasse en Antarctique si tu nous avais prévenus. On a fait toutes les démarches légales pour qu'elle te fiche la paix. Qu'est-ce qui t'a pris de la laisser te saigner ?

— J'étais prêt à tout pour qu'elle vous laisse tranquilles. Après tout, ce n'était que de l'argent. Qu'est-ce que j'en avais à faire du moment qu'elle me promettait de disparaître ?

— Mais elle a recommencé, murmura Anna, se retenant de ne pas exploser, car elle savait que sa fureur serait telle que, par comparaison, celle de Cam apparaîtrait comme un caprice d'enfant. N'est-ce pas ?

— Oui, mais…

— Tu aurais dû te confier à nous. Tu sais que nous t'aurions soutenu.

— Mon Dieu, Anna, bien sûr que je le sais !

— Tu as une drôle de façon de le montrer ! rétorqua Cam.

Seth eut un geste d'impuissance.

— Ce n'était que de l'argent. Je voulais à tout prix vous protéger, vous prouver ma reconnaissance.

— Ta reconnaissance ? Pour quoi ?

— Vous m'avez *sauvé* ! s'écria Seth, un sanglot dans la voix. Je vous dois tout. Vous avez changé votre vie pour moi, alors que je n'étais rien pour vous. Vous m'avez offert une famille. Merde ! Merde, Cam ! Vous avez fait de moi un homme honnête, *normal* !

Cam demeura muet un moment. Lorsqu'il reprit la parole, ce fut d'une voix éraillée, autoritaire.

— Épargne-moi tes conneries. Je ne veux pas entendre parler de foutus chèques et de foutus comptes.

— Ce n'est pas ce qu'il a voulu dire, risqua Grace, les larmes aux yeux. Assieds-toi. Assieds-toi tout de suite, Cam, et calme-toi. Il a raison.

— Qu'est-ce que tu veux dire ? Nom de Dieu, qu'est-ce que tu veux dire par là ? hurla-t-il en se laissant retomber sur sa chaise.

— Il ne me laisse jamais en parler, protesta Seth. Aucun d'entre eux n'accepte mes…

— Chut ! coupa Grace. Oui, ils t'ont sauvé, et ils t'ont recueilli sans savoir qui tu étais par rapport à leur père, parce qu'ils l'aimaient. Ensuite, ils l'ont fait pour toi, parce qu'ils t'aimaient, toi. Comme nous tous. Si tu ne leur étais pas reconnaissant, ce serait très ingrat de ta part et…

— Je voulais…

Grace leva le doigt.

— Attends ! L'amour s'offre gratuitement. Sur ce point, Cam est dans le vrai.

— Il fallait que je prouve ma gratitude, insista Seth. Mais ce n'est pas tout. Elle a dit des choses à propos d'Audrey.

Grace blêmit.

Audrey, qui pleurait sans bruit, retrouva sa voix :

— Quoi ? Elle s'est servie de moi ?

— Des petites allusions, du style : « Comme elle est jolie, ce serait dommage qu'il lui arrive malheur. Ou à sa sœur et à ses cousins. » J'étais terrifié. Je n'avais que quatorze ans ! Je mourais de peur à

323

l'idée qu'elle puisse s'attaquer à Audrey ou à l'un des enfants.

— Évidemment, dit Anna. Elle comptait là-dessus.

— Et quand elle m'a expliqué que j'avais une dette envers elle pour tous les soucis que je lui avais causés, qu'elle avait besoin de quelques centaines de dollars pour voyager, j'ai pensé que c'était la meilleure façon de me débarrasser d'elle. Grace était enceinte de Deke, Kevin et Bram n'étaient que des bébés. Je voulais l'éloigner.

Sybill poussa un profond soupir et se leva pour aller chercher la cafetière.

— Elle savait combien tu tenais à ta famille, elle en a profité. Elle a toujours su appuyer sur le bon bouton. J'en sais quelque chose, et j'avais bien plus de quatorze ans.

Elle posa la main sur son épaule, la serra brièvement, remplit les tasses.

— Ray était un homme mûr, et pourtant il a cédé à son chantage.

— Elle s'éclipsait pendant des mois, reprit Seth. Parfois des années. Puis elle réapparaissait à nouveau. J'avais de l'argent. Mes parts de l'entreprise, de l'héritage de Ray, la vente de mes tableaux. Elle m'a taxé à deux reprises quand j'étais à l'université. Ça ne lui a pas suffi. J'avais compris qu'elle ne me lâcherait pas. Je savais que c'était idiot de continuer à payer. L'occasion s'est présentée de poursuivre mes études en Europe. Je l'ai saisie au vol. Moi de l'autre côté de l'Atlantique, elle n'avait plus aucune raison de traîner dans les parages.

— Seth…

Anna attendit qu'il la regarde.

— C'est pour lui échapper que tu es parti en Europe ? Pour l'éloigner de nous ?

Le regard qu'il lui décocha trahissait un amour si farouche que Dru en eut la gorge nouée.

— Je voulais y aller. J'avais besoin de prendre mon indépendance, de tester mes capacités. Mais, au fond… cela a pesé dans la balance.

— D'accord, déclara Ethan en faisant tourner sa tasse entre ses mains. À l'époque, tu as cru bien faire. Mais à présent ?

— Il y a quatre mois environ, elle s'est présentée chez moi, à Rome. Elle était avec un type. Elle avait entendu parler de mon succès, lu quelques articles, elle est revenue à la charge. Elle m'a menacé d'alerter la presse, les galeries, et de leur offrir sa version des faits. Elle allait salir Ray, une fois de plus. Je lui ai filé son fric, et je suis rentré à la maison. J'en avais très envie. Malheureusement, je l'ai ramenée avec moi.

— Tu ne l'as jamais amenée nulle part, corrigea Philip. Fourre-toi bien ça dans la tête !

— D'accord, disons qu'elle est rentrée aussi. Et elle traîne dans les environs. Elle est même passée à la boutique de Dru.

— Elle vous a menacée ? s'écria Cam. Elle a essayé de vous…

— Non, coupa Dru. Elle sait que Seth et moi sommes ensemble. Elle m'a donc rajoutée dans le lot, se servant de moi comme d'une arme pour le tourmenter un peu plus. Je ne la connais pas mais, apparemment, elle cherche autant à le détruire – et à vous faire souffrir, tous – qu'à se remplir les poches. Je pense que Seth a eu tort de céder à son chantage, mais je comprends ses raisons.

Elle les dévisagea tour à tour.

— Je ne devrais pas être à cette table. C'est une affaire de famille. Pourtant, personne n'a remis en cause ma présence ici.

— Vous êtes l'amie de Seth, dit Philip simplement.

— Vous ne vous imaginez pas combien vous êtes extraordinaires. Cette… unité. Que Seth ait eu tort ou raison de vouloir protéger le clan n'a pas grande importance, au point où nous en sommes. Ce qui compte, c'est qu'il vous aimait trop pour agir autrement – et qu'elle en était consciente. Maintenant, il faut que ça cesse.

— Enfin une femme qui a du plomb dans la cervelle ! commenta Cam. Et alors, fiston ? Ce soir, tu l'as payée ?

— Non. Elle a changé son fusil d'épaule. Elle va vendre son histoire à la presse, blablabla... Comme d'habitude. Mais, en prime, elle veut traîner Dru dans la boue. La petite-fille du sénateur impliquée dans un scandale sexuel. C'est du vent, mais si elle réussit son coup, tout le monde en souffrira. Les reporters vont déferler au magasin, chez vous, fouiller dans nos vies.

— Qu'elle aille se faire foutre ! lâcha Audrey calmement.

— Encore une qui a du plomb dans la cervelle ! approuva Cam en lui adressant un clin d'œil complice. Combien veut-elle, cette fois ?

— Un million.

Cam s'étrangla avec sa gorgée de café.

— Un million... Un million de dollars ?

— Elle n'aura pas un sou.

Le visage sombre, Anna tapota son mari dans le dos.

— Ni demain ni jamais. N'est-ce pas, Seth ?

— Quand je l'ai rencontrée dans ce bouge où elle m'avait fixé rendez-vous, j'ai su que je devais mettre un terme à ce cauchemar. Et tant pis si elle se confiait aux journalistes !

— On va se bouger, promit Philip. Quand dois-tu la revoir ?

— Demain soir, avec un acompte de dix mille dollars.

— Où ?

326

— Dans un bar minable, à St. Michael.

— Phil réfléchit, constata Cam avec un grand sourire. J'adore ça !

— En effet, je réfléchis.

— Et si je vous préparais un petit déjeuner ? proposa Grace en se levant.

Dru écouta les idées, les arguments, et même les rires et les blagues occasionnels, tandis qu'ils échafaudaient un plan d'attaque.

Ils discutèrent avec animation en dévorant des œufs brouillés et du bacon. Elle se demanda si c'était le manque de sommeil qui l'amollissait, ou si, plus simplement, c'était elle qui avait du mal à suivre.

Lorsqu'elle avait voulu se lever pour aider à mettre le couvert, Anna lui avait frotté amicalement l'épaule.

— Non, non, restez assise. Vous avez l'air épuisé.

— Ça va. C'est juste que j'ai un peu de mal à comprendre. Gloria n'a peut-être pas commis un véritable crime, pourtant il me semble que vous devriez vous adresser à un avocat ou à la police, au lieu de résoudre le problème vous-mêmes.

La conversation s'interrompit net. Pendant quelques secondes, seul le gargouillement de la cafetière troubla le silence.

— Voyons, murmura Ethan, songeur. C'est une option comme une autre. Sauf que les flics traiteront Seth de tous les noms, pour l'avoir payée dès le départ.

— Elle l'a fait *chanter* !

— Si on veut, admit Ethan. Ils ne la mettront pas derrière les barreaux pour autant.

— Non, mais…

— Quant à prendre un avocat… Il va remplir tout un tas de formulaires, écrire des tonnes de lettres. On pourrait peut-être lui intenter un procès. De nos jours, on peut traîner n'importe qui devant les tribunaux pour n'importe quoi. Imaginons qu'on en arrive là. Ça risque de devenir vraiment moche, et de s'éterniser.

— Ça ne suffit pas de mettre un terme à son chantage, insista Dru. Il faut qu'elle soit punie. Vous qui travaillez dans le système… ajouta-t-elle, cherchant un soutien auprès d'Anna.

— J'y crois, mais je connais ses limites. J'ai beau souhaiter à cette femme de souffrir autant qu'elle a fait souffrir Seth, je sais qu'il n'en sera rien.

— On se serre les coudes, déclara Cam, impérieux. Tous pour un, la famille pour tous !

Dru se pencha vers lui.

— Et vous pensez que je vais me dérober.

Cam s'adossa à sa chaise.

— Dru, vous êtes ravissante, mais vous n'êtes pas là pour embellir le décor. Vous vous battrez avec nous. Les Quinn ne s'éprennent jamais d'une femme qui n'a pas de tripes.

Elle soutint son regard.

— Est-ce un compliment ?

Il lui sourit.

— C'en est même deux.

Elle se décontracta, acquiesça.

— Très bien. Agissez à votre façon. Mais, à mon avis, il ne serait pas inutile de mener une petite enquête. Vu son style de vie et ses habitudes, il se peut qu'elle ait un casier judiciaire. Je vais appeler mon grand-père et tâcher d'obtenir ce renseignement d'ici demain soir. Ce ne serait pas mal qu'elle sache que, nous aussi, nous avons des atouts en main.

— Décidément, elle me plaît beaucoup ! lança Cam à Seth.

— À moi aussi. Mais, Dru, je ne veux pas impliquer les tiens là-dedans.

— Si nous sommes rassemblés ici, à 4 heures du matin, c'est parce que tu n'as pas voulu nous impliquer, ta famille et moi. Ton plan, c'était de te saouler et de me jeter. Il a marché ?

Seth risqua un sourire.

— Mieux que prévu.

— Mais pas grâce à toi. Je ne te conseille donc pas d'emprunter de nouveau ce chemin. Passe-moi le sel.

Il s'inclina vers elle, prit son visage entre ses mains, et la gratifia d'un long baiser passionné.

— Je t'aime, Dru.

— Tant mieux. Moi aussi... Maintenant, passe-moi le sel.

Il craignait de ne pas dormir. À tort. Il s'effondra et dormit comme une masse pendant quatre heures. Lorsqu'il se réveilla dans sa chambre, désorienté, l'esprit embrumé, sa première pensée lucide fut qu'elle n'était pas là, à ses côtés.

Il descendit en titubant et découvrit Cam, seul dans la cuisine.

— Où est Dru ?

— Partie travailler il y a une heure. Elle a emprunté ta voiture.

— Elle est à la boutique ?

Seth se frotta les yeux, essaya de remettre en marche son cerveau engourdi par trop de whisky, trop de café, et trop peu de sommeil.

— Elle aurait dû fermer le magasin pour la journée. Elle doit être épuisée.

— Elle m'a eu l'air de tenir le coup beaucoup mieux que toi, mon vieux.

— Oui, bon. Elle n'avait pas descendu une demi-bouteille de Jameson.

— Tu joues, tu paies.

— Mouais, marmonna Seth en ouvrant un placard en quête du tube d'aspirine.

Cam remplit un verre d'eau et le lui tendit.

— Avale ça. On va faire un tour.

— Il faut que je me douche, que j'aille en ville. Je pourrais peut-être donner un coup de main à Dru.

— Rien ne presse.

Il ouvrit la porte.

— On y va ?

— Si tu comptes me botter le derrière, je ne me sens pas de taille, ce matin.

— J'y ai pensé. Puis je me suis dit que tu avais eu ton compte.

— Écoute, je sais que j'aurais dû…

— Tais-toi !

Cam le poussa dehors.

— J'ai des choses à te dire.

Comme Seth s'y attendait, il se dirigea vers le ponton. Le soleil était éclatant. Il était à peine 9 heures, mais déjà la chaleur était intense.

— Tu m'as énervé, attaqua Cam. Je commence à peine à m'en remettre. Mais je veux que les choses soient claires entre nous – et je parle aussi pour Ethan et Phil. Compris ?

— Compris.

— On ne s'est privés de rien pour toi. Tais-toi, Seth ! Ferme-la et écoute-moi jusqu'au bout. Ah ! On dirait que je suis encore bien remonté, finalement. Grace n'avait pas complètement tort, j'en conviens. Mais aucun d'entre nous n'a renoncé à quoi que ce soit pour toi.

— Tu voulais faire de la compétition…

— Et j'en ai fait, trancha Cam. Je t'ai dit de la fermer. Tu avais dix ans, nous avons fait notre devoir. On n'attend pas de remerciements, on n'attend pas de récompense. Prétendre le contraire, c'est nous insulter.

330

— Ce n'est pas ce que je…

— Tu veux que je te t'arrache la langue, ou tu la boucles ?

Seth haussa les épaules. Il avait à nouveau dix ans.

— Les choses ont évolué pour nous tous. À notre avantage. Si je ne m'étais pas retrouvé coincé avec un môme insupportable, trop maigre et mal élevé, je n'aurais peut-être jamais rencontré Anna. Tu y as pensé ? J'aurais peut-être continué sans elle jusqu'à la fin de mes jours, sans Kevin et Jake. Pareil pour Phil et Sybill. Ils se sont trouvés grâce à toi. Quant à Ethan et Grace, si tu ne les avais pas poussés dans les bras l'un de l'autre, ils commenceraient à peine à se fréquenter aujourd'hui, vingt ans plus tard.

Il marqua une pause.

— Combien te devons-nous pour nos femmes et nos enfants ? C'est toi qui nous as rassemblés, toi qui nous as donné toutes les raisons de démarrer l'entreprise.

— Je suis désolé.

Cam s'arracha quasiment les cheveux de frustration.

— Bon Dieu ! Je ne veux pas que tu t'excuses, je veux que tu te réveilles !

— Je suis réveillé.

— Passons… On va s'occuper d'elle dès ce soir.

Seth esquissa un sourire.

— Cette perspective me réjouit, avoua-t-il. Je ne l'aurais jamais cru, mais je suis impatient de la rencontrer. Je sais, j'aurais dû me décider avant. Alors… tu vas me casser la figure ?

— Je voulais simplement te mettre les points sur les *i*.

Cam posa un bras amical sur les épaules de Seth. Et le poussa à l'eau.

— Je ne sais pas pourquoi, constata-t-il lorsque Seth refit surface, mais ça me soulage chaque fois.

— Content d'avoir pu te rendre service !

Seth crachota, puis se laissa couler.

— Tu restes ici, un point, c'est tout.

— Et depuis quand me donnes-tu des ordres ? Appuie sur la touche *arrière*, j'ai dû manquer une étape.

— Je refuse d'en discuter.

— Et moi, j'insiste, répliqua Dru d'un ton doucereux.

— Primo, je ne veux pas qu'elle t'approche. Secundo, le rendez-vous a lieu dans un bouge.

— Ah, je vois. Tu t'y mets, toi aussi ! Tu décides à ma place. C'est un refrain que je n'ai que trop entendu.

— Dru…

Seth s'immobilisa, puis se remit à aller et venir dans la cuisine.

— C'est déjà assez difficile comme ça sans que j'aie en plus à m'inquiéter de ton sort. Ce bar est vraiment mal fréquenté. Je veux en finir une fois pour toutes. Je t'en prie. Reste ici et laisse-moi faire ce que j'ai à faire.

— Puisque tu me le demandes gentiment…

Il se décontracta et vint poser son front contre le sien.

— Merci. Tu devrais t'allonger un peu. Tu as très peu dormi cette nuit… Allez ! Il faut que j'y aille.

— Tu sais qui tu es, murmura-t-elle. Et moi aussi. Pas elle. Elle ne l'a jamais su.

En compagnie des autres femmes de la famille, elle regarda les deux voitures s'éloigner dans la nuit.

— Voilà nos hommes courageux en route pour la guerre. Et nous, nous restons à l'arrière, en sécurité.

— Mettons nos tabliers, bougonna Audrey. Autant préparer la salade de pommes de terre pour le pique-nique de demain.

Dru les regarda tour à tour, lut dans leurs yeux la même angoisse que la sienne.

— Mauvaise idée, déclara-t-elle.

Sybill haussa les épaules et consulta sa montre.

— On leur laisse combien d'avance ?

— Un quart d'heure, ça devrait suffire, répondit Anna.

Grace acquiesça.

— Parfait ! On prend ma camionnette.

Juché sur un tabouret, Seth fixait sa bière intacte. Il avait peur. Normal. Le lieu était bien choisi pour cette ultime confrontation avec elle, avec son enfance, ses spectres et ses démons.

Quand ce serait fini, il sortirait de là et oublierait tous ses tourments.

Elle arriva enfin, s'installa, croisa les jambes, gratifia le barman d'un clin d'œil.

— Tu as l'air un peu fatigué, remarqua-t-elle. Dure journée ?

— Toi aussi. Tu sais, j'étais en train de réfléchir. Tu as eu une enfance plutôt privilégiée.

— Merde !

Elle s'empara du gin tonic que le serveur venait de poser devant elle.

— Tu n'en sais rien.

— Belle demeure, grosse fortune, éducation irré-prochable.

— Tu parles ! Quelle bande de crétins !

— Tu les détestais.

— Une mère iceberg, un beau-père coureur de jupons. Et au milieu de tout ça, Sybill, la fille par-faite. Je n'avais qu'une envie : me tirer de là et vivre.

— Je n'ai pas connu tes parents. Mais Sybill ne t'a jamais fait de mal. Au contraire, elle t'a accueillie à bras ouverts. Le jour où nous avons atterri chez elle sans un sou, elle nous a hébergés, nourris.

— Pour mieux s'en vanter après. Cette prétentieuse.

— C'est pour cela que tu lui as tout volé quand nous étions à New York ? Alors qu'elle t'avait ouvert sa porte ?

— Je prends ce dont j'ai besoin. C'est comme ça que j'avance dans l'existence. Il fallait bien que je t'élève, non ?

— Arrête tes conneries. Tu te fichais éperdument de moi. Si tu ne m'as pas laissé chez Sybill, c'est uniquement parce que tu savais qu'on s'était attachés l'un à l'autre. Tu m'as emmené parce que tu la haïssais. Et tu lui as tout piqué pour pouvoir te payer ta came.

— C'est sûr que si je t'avais confié à elle, elle aurait pris un malin plaisir à raconter à tout le monde que j'étais nulle. Je l'emmerde. Ce que je lui ai pris me revenait de droit.

— Ray n'était même pas au courant de ton existence, pourtant tu le détestais, lui aussi. Quand il l'a apprise, il a voulu t'aider.

— C'était la moindre des choses. Un salaud qui ne sait pas garder sa braguette fermée, qui engrosse une étudiante stupide, n'a qu'à payer.

— C'est ce qu'il a fait. Il ne savait pas que Barbara était enceinte de toi. Le jour où tu lui as dit qui tu étais, il t'a tendu la main. Ça n'a pas suffi. Tu as essayé de ruiner sa vie avec tes mensonges. Ensuite, tu t'es servie de sa générosité, de sa droiture, tu m'as vendu comme un vulgaire chien dont tu te serais lassé.

— Faut dire que j'en avais par-dessus la tête, de toi. Je t'avais traîné avec moi pendant dix ans. C'était envahissant, à la fin. Le vieux Quinn m'était redevable de lui avoir donné un petit-fils. Et ça ne s'est pas trop mal arrangé pour toi, non ?

Seth leva sa bouteille, but une gorgée.

— Moi aussi je te suis redevable, je suppose. Mais toi non plus tu ne t'en es pas si mal sortie, tant qu'il était en vie. Tu as continué à lui soutirer de l'argent en m'utilisant comme appât.

— Il aurait pu te jeter n'importe quand ! Tu n'étais rien pour lui. Comme moi.

— C'est vrai que certaines personnes sont assez bêtes pour tenir leurs promesses à l'égard d'un gamin de dix ans. Assez bêtes, aussi, pour penser qu'il mérite une vie décente, un foyer, une famille. Il t'aurait offert tout cela, si tu en avais voulu.

— Tu t'imagines une seule seconde que j'aurais accepté de m'enterrer dans un trou perdu, chez un vieux type qui passe son temps à recueillir des paumés ? Non, merci. C'était bon pour toi, pas pour moi. D'ailleurs, tu en as profité, tu n'as pas à te plaindre. Et si tu veux que ça dure, il va falloir payer le prix fort. Tu as l'acompte ?

— Combien as-tu amassé, au fil des ans, Gloria ? Entre ce que tu as soutiré à Ray et ce que tu m'as piqué ? Deux cent mille dollars, au bas mot. Mes frères, eux, n'ont jamais cédé. Tu as pourtant tout essayé. Sans succès. C'est plus facile de s'en prendre à un vieil homme et à un enfant.

Elle ricana.

— Ils auraient fini par craquer, mais j'avais d'autres chats à fouetter. En ce qui te concerne, si tu veux poursuivre ta carrière et continuer à sauter la petite-fille du sénateur, tu vas devoir casquer.

— Tu me l'as déjà dit. Résumons. Je te remets un million de dollars. Je commence par un acompte de dix mille…

— En liquide.

— Oui, en liquide, sinon tu alertes la presse, la famille de Dru, etc. Mais tu omets de signaler tes frasques dans la chambre voisine de celle de ton fils, et les hommes qui ont failli le violer. Tu ne parles pas de la drogue, de l'alcool, des coups.

— Sortez les violons ! railla-t-elle.

Elle se pencha vers lui.

— Tu étais un emmerdeur fini. Tu as de la chance que je t'aie gardé aussi longtemps. J'aurais pu te vendre à un de mes jules, ajouta-t-elle plus bas. J'aurais touché le pactole.

— Ce serait arrivé, tôt ou tard.

Elle haussa les épaules.

— Il fallait bien que tu me rapportes quelque chose !

— Tu me fais chanter depuis que j'ai quatorze ans. Si j'y ai consenti, c'était pour protéger ma famille et avoir la paix.

— Je veux ce qui m'est dû, grommela-t-elle en entamant son troisième verre.

Il poussa sa bière de côté, la regarda droit dans les yeux.

— Pas cette fois. Plus jamais.

Elle le saisit par le col de sa chemise, le secoua comme un prunier.

— N'essaie pas de m'avoir !

— C'est déjà fait.

Il plongea la main dans sa poche, en sortit un minuscule magnétophone.

— Toute notre conversation est sur cette bande. Si je confie ça aux flics, tu pourrais avoir quelques problèmes devant un tribunal.

Lorsqu'elle voulut le lui arracher des mains, il l'empoigna.

— À propos de flics, ça les intéressera d'apprendre comment tu as été arrêtée à Fort Worth pour retape sur la voie publique et possession de drogue. Si tu alertes la presse…

— Salaud !

— Vas-y ! répliqua-t-il, très calme. Vends-la, ta version des faits. À mon avis…

— Je veux mon argent ! hurla-t-elle en lui jetant au visage ce qui restait dans son verre.

Quatre hommes qui jouaient au billard se tournèrent vers eux. Le plus baraqué jaugea Seth de loin. Blême de rage, Gloria sauta de son tabouret.

— Il m'a volé mon argent !

Le quatuor s'avança. Seth se leva.

À cet instant, ses frères surgirent de l'ombre et vinrent se ranger à ses côtés.

Cam cala les pouces dans ses poches.

— Nous voilà à égalité. Alors, Gloria, ça fait un bail !

— Bande de crétins ! Bande de salopards ! Je veux ce qui m'appartient !

— Nous n'avons rien à toi, rétorqua posément Ethan.

— Vous m'avez vu lui prendre quoi que ce soit ? demanda Seth au barman.

— Non. Si vous voulez vous battre, allez dehors.

Phil scruta les quatre individus.

— Vous voulez vous battre ?

Le plus costaud grommela :

— Si Bob dit qu'il a rien pris, c'est qu'il a rien pris. C'est pas mon affaire.

— Et toi, Gloria ? Tu veux te battre ? s'enquit Phil.

Avant qu'elle puisse répondre, la porte du bar s'ouvrit.

— Nom d'un chien ! gronda Cam. J'aurais dû m'en douter !

Dru se rua vers Seth, glissa la main dans la sienne.

— Bonsoir, Gloria. C'est curieux, ma mère ne se souvient pas du tout de vous. En revanche, voici les coordonnées de mon grand-père. Il sera enchanté de bavarder avec vous, si vous l'appelez à ce numéro.

Gloria arracha le papier qu'elle lui tendait, puis recula vivement quand Seth fit un pas en avant.

— Tu vas le regretter.

Elle les bouscula pour passer, adressa un regard haineux à Sybill.

— Tu as eu tort de revenir, Gloria, lui dit sa sœur. Tu aurais mieux fait de déguerpir.

— Toi aussi tu le regretteras, cracha-t-elle. Vous le regretterez tous !

Sur ces mots, elle disparut.

Seth se tourna vers Dru.

— Tu n'étais pas censée rester à la maison ?

— Non, murmura-t-elle en lui caressant la joue.

19

Les invités avaient envahi la maison et le jardin. Les crabes bouillaient dans les marmites, les tables croulaient sous les plats.

Le pique-nique annuel des Quinn battait son plein.

Seth sortit une bière de la glacière et s'installa à l'ombre, fuyant momentanément les conversations pour esquisser quelques croquis.

Il était dans son univers. Avec sa famille, ses amis. Les voix à l'accent de la région se mêlaient aux hurlements de joie des enfants. L'air sentait bon les épices, le talc, l'herbe. La mer.

Quelques adolescents avaient sorti un Sunfish et hissé sa voile jaune vif. Le chien d'Ethan s'ébrouait dans l'eau avec Audrey. Comme au bon vieux temps.

La fête du 4 Juillet. Celle-ci resterait gravée dans sa mémoire jusqu'à la fin de ses jours.

— Nous organisons ce pique-nique depuis bien avant ta naissance, lui dit Stella.

Son crayon lui échappa des doigts. Cette fois, il ne rêvait pas. Il était assis dehors, entouré de gens.

Et il parlait avec un fantôme.

— Finalement, tu as réussi à résoudre ton problème, enchaîna-t-elle.

Elle portait son chapeau kaki, une chemise rouge et un short bleu. Sans réfléchir, Seth ramassa son crayon, tourna la page de son carnet et la dessina telle qu'elle lui apparaissait.

— J'ai toujours eu peur d'elle. Mais à présent, c'est fini.

— Tant mieux. Elle ne peut t'apporter que des ennuis. Mon Dieu! Regarde un peu Crawford! Qu'est-ce qu'il a vieilli! Le temps file à toute allure. On laisse tomber certaines choses, on en perpétue d'autres. Comme cette fête, année après année.

Il ne s'arrêta pas de dessiner, mais sa gorge s'était nouée.

— Vous ne reviendrez plus, n'est-ce pas?

— Non, mon chéri.

Elle lui effleura le genou. Jamais il n'oublierait cette sensation.

— Le moment est venu d'aller de l'avant, Seth. Ton passé, tu ne pourras jamais l'effacer, mais tu dois te tourner vers l'avenir. Ah! Mes fils, soupira-t-elle en contemplant au loin Cam, Ethan et Philip. Adultes, pères. Je suis heureuse d'avoir su leur dire combien je les aimais, combien j'étais fière d'eux, quand j'étais encore en vie.

Elle lui sourit, lui tapota la cuisse.

— Heureuse d'avoir pu te dire que je t'aime et que je suis fière de toi.

— Grand-mère...

— Prends soin de toi, ou je risque de m'énerver de nouveau. Voici ta compagne.

Sur ce, elle disparut.

Dru s'accroupit près de lui.

— Je peux?

— Parce que c'est toi.

— Tous ces gens! souffla-t-elle en se penchant. Le centre-ville doit être complètement désert.

— Ils viennent tous, ne serait-ce que quelques instants. Quand la nuit tombe, il ne reste plus que nous, pour le feu d'artifice.

340

— Ce dessin est magnifique ! s'exclama-t-elle tout à coup. Quel beau visage, si chaleureux ! Où est-elle ? Je ne me souviens pas de l'avoir vue.

— Elle est partie.

Il referma doucement son carnet.

— Tu viens te baigner ? proposa-t-il.

— Je n'ai pas mon maillot.

— Vraiment ? Mais tu sais nager, non ?

Il se leva, la tira par les mains pour la hisser sur ses pieds.

— Évidemment !

Aussitôt, elle reconnut la lueur dans ses prunelles.

— N'y songe même pas !

— Trop tard !

Il la souleva dans ses bras.

— Non… ! cria-t-elle en se débattant. Ce n'est pas drôle.

— Ça va l'être. N'oublie pas de retenir ta respiration.

Il courut jusqu'au bout du ponton et sauta.

— C'est une tradition chez les Quinn, expliqua Anna à Dru en lui tendant un chemisier sec. Je ne me l'explique pas. Ils ne peuvent pas s'en empêcher.

— J'ai perdu un mocassin.

— Ils le retrouveront probablement.

— Les hommes sont étranges, murmura Dru en s'asseyant sur le lit.

— Il suffit de se rappeler qu'à certains égards, ils ne dépassent jamais l'âge mental d'un enfant de cinq ans. Ces sandales devraient vous aller.

— Merci. Elles sont superbes !

— J'ai un faible pour les chaussures.

— Et moi, pour les boucles d'oreilles. Impossible de résister.

— Je vous aime beaucoup.

Dru leva les yeux vers Anna.

— Merci. C'est réciproque.

— C'est un plus. J'aurais accueilli la femme de Seth, quelle qu'elle soit, à bras ouverts, comme nous tous. Vous, vous êtes un cadeau. Je tenais à vous le dire.

— Je... je n'ai pas l'habitude des clans comme le vôtre.

— Qui en a l'habitude ? répliqua Anna en riant.

— Ma famille n'est pas généreuse comme vous l'êtes. Je vais tenter de reparler avec mes parents. Quand je vois par quoi Seth est passé, je me dis que je dois essayer. Mais je sais d'avance qu'ils ne l'accueilleront pas comme vous m'avez accueillie.

— N'en soyez pas si sûre. Seth est un charmeur.

— J'en sais quelque chose. Il n'a pas eu grand mal à me séduire. Je l'aime, ajouta-t-elle Je l'aime tant que c'en est terrifiant.

— Je connais ce sentiment, la rassura Anna. La nuit ne va pas tarder à tomber. Allons boire un verre de vin et trouver une bonne place pour admirer le spectacle.

Lorsque Dru sortit, Seth vint à sa rencontre avec un sourire contrit.

— Je l'ai !

Il lui tendit son mocassin trempé. Son autre main était cachée dans son dos.

— Espèce de babouin !

— Mme Monroe nous a apporté sa glace aux pêches, expliqua-t-il en lui présentant un cornet double. On va s'asseoir dans l'herbe ?

— Peut-être.

— Je pourrai t'embrasser quand personne ne regardera ?

— Peut-être.

— Tu veux partager ta glace avec moi ?
— Sûrement pas !

Tandis que les Quinn trépignaient d'impatience en attendant les premières gerbes multicolores du feu d'artifice, Gloria DeLauter se garait devant l'entrepôt des Bateaux Quinn.

Elle coupa le moteur et rumina sa haine, exacerbée par une bouteille entière de gin.

Ils allaient payer. Tous. Les salauds. Ils s'étaient crus assez malins pour la chasser. Ils n'allaient pas tarder à rire jaune.

Elle abattit le poing sur le volant, étouffant de rage.

Ils allaient le regretter !

Elle descendit de la voiture, se dirigea en titubant vers le coffre. Ah ! L'effet euphorisant de l'alcool et de la drogue ! Quel bonheur !

À la quatrième tentative, elle parvint à enfoncer la clé dans la serrure. Elle souleva le capot et gloussa en sortant les deux bidons d'essence.

— Pour un feu d'artifice, ça sera un sacré feu d'artifice, marmonna-t-elle.

Elle trébucha, perdit une chaussure sans même s'en rendre compte. Elle poursuivit son chemin en boitant jusqu'à l'entrée, se redressa, reprit son souffle.

Il lui fallut plusieurs minutes pour ouvrir le premier bidon. Mais son irritation céda le pas à la jubilation lorsqu'elle commença à asperger les portes d'essence.

— Vos bateaux, vous pouvez vous les mettre où je pense !

Elle arrosa aussi les murs, les buissons qu'Anna avait plantés le long de la façade. Quand elle eut vidé le premier bidon, elle souleva péniblement le second, s'en servit pour briser une vitre, répandit le liquide à l'intérieur.

Puis elle retourna à son véhicule chercher les deux bouteilles qu'elle avait remplies d'essence un peu plus tôt et bouchées à l'aide de chiffons.

— Cocktails Molotov! pouffa-t-elle. Un double pour ces messieurs!

Elle alluma son briquet. Le sourire aux lèvres, elle mit le feu au tissu.

Il s'enflamma plus vite qu'elle ne l'avait prévu, lui brûla le bout des doigts. Poussant un petit cri, elle le lança vers la fenêtre, rata sa cible.

— Merde!

Les buissons prirent feu, les flammes coururent le long du mur. Mais Gloria en voulait plus.

Elle s'approcha, ruisselante de sueur, alluma la deuxième bombe artisanale. Cette fois, son geste fut plus précis, et le projectile se fracassa sur le sol, à l'intérieur du bâtiment.

— Allez vous faire foutre! hurla-t-elle.

Elle s'accorda le plaisir de regarder le feu s'étendre avant de s'enfuir.

Dans le ciel, une fontaine d'or sur fond de velours noir. Avec Dru calée entre ses jambes, Seth était aux anges.

— Quand j'étais en Europe, ce rendez-vous annuel m'a manqué. J'aurai droit à un câlin, plus tard?

— Si tu es sage. D'ailleurs, si tu...

Les mots moururent sur ses lèvres, tandis que Seth se relevait brusquement, et l'aidait à en faire autant. Cam se précipitait vers eux, affolé.

— L'entrepôt est en flammes!

Les pompiers étaient déjà sur les lieux. Les portes et les fenêtres avaient explosé, la brique tout autour était noire. Les poings crispés, Seth contempla le désastre.

Soudain, il se pencha et ramassa une sandale à talon aiguille.

— C'est celle de Gloria. Reste ici avec Anna et les autres, ordonna-t-il à Dru, avant de courir rejoindre ses frères.

— Elle n'ira pas loin, déclara Cam. Deux jeunes ont vu la voiture démarrer. Ils ont noté le modèle et le numéro d'immatriculation.

— Elle s'est vengée, marmonna Seth.

— Oui, mais cette fois elle ira en prison.

— Elle a tout détruit.

— On est assurés. On a construit cette affaire à partir de rien, on recommencera. Ne t'avise pas de nous refaire le numéro de la culpabilité…

— Non. C'est fini.

Seth tendit la main à Audrey, qui s'approchait.

— Personne n'a été blessé, c'est l'essentiel, le consola-t-elle.

Mais ses larmes n'étaient pas dues uniquement à la fumée.

— Quel bordel! lança Philip, les vêtements noirs de suie. Enfin, le feu est éteint. Ces jeunes qui ont appelé les secours nous ont sauvés. Les pompiers étaient là en quelques minutes.

— Tu as pris leurs noms?

— Oui. Ethan discute avec le capitaine des pompiers. Il nous préviendra quand on pourra y retourner. Ça risque de mettre du temps, à cause de l'enquête.

— Lequel d'entre nous va se charger de convaincre les femmes de ramener les enfants à la maison? demanda Cam.

Phil plongea la main dans sa poche et en sortit une pièce.

— Pile, c'est moi ; face, c'est toi.

— D'accord, mais donne-moi la pièce. Tu as les doigts trop collants.

— Tu as peur que je triche ?

— Un peu, oui !

— C'est nul, gronda Phil en la lui remettant.

Face. Cam partit discuter avec les femmes. Phil croisa les bras et examina le bâtiment.

— On pourrait tout laisser tomber, s'installer à Tahiti et ouvrir un bar. On passerait nos journées à taquiner le poisson et à se faire bronzer.

— Non, riposta Seth. Quand on vit sur une île, on finit par s'imbiber de rhum. J'ai horreur de ça.

Son frère le gratifia d'une tape dans le dos.

— Dans ce cas, le choix est clair. On annonce la nouvelle à Ethan ?

— Pas de problème, lui non plus n'aime pas le rhum.

Mais l'optimisme auquel Seth s'accrochait désespérément vacilla lorsqu'il vit l'expression d'Ethan.

— Ils l'ont arrêtée, annonça-t-il en s'essuyant le front. Dans un bar, à dix kilomètres de la ville... Tu ferais mieux d'inviter ton amie à rentrer chez elle. La nuit risque d'être longue.

De nombreuses semaines s'écouleraient avant que les Bateaux Quinn ne reprennent leurs activités.

Toute la nuit, toute la journée du lendemain, Seth fouilla les décombres avec ses frères, pleura avec Audrey devant la coque consumée d'un skiff en construction.

Ses dessins avaient été réduits en cendres. Il en ferait d'autres, mais ils ne remplaceraient jamais ceux-là, ni le bonheur qu'il avait eu à les fignoler.

Lorsqu'il n'y eut plus rien à faire, il rentra à la maison, se doucha, et s'effondra dans son lit.

Il ne se rendit chez Dru que le lendemain, au crépuscule. Il était éreinté, mais lucide. De la camionnette qu'il avait empruntée à Cam, il sortit une balancelle neuve et sa boîte à outils.

Lorsqu'elle apparut, il perçait le premier trou.

— Tu as dit que tu en voulais une. Cela me semblait le meilleur endroit pour l'installer.

— C'est parfait !

Elle vint vers lui, lui effleura l'épaule.

— Parle-moi.

— C'est pour ça que je suis là. Je suis désolé de ne pas t'avoir appelée de la journée.

— Je sais que tu étais très occupé. Toute la ville a défilé dans la boutique.

— On a eu beaucoup d'aide. Le feu ne s'est pas propagé à l'étage.

Elle était au courant. Les nouvelles s'étaient répandues aussi vite que les flammes. Mais elle le laissa poursuivre.

— Le rez-de-chaussée est en ruine. Entre le feu, la fumée et l'eau, il ne nous reste plus qu'à tout casser. On a perdu les machines, une coque. L'expert des assurances est passé aujourd'hui. On va s'en sortir.

— Je n'en doute pas.

Il attaqua le second crochet.

— Ils ont arrêté Gloria. Ses empreintes étaient partout sur les bidons d'essence qu'elle a abandonnés devant le bâtiment.

— Je suis désolée, Seth.

— Moi aussi. Je sais que ce n'est pas ma faute. Les dégâts ne sont que matériels. Elle ne nous a pas touchés. C'est impossible. Elle n'a aucune prise sur ce que nous avons construit ensemble.

Il accrocha la chaîne, tira dessus pour la tester.

— Elle essaiera encore. Elle ira en prison, mais elle ne changera pas. À sa sortie, tôt ou tard, elle reviendra traîner dans le coin, elle tentera de nous extorquer de l'argent. Je n'y peux rien. Elle fait partie de ma vie.

Il poussa légèrement la balancelle.

— C'est une charge lourde à porter pour toi.

— Je sais. J'ai l'intention d'avoir une conversation à cœur ouvert avec mes parents. Je crains que ça ne serve à rien. Ils sont trop possessifs, ils continueront à m'utiliser comme un pion, ou comme un prétexte pour ne pas affronter leurs propres échecs. Eux aussi font partie de ma vie. C'est une charge lourde à porter pour toi.

— Eh oui ! Tu veux l'essayer ?

— Oui.

Ils s'assirent sur la banquette et se balancèrent doucement.

— Elle te plaît ?

— Oui. C'est exactement ce que je voulais.

— Dru ?

— Mmmm ?

— Veux-tu m'épouser ?

Les coins de ses lèvres se relevèrent.

— C'est mon intention.

Il lui prit la main et la porta à ses lèvres.

— Tu auras des enfants avec moi ?

— Oui. C'est la seconde étape de mon plan. Tu me connais, je prévois tout.

— Je veux que tu vieillisses avec moi, ici, dans cette maison au bord de l'eau.

Une larme roula sur la joue de la jeune femme.

— Tu savais que tu allais me faire pleurer !

— Oui, mais juste un peu. Tiens…

Il sortit de sa poche un anneau d'or incrusté d'un petit rubis.

— Elle est très simple, mais elle appartenait à Stella –, ma grand-mère.

Il la glissa à son doigt.

— Mes frères ont pensé qu'elle serait heureuse que je te l'offre.

— Aïe ! Aïe ! Aïe !

— Quoi ?

— Je crois que je vais pleurer très fort. Elle est magnifique, Seth.

Il réclama ses lèvres et l'enlaça tendrement.

— Un jour, quelqu'un de très intelligent m'a conseillé de me tourner vers l'avenir. On ne peut pas effacer son passé, mais on peut aller de l'avant. Ça commence maintenant. Pour nous, ça commence maintenant.

— Tout de suite.

Elle posa la tête sur son épaule. Dans la brise tiède, ils continuèrent de se balancer, jusqu'à ce que les vers luisants se mettent à danser.

Découvrez les prochaines nouveautés
de la collection

Amour et Destin

Des histoires d'amour riches en émotions déclinées en trois genres :

Intrigue   *Romance d'aujourd'hui*   *Comédie*

Le 3 février   *Intrigue*

Une belle en cavale de Jane Graves (n° 6420)

Pam Esterhaus est en cavale pour un crime qu'elle n'a pas commis et n'a parcouru que quelques kilomètres quand elle est capturée par un chasseur de primes. Pourtant, il a fort à faire avec Renée qui enflamme sa voiture et s'enfuit dans un restaurant où elle séduit un jeune homme à la va-vite, en espérant qu'il la ramènera chez lui à la barbe de son poursuivant. Mais tout se complique lorsqu'elle apprend que l'homme en question est un policier. Un policier non seulement intègre, mais qui, après l'épisode du restaurant, en pince pour elle...

Le 10 février   *Romance d'aujourd'hui*

Tu n'échapperas pas à ton passé de Susan Elizabeth Phillips (n° 6450)

À la mort de son mari, président des États-Unis, Cornela Case est au moins soulagée d'une chose : elle pourra désormais échapper au protocole, aux gardes du corps, à la pesanteur de son rôle. Malheureusement, le nouveau président, qui est célibataire, lui demande de tenir ce rôle encore un moment. Cornelia se dérobe et s'enfuit. Elle rencontre en chemin Matt, qui se lie d'amitié avec elle et ignore qui elle est vraiment...

Le 24 février   *Comédie*

À la poursuite de Roméo de Alexandra Potter (n° 6461)

Juliet aime Will. Mais, dernièrement, Will n'a semblé faire aucun effort pour démontrer son amour. Il s'est même décommandé le jour de la Saint-Valentin. Aux yeux de Trudy, l'exubérante meilleure amie de Juliet, c'est sans grande importance. Qu'est-ce que Juliet fait avec ce Will, de toute façon ? Et puis, n'y a-t-il pas des tonnes de poissons dans l'océan ? Parce que Will n'arrête pas de gâcher toutes les dernières chances que Juliet lui accorde, cette dernière se laisse courtiser par Sykes...

Ce mois-ci, retrouvez également
les titres de la collection

Aventures et Passions

6444

Composition Interligne
Achevé d'imprimer en France (La Flèche)
par Brodard et Taupin
le 10 décembre 2002. 16133
Dépôt légal décembre 2002. ISBN 2-290-32677-1

Éditions J'ai lu
84, rue de Grenelle, 75007 Paris
Diffusion France et étranger : Flammarion